深蓝的
故事
3

The Story of Shen Lan III

未终局

深蓝 著

新星出版社 NEW STAR PRESS

图书在版编目（CIP）数据

深蓝的故事．3，未终局／深蓝著．——北京：新星出版社，2022.4（2024.1重印）
ISBN 978-7-5133-4770-9

Ⅰ.①深… Ⅱ.①深… Ⅲ.①故事-作品集-中国-当代 Ⅳ.①I247.81

中国版本图书馆 CIP 数据核字（2022）第 010625 号

深蓝的故事3：未终局

深蓝 著

出版统筹：姜　淮
责任编辑：白华召
特约编辑：李界芳
责任校对：刘　义
责任印制：李珊珊
装帧设计：冷暖儿

出版发行：新星出版社
出 版 人：马汝军
社　　址：北京市西城区车公庄大街丙3号楼　　100044
网　　址：www.newstarpress.com
电　　话：010-88310888
传　　真：010-65270449
法律顾问：北京市岳成律师事务所

读者服务：010-88310811　　service@newstarpress.com
邮购地址：北京市西城区车公庄大街丙3号楼　　100044

印　　刷：北京美图印务有限公司
开　　本：910mm×1230mm　1/32
印　　张：10.25
字　　数：202千字
版　　次：2022年4月第一版　2024年1月第四次印刷
书　　号：ISBN 978-7-5133-4770-9
定　　价：48.00元

版权专有，侵权必究。如有质量问题，请与印刷厂联系调换。

序言

我只是生活的记录者，试图还原它本来的样子

文 / 深蓝

2021 年的冬天来得比往年更早一些。

2016 年 11 月 21 日，我给"网易人间"投出了第一篇稿件。时光荏苒，一晃已经过去整整五年。

五年，说长不长，说短也不短，但足以改变很多人和很多事。往前数的两个五年里，第一个"五年"，我从学生变成了警察，那一年我 25 岁，一脸懵懂地走进公安局；第二个"五年"，30 岁的我带着满脑子问号离开了公安局，又从警察做回了学生。

记得写第一篇故事时，我坐在派出所的备勤室里，满脑子愤懑和不解，还有一丝赌气的成分。那时我有太多的看不惯，总觉得生活不该是这个样子，工作也不该是这个样子，至少我所面对的人与事不该是这个样子。

在那个二十出头的年纪里，我总想找个人吐槽一番，又想按照自己的认识去改造这个世界。但也是因为当时我二十啷当岁，

我的吐槽干枯而单调。最终也发现，能够被改造的似乎只有自己的世界观。

第一次跟网易人间主编沈燕妮老师见面，是在济南的一家咖啡馆，那时我还在纠结要不要回学校继续深造。她引用了尼采的那句话：当你在凝视深渊时，深渊也凝视着你。

那一刻我似乎突然理解了一件事——在此之前的几个月，我收到了博士录取通知书，我的探组搭档转行去机关做了文职。此前他一直在重案队，后来说想换个环境，"修复"一下自己的三观——是啊，与恶龙缠斗过久，或许担心自身亦成为恶龙吧。

五年里，"深蓝的故事"系列前后写了三十余万字，从最初的激动到后来的平静，似乎写作也是在帮助我完成一次情绪的疗愈。不得不说，文字是最好的自我调节工具，也是认清自己、认清生活的最好方式。

五年里，我一直与以前的同事们保持着联系。我知道他们在看"网易人间"和《深蓝的故事》。有时他们会突然把《深蓝的故事》中某个故事发给我，说自己工作中遇到了几乎一模一样的事。之后又说："如果不是故事写的早，我还以为你写的是他（她）们。"

生活似乎总在轮回中不断重复，无论是亲历者还是记录者，总能在某些瞬间产生一种似曾相识的感觉。

2020年国庆节后，一对来自湖南某地的中年夫妇突然找到我。我十分惊讶,见面后我问的第一个问题就是——"你们是怎么找到我的?"

男人说他先在网上发布了悬赏问题,又通过我在文章中透露出的信息确定了就读学校,再通过学校拿到了我的联系方式。

他的话让我目瞪口呆。

但更让人吃惊的事情还在后面——"我看了你写的一个故事,遇到了跟你故事里一样的事情。"

他从包里掏出手机,指着屏幕上一篇名为《被毒虫男友拖下水的女大学生》的文章对我说:"我女儿现在跟故事里的这个姑娘一模一样,我怕她最后也会是同样的结局,求你帮我……"

之后,夫妻二人跟我讲了女儿被"男友"引诱染上毒品的事情。几乎是同样的身份、同样的场景和同样的剧情。听他讲完后,我差点以为是故事里的那个"常小斌"再度出现并故技重施。

我问他们需要我做什么,夫妇俩提了两个要求:一是帮他们找到那个引诱女儿吸毒的男子,二是亲口把故事里的事讲给他们的女儿。

我答应了,跟他们去了湖南。在那个县城的街巷里陪他们穿梭了五天,终于在一家日租房楼下堵住了两人的女儿和她的"男友"。一番纠缠后,"男友"逃脱,而女孩的神态和身上散发出的特殊气味让一切无可辩驳。我知趣地站在远处,因为一切都似曾相识。

一小时后,男人过来向我致谢。我问他打算如何处理,要不要报警。听到"报警"二字时,他又犹豫了,说女儿还在上大学,"报警"不知会给女儿带来何种后果。眼下,只求我满足之前他的第二个请求,至于之后,他还需要跟妻子商量。

我按照他的要求做了。

去车站的路上,男人似乎再度犹豫。他问我,书中那个故事里,因为家人没有报警,没能抓到吸毒的"男友",女孩也没能戒毒,同样的悲剧会不会在自家重演?

其实,他很清楚答案,我也不好再多说什么。

后来男人报了警。

最后一次通话时,他说是因为自己梦见了故事结尾的那个场景——女儿戒毒失败,留下一张字条后离家出走,而他和妻子则在歇斯底里中束手无策。

"我看到了结局,我不想要那个结局!"他说。

生活的表面是有温度的,但底层逻辑里却刻满了冰冷的规则。

杀人偿命,欠债还钱,善恶终有报,人间好轮回。

我不是作家,只是一个生活的记录者。不把写出的故事当成文学作品,也就不能用文学化的语言渲染情节。那些故事对我们来说只是故事,但对亲历的人来说则全是事故。

从悲剧中汲取生活的教训,前提是尊重悲剧、尊重生活、尊重规则。

我能做到的,只是还原它们本来的样子。

目 录

老公，你就是我用青春投资的未来 / 1

除夕夜，我提着饺子奔赴抓捕前线 / 25

一个好孩子的黑社会大哥之路 / 40

抓住那个跟踪厂花的流氓 / 61

19 次报警都找不到的丈夫 / 94

搅黄了这个吸毒女的婚事后 / 134

真希望他下辈子能讨到老婆 / 154

走不出惩戒期的少年犯 / 173

一对成功父母养出的疯孩子 / 194

被榨干的养子，被抛弃的女婿 / 216

被毒虫男友拖下水的女大学生 / 238

消失的孩子 / 264

一辈子不肯吃亏的女人 / 302

老公,你就是我用青春投资的未来

1

2017年12月,罗老师的追悼会在市殡仪馆举行,我和学校代表一起来送罗老师最后一程。

陈校长在追悼会上发了言。罗老师是他早年培养出的硕士生,外出读博士毕业后回校任教至今。多年的师生情谊,让陈校长几度哽咽。罗老师躺在告别大厅的玻璃棺材里,哀乐之下,一众人在遗体旁缓缓绕行。"年纪轻轻,可惜了……"一同前来的教师中有人发出感叹,几位与罗老师生前相熟的同事都抹着眼泪。

罗老师1977年出生,去世时刚满40岁,正值年富力强,是家里的顶梁柱。他的孩子刚上小学三年级,也有老人需要赡养,一家人的负担都在他肩上,如此匆匆离世实在令人惋惜。听说出事前的深夜，他独自一人在办公室里加班做课题，凌晨两点左右突发心梗。因为深夜学院办公楼只有他一人，直到第二天上午才被人发现。

罗老师与我的硕导是忘年交。我博士入学第一天，导师们带我去吃饭。我在饭桌上照例喊他"罗老师"，他摆摆手，说现在我是陈校长的博士了，我和他就算正儿八经的师兄弟，以后私人场合喊他"师兄"就行。

我和他算是半个老乡，罗老师的老家在河南边上一个与山东搭界的镇子上。他说自己的母亲是从山东嫁过去的，他也是在山东读的小学和初中，因此应该算是半个河南人、半个山东人。有次我跟他开玩笑，问他"认哪边"。他笑着说两边都可以，山东老乡稳当实在，领导器重；河南老乡能吃苦，这些年学校很多重大课题都是他们在做。

这些年，他也的确继承了两地的优点：作为学校教师中的少壮派，无论科研还是教学，他的成绩都名列前茅，学生、领导和同事们对他的风评也一直很高。2013年，罗老师被破格评上了副教授，眼下又在准备冲击"正高"职称，前途一片光明。

追悼会结束后，罗老师的家属继续处理后续事宜，我则与老师们一起乘车返回。路上，有人翻出罗老师以前上课时拍摄的视频，讲台上的他意气风发、侃侃而谈。

"刘老师也真是可怜，今天在追悼会上哭晕了两次。"我忍不住感慨——刘老师是罗老师的妻子，也在学校工作。虽不教学，但我们平时还是习惯称她"刘老师"。

我身旁的老师表情却很复杂，半晌才说了一句："她的好日子也快结束了。"

两个月后的一天下午，我去学校行政楼找陈校长签字，在办公室门口与刘老师撞了个满怀。她眼睛通红，脸上挂着泪水，刚从办公室摔门出来。

我向她问好，她认识我，却没有理我，瞟了我一眼便走了。我推门进去，见陈校长也是一副怒气未消的样子，忙问出了什么事。

陈校长先是教训了我一句："搞好自己的学习，不干你的事别乱打听。"但转身拿东西时却又说了一句："人这辈子得知足，是你的谁也拿不走，不是你的你也要不来。"

我明白，他是话里有话。

罗老师是陈校长当年的得意门生，博士毕业后也是陈校长看中了他的科研能力，特意打破学校教师引进需有"国外学术经历"的限制，坚持录用了他，还帮他解决了妻子的工作问题。

作为罗老师的遗孀，这段时间刘老师一直希望学校能看在亡夫的面子上，给她一个"事业编制"，并把自己原有岗位"人事代理"这四个字抹掉。陈校长作为学校的主要领导，手里有这个权力，又是罗老师当年的硕导，在外人看来，于情于理也该帮这个忙。为此，刘老师来找过陈校长很多次，有时还会打断我们上课。

可陈校长却死咬着不松口，就是不给刘老师"转正"。

刘老师在学校闹得沸沸扬扬，大家在背地里也议论说，"动动笔"的事情，陈校长何必较这个真儿。

可陈校长就是"较了这个真儿"，不但坚持己见，连学校有其他领导在会上提出相关"建议"时，他也会带头否决。以至于后来刘老师几次在学校停车场堵他，要"给自己讨个说法"。

大家都传言说，陈校长对刘老师多有不满，甚至将爱徒的英年早逝也归咎于刘老师。但陈校长本人并未对我们讲起过这些。

2

读硕士时，罗老师是我的公共课教师。第一次上课，他在自我介绍时便提到了他的妻子。后来的不同场合里，他也经常把自己和妻子的爱情故事挂在嘴边。这么多年他总是说，自己能走到今天这一步，最感谢的人便是他的妻子。

罗老师1998年毕业于河南某大学，与刘老师是大学同学。两人从大一便开始恋爱，感情一直很好。毕业前，罗老师报考了我校的硕士研究生，打算继续深造。而刘老师读的是专科，早他一年毕业，毕业当年便在河南当地参加了工作。

罗老师第一年考研失利，决定"二战"。复习的那一年里，他没有任何收入，全靠刘老师资助。一年的努力后，罗老师终于如愿以偿地收到了研究生录取通知书，兴高采烈地打好行囊来到武汉。刘老师也辞去在河南的工作跟随而来。

平日罗老师在学校读书，刘老师则在学校附近找了一份工作。

每每讲到此处，罗老师都会满怀深情地说，当年虽然考取了"公费研究生"，但生活费却没有着落。他的家庭负担很重，父亲患病失去工作能力，母亲在家务农支撑着3个孩子读书和生活。原本第一次考研失利后，全家人一再劝说他赶快参加工作给家里减轻负担，他自己也数次动摇。唯独刘老师坚定地支持他的学术梦想，主动提出资助他读书。

3年硕士，为了让罗老师在学校安心读书，刘老师先后换了很多份工作，挣来的钱绝大部分都给了罗老师，自己能省则省。

"20岁出头，一个女人最好的年纪，别人都是被爸妈、男朋友宠着护着，要啥有啥，想啥买啥，但你们刘老师却使劲'克扣'自己。我读硕士那3年，她的衣服、化妆品全是在学校后街的小店里解决的。我用钱的时候，她却从来不说一个'不'字……"罗老师讲述的时候，眼睛里都噙着泪水。

刘老师年轻时很漂亮，即便穿的用的都是学校后街的"三无产品"，依旧难以掩盖她的美丽。罗老师说，当时刘老师打工的一家公司老板的儿子相中了她，拼命追了大半年，给她许下了"有车有房未来老板娘"的承诺。可刘老师根本不为所动，甚至连老板儿子送给她的那些礼物，都被她想办法换成钱，又都给了罗老师。

罗老师以优异的成绩硕士毕业后，在陈校长建议下，当年便考取了南京某高校的博士研究生。但收到录取通知的时候，罗老师再一次犹豫了——那时他的家境已经更为摇摇欲坠了。

2002年，罗老师的母亲积劳成疾，在一次入院就诊时被查出罹患重疾。那时他的两个弟弟都还在读书，母亲在电话里哭着对罗老师说："不要再读了……你爹卧床不起，家里实在支撑不住了，赶紧找个工作赚钱吧……已经读完硕士了，出来工作足够了。"

接到母亲电话的那晚，罗老师彻夜未眠。那张博士录取通知书就放在刘老师出租屋的桌子上，罗老师把它反复拿起又放下。

"咱这种专业，不像理工科，学成了出门就能找到赚钱的工作。哪怕就是毕了业，以后也要熬资历，可能得坐好多年的冷板凳。靠读书赚钱，那时想都不敢想啊！"后来有一次罗老师对我说。

第二天凌晨时分，罗老师终于下定决心，把录取通知书折了几折扔进了垃圾筐。然后离开出租屋去了附近网吧，想去看看有没有适合自己的工作。

天亮之后，当罗老师回到出租屋时，刘老师已经醒了，正盘腿坐在床上,手里拿着昨晚那份从垃圾筐里拣出来的录取通知书,脸上挂着泪水。一见罗老师就对他说:"能读、想读就继续读吧,有我呢,我可以继续赚钱帮你……"

罗老师说,那一刻他羞愧得想从8楼的出租屋窗户跳下去——同龄的女孩子还在攀比谁的男朋友送了更贵重的礼物,谁的婚礼要去国外举行,谁的未婚夫在市区买了大房子,而自己的女朋友,苦等3年,还要从微薄的工资中拿出绝大部分来供养自己。

"她家也不是那种很有钱的家庭,家里还有一个兄弟在读书。她的父母根本不会同意我们两个在一起,我读研那几年,她也是一直瞒着家里……"

那天,两人在出租房里抱头痛哭。罗老师一直对刘老师说"对不起",说自己不但给不了她想要的生活,反倒不断地给她增加负担,未来也不知道在哪里,要不就算了吧。两人就此分手,自己欠刘老师的,以后会加倍偿还。

刘老师听完,扇了罗老师一个耳光。

3

罗老师在南京读了3年博士,刘老师又像当年从河南去武汉一样,跟着罗老师去了南京,找了一份工作,继续资助着男朋友的学业。

"那时我在学校读博,每月只有500块钱生活补贴,刚够一个人吃饭。她开始在学校附近找了份工作,每月不到3000块钱的工资,后来为了多赚一点,换去了离学校很远的地方。虽然每月多了800块钱,但每天上下班要多坐一个小时的公交车。"

博二那年,罗老师在校外培训机构找了一份代课教师的工作,按课时给钱,每月大概1000元的收入。干了半年,攒下了6000元钱。他把钱分成3份:2000元寄回家去,2000元交给刘老师,最后的2000元,买了台三星手机作为生日礼物送给了刘老师。

罗老师说那是他读书期间送给刘老师最贵重的礼物。那晚,刘老师抱着手机哭得一塌糊涂。罗老师把刘老师揽在怀里,说自己以后可以一边读书一边兼职,就不用她像以前那样辛苦了。刘老师却坚持把手机还给了罗老师,让他以后还是安心学习,上学期间不要想着赚钱,"你肯定要赚钱的,但不是现在,我不稀罕你这时候耽误读书的时间出去赚钱送我手机,我要的是未来,懂吗?"

自那时起,这句"我要的是未来"深深印在了罗老师脑海里。

最后刘老师还是收下了那台手机,一直用到两人结婚前。而给她的那2000元钱,后来也被她以罗老师的名义打给了罗老师的弟弟——那年他弟弟在河南读大学,虽然学校有助学贷款抵掉了学费,但其他费用依旧需要家里四处筹措。

"这么多年我一直觉得自己对不起她。以她的个人条件,完全可以趁年轻找个各方面都远比我好的男人，结婚、买房、生孩子、过好日子，但她却一直守着我，守着一个不确定的未来。"

罗老师说，刘老师不是不向往那种富足的生活，只是不愿给他压力。身边同龄的女孩子都在关注结婚、买房、买车，刘老师也偷偷关注过房市，但两人都很清楚，以他们的经济状况，买房结婚依旧是一个遥不可及的梦。

直到2005年之前，刘老师一直都瞒着自己的家人与罗老师交往。她骗父母说，自己从武汉"调动"到南京，是因为"业务能力突出，被公司派至南京负责新市场的开拓"。

但她父母担忧的是，眼见着女儿就奔着30岁去了，却从没听她说过谈恋爱的事情。在老家帮她物色过几个各方面条件都不错的小伙子，据说其中一位还是他们县里某领导的儿子，一见刘老师的照片就喜欢得不行，甚至还说，反正自己也是做生意，"愿意回老家就回来，不愿回老家两人以后一起在南京发展也行"。

可刘老师都拒绝了，只推说工作很忙，没有时间考虑婚恋问题。开始父母还由着她，等到2005年3月，刘老师的父母找到了南京，才终于发现了女儿的秘密。

既然如此，刘老师只得向父母承认，罗老师是在读博士，两人从武汉到南京，已经谈了多年恋爱，但对罗老师的家庭情况以及这些年来一直资助罗老师读书的事闭口不提。

起初，刘老师的父母对罗老师还是比较满意的，但随后问起罗老师的家庭情况时，虽然刘老师不断给他使眼色、打圆场，但罗老师依然不想欺骗老人。没说几句，就连同这些年来一直接受刘老师资助的事情，全摊牌了。

刘老师的父母当场目瞪口呆，勉强忍耐着回到老家，随后马上就在电话里与女儿翻了脸。先是把刘老师臭骂了一顿，然后就勒令她跟罗老师分手，马上。

刘老师的父亲说:"这些年你在外工作，没给过家里一分钱。父母也没多问，就想着你能在外地生活得宽松一些。前年家里修房子差两万块钱，问你拿一点，你说没钱；去年你妈去郑州住院，想让你回来陪陪，你说要上班没时间；今年你弟弟考上大学想买台电脑，想让姐姐'贴补'点，你说'不凑手'，一分钱没给——现在才知道，原来你的人和钱都'倒贴'给了一个穷小子！"

父亲问刘老师"图什么"，刘老师说自己什么都不图，就是看上了他稳重、实在、执着。父亲问她有没有考虑过跟着罗老师以后日子会有多难，刘老师说，她自己愿意。

母亲心疼女儿这些年日子过得辛苦，劝她不要犯傻，还是找个条件好的嫁了吧。罗老师这样的，现在连工作在哪儿都说不定，怎么敢在他身上有所指望？刘老师却说:"我不在乎，我相信他一定可以给我一个未来。"

4

2006年4月，刘老师瞒着父母与罗老师结了婚，婚房就是学校分给罗老师的博士生宿舍。

没有典礼，没有宴席，甚至没有双方亲友的祝福。那时罗老师正忙于自己的毕业答辩。两人领了结婚证之后，就在学校附近的一家饭店请了几位同学同事，算是婚礼。

得知女儿私自成婚的消息，刘老师的父亲直接闹到了学校。他先去找了罗老师的博导，要求学校给他个说法，又去了学校所在辖区的派出所，报案说自己的女儿被罗老师"骗婚"。

罗老师的博导劝老人家要"往长远里看"，而派出所在了解情况后，也表示罗老师和刘老师是自由恋爱、自由结合，没有违反任何现行法律。派出所对此事也是无能为力。

老人气得叫来了老家的亲戚，要教训罗老师。好在学校提前发现了苗头，和派出所一起及时将事态平息。

最后，老人实在咽不下这口气，就放话给罗老师，只要自己还活着，就坚决不承认这门亲事。

刘老师的父亲的确说到做到，女儿结婚后的前3年，他一直不认罗老师这个女婿。逢年过节罗老师陪刘老师回娘家，从来见不到岳父。岳母虽然会露面，但也对女婿没有好脸。甚至连读大学的小舅子，对自己的姐夫也如仇人一般，言语中充满了蔑视与挑衅。

罗老师的母亲在得知儿子的处境后，东挪西凑了 3 万块钱，拖着病体来到刘老师的娘家，想替儿子"说和"一下。但刘老师的父亲直接将钱扔出了屋外，让她"别费心思"了。等到 2008 年，两人的第一个孩子出生，刘老师的娘家人也没一个来探望。

讲起这些往事，罗老师时常忍不住心酸，说那时在岳父一家人的眼中，自己就是一个"用手段把女儿弄得五迷三道"的骗子。

直到 2009 年，两家人的关系方才缓和——原因很简单，那年罗老师终于买了房。

那是一套二手房，总价 40 多万，他交了十几万的首付——这里面包括他和刘老师婚后 3 年所有的存款，信用卡套现出来的一部分，还有从同事手里借来的钱。

有了这套房子，罗老师对刘老师和岳父岳母总算是有了一点交代。我去过那套房子，就在学校附近的一个老旧小区里。80 多平方米的两室一厅，老房主留下了旧家具和几样简单的家电，整个房子被罗老师夫妇布置得井井有条。

"好的起点就是成功的一半"，那时的罗老师非常欣喜。他感谢妻子、感谢学校、感谢所有的一切，因为自己从没想过能在武汉这样的大城市里生根发芽。

买房之后，岳父岳母第一次来到了他们家。岳父虽然嘴上还是有些不忿，但第一次和女婿喝了酒。爷俩儿干了一瓶 12 年的

"白云边"。

那时候，我由衷地敬佩罗老师。他2006年底回校入职，每月工资只有4000多块，而那时学校附近的楼盘均价在7000块左右——想想自己，参加工作3年后，工资卡上的存款也不过刚够在武汉买个卫生间。

按照罗老师的做法，他每月连同房贷、信用卡至少要还四五千块，正好就是他那时的工资总数，而他老家的父母还需要贴补。我问他："工资都还贷款了，生活怎么办？"他笑笑说："还能怎么办，'开源节流'呗。"

所谓"开源"，就是在校外寻找兼职——虽然学校给青年教师的科研和教学任务很重，但他还是私下找到了一家培训机构，每天晚上出去上课，每月有两三千块的额外收入。

虽然操劳，但罗老师总说，那段日子是自己最开心的时候，因为一切都步入了正轨，一切也都有了希望。

5

2012年中旬，我回校参加一位教授八十大寿的生日宴时，得知罗老师买车了——在酒店吃完饭，我和硕导在楼下等出租车，罗老师开着一辆白色轿车停在我们跟前，请我们上他的车，说送我俩回去。

那天他没喝酒，但看上去依旧红光满面。硕导坐在副驾上和罗老师聊天。我坐在后排，浓浓的新车味道扑鼻而来。

罗老师说，这车总价14万，他贷了8万多，每月还2000多。硕导就开玩笑，你家离学校走路不过10分钟，买这玩意干啥？罗老师说："人家都有，咱不也得搞一个？"

罗老师又说，他最近又在外面的出版公司接了一个编写教辅资料的私活，想邀请硕导一起做。硕导说他知道，出版公司给的酬劳虽然不错，但时间太紧。之前也有人找过他，他没接。然后又劝罗老师悠着点，学校的事情已经够忙了，他本来就在外干着兼职，哪还有时间再接这种活？

罗老师叹了口气，说没办法了，自己已经收了出版公司的预付款，不然这辆车的首付哪儿来的？

硕导转而又埋怨他这车买得没有必要，那钱留着干啥也比买车强。罗老师沉默了一会儿，才说，这是老婆和岳父母强烈要求的。儿子上幼儿园了，"别人家孩子都是车接车送，自己儿子天天坐公交，说不过去"。

硕导有些不解，说学校的附属幼儿园不就在家属院里么，怎么还要坐公交？

罗老师说，他儿子去了一家有名的"国际双语幼儿园"，离家很远。这是刘老师决定的，说以后要把儿子送去国外读书，从小要打好基础。

硕导没再接话，只是下车时拍了拍罗老师的肩膀，说了句："小伙子，加油吧。"

送硕导上楼时,我问他罗老师儿子上的那个"国际双语幼儿园"名字这么唬人,收费应该不低吧。硕导笑了笑,说具体多少钱他不知道,"但凭现在公安局开给你的工资,应该是远远不够的"。

事实上,罗老师的生活很节俭。

那时候,我每隔两三个月能见他一面,每次他都穿着一件同样的衣服,夏天是白色T恤,冬天是灰色羽绒服。2014年一次吃饭时,他听说公安局发给我很多衣服,自己穿不完,便让我给他几件没有"警察"标识的。我问他干啥用,他说在家打扫卫生时穿。

我给了他两套没有标识的作训服,冬夏各一套,没想到自此之后再见面,他便一直穿着这两套衣服不脱。硕导跟他开玩笑说,你堂堂一个副教授,弄得跟学校保安似的。罗老师却笑着说,这衣服跟保安制服不一样,纯棉的,穿着舒服不说,还耐脏。

硕导私下里跟我叹气,说不知你罗老师两口子着什么急,好好的日子非要过成这样。不久前,罗老师又来找硕导借钱了,一开口就是10万——刘老师不知从哪里听到的风声说武汉的房价马上将有一轮暴涨,最近学校里不少同事都在想办法凑钱买新房。和刘老师要好的一位学校老师已经看好了楼盘,约刘老师一起"团购"。

那是 2015 年上半年，当时罗老师身上的房贷、车贷、信用卡都还没有还完。孩子上学要钱，每月还要资助双方父母，实在拿不出闲钱。但刘老师对于买新房的态度非常坚决，无奈之下，罗老师只好找身边要好的同事朋友借钱。

硕导建议他不要再给自己平添压力，即便付得起首付，后期的还款也会让他喘不过气来。罗老师说，自己又接了一份私活，现在还有个"副教授"的名头，外面给的钱也多，还款应该没什么问题。

硕导见劝不动，便又建议他，真要买新房，就把现在住的那套二手房卖掉，不然供两套房子谁能受得了？但罗老师说，刘老师不愿意，说是要留着以后涨价再卖，而且以后他们的父母来武汉养老，也需要一个落脚的地方。

硕导有些恼火，说你老婆怎么想什么是什么，她不看看你们的经济情况吗。约她"团购"新房的那个老师，父母以前都在政府机关上班，老公还是做生意的。人家父母都能给资助，你家能吗？你想累死自己吗？

罗老师却说，刘老师也在外面找了兼职，她说趁年轻的时候拼一把，"房子是保值的，好日子在后面"。

罗老师最终还是买了那套新房。硕导借给他 8 万块，陈校长也借给了他一些。加上身边同事、朋友和信用卡套现的钱，终于勉强凑够了第二套房的首付。

交房那天，罗老师请大家吃饭，我也去了。席上，刘老师问我在武汉有没有买房，我说没有，"之前存款还能在武汉买个厕所，现在估计只能买马桶了"。

刘老师笑着说，你是公务员，很好贷款，赶紧跟家里要钱付首付，不要把钱都"胡花"了。不然以后真的连马桶都买不起了，看你怎么娶老婆。

我开玩笑说，罗老师当年只有南京的一间博士生寝室，你不也嫁给他了？刘老师嗔怒地看了罗老师一眼，转而对我说："现在女孩子哪有我那时的眼光？你连马桶都买不起，看有人嫁给你不？"

大家都笑了，罗老师也在笑，但我从他的脸上，却分明看出了疲惫和无奈。

6

时间又过了两年。罗老师39岁时，在外人眼中无疑是一个成功者。

在校内，他的教学和科研水平没的说，承担着大量本科生和研究生的课程，还有一个接着一个的课题项目，名字常年出现在学校优秀教师公告栏上。

在校外，他时常受邀开办讲座，名片上除了"××大学副教授"外，还有一连串的头衔——"××大学客座教授""××公司顾问""××协会理事长",这些头衔给他带来了丰厚的收益。据说他外出一次两小时的讲座,就能拿到5000块以上的酬劳。

一次,我为考博去找他,拿着一本书问他应该着重看哪些内容。他看了一眼参考书封面,就告诉我:"这本不用看,写得不好。"我问他为啥不好,他说,这本书就是他写的,书里的观点都是四处摘抄的。我说这书封面上的作者名字不是你呀。他说这是他受人所托"代笔"的,那人出书是为了评职称,他则只是为了赚一笔稿酬。

我问他写这么一本书能赚多少钱,他说没多少,一万多点。

我说您也不像缺这点钱的人啊,怎么干这种费力不讨好的事儿?他只是笑笑,没再说话。

那时候,罗老师的身体状况已经眼见着每况愈下了:以前一头浓密的黑发成了"地中海";时常咳嗽,他说是因为平时太累、吸烟太多的缘故;走几步就喘,满头大汗,大伙坐车去饭店的路上他都会睡着,醒来后又说不好意思,自己昨晚忙到凌晨4点多。

但在饭局上,他却很亢奋。两杯酒下肚,说还是刘老师眼光毒辣,第二套房买了之后,武汉房价真的又暴涨了一轮。2015年买的那套房子现在已经翻了番,按照现在的房价,他至少能赚100多万。

有人劝他趁房价高赶紧卖一套,这样不但能少些压力,还能把以前的贷款清了。罗老师却摇摇头,说卖了住哪儿?买了新房后,妻子把岳父岳母接到武汉来养老了,就住在以前那套二手房里。

硕导借机问罗老师他自己的父母怎么样了，他说父亲前些年已经离世，母亲现在在武汉治病，一个弟弟帮忙照顾着，但以后估计还是自己的事。

他叹了口气又说，两个弟弟都不成器，一直在外打工，小弟连婚都没结，根本无力照顾母亲。他是家中长子，又是学历最高、最有出息的，以前为了读书，没能给家人做什么贡献，现在有能力了，得负担起来。

我说你这边的房子够大，把老太太接过来不就行了？罗老师却苦笑着摇摇头："你是还没结婚，不知道家里的事情有时比外面更复杂。"

那天，罗老师没给我解释"更复杂"的意思，后来还是在陈校长的口中，我才大概知道了罗老师说那句话的原因。

2017年初，罗老师找到了陈校长，想"走后门"申请学校家属院的"指标房"。

陈校长很生气，因为按照政策规定，罗老师在武汉已经购有两套住房，根本没有资格再申请学校专门给无房教师的"指标房"。陈校长埋怨罗老师说，当初买房时劝过你再等等，也说了学校对新进教师有住房待遇，房子已经空出来了，只是政策暂时没有出来，短则几个月，长则一年就会有"指标房"，但你偏沉不住气，非要自己买。

罗老师则苦着脸说,当时实在是不买不行,刘老师一直在催他,两人几乎天天为了房子的事情吵架。而这次他来"走后门"的原因,是刘老师不让患病的婆婆跟自己一家同住,让他"有本事再去搞套房子"。于是他就想到了学校的"指标房"——虽然没有产权,但2000块钱一平,只有校外房价的1/10。

陈校长很生气,拒绝给自己的弟子"开后门",并直接告诉罗老师管好自己的老婆,"人的欲求是没有尽头的"。

后来我才知道,这并非是罗老师第一次找陈校长"开后门",就在跑"指标房"不久之前,他还找过陈校长,求他给刘老师办一个"正式编制"。刘老师当年以大专学历进入学校工作,本来就是陈校长帮忙的。随着学校竞聘上岗政策的日渐严格,她越发感觉到自己"人事代理事业编制"的岗位不稳,于是要求罗老师帮她上下打点,想办法去掉"人事代理"4个字。

但无论是"转正"还是"要房",陈校长都没有满足自己的得意弟子。罗老师没办法,只能暂时租房,将出院后的母亲安置下来。

7

最后一次与罗老师吃饭是在2017年10月,那次他借口为我"回归母校"接风,把我的硕导和另外几位要好的老师约在一起。

那天他的状态十分低沉。服务员送上菜单,他看也不看直接扔给我,让我想吃什么就点,自己却点了一根烟,说摆在他面前的只有两条路:要么再买一套房,但自己确实已经负担不起;要么跳槽,去一个能给自己更好待遇的学校。

这其中的第二条路是刘老师给他"找"的:当时市里另一所高校为建设"双一流",出台了"人才引进"制度,按照罗老师的条件,完全可以拿到不菲的"安家费"或市内的一套住房;另外,那所高校还承诺解决配偶的"事业编制"。陈校长已经同意他"跳槽",但前提是,必须先把所承担的本校课题结题。

在座的各位老师纷纷劝他不要冲动,有人说,"这就是陈校长不想让你走,2年期限的课题,5个月你怎么完得成?"也有人说,"你再跟刘老师沟通一下,事业编虽然重要,但一家人没必要把事情做得那么绝。"

罗老师却苦着脸说,家里那边已经没得商量了,自己前几天为了这事已经跟刘老师吵过一架了,他一时生气说这样下去两人怕是过不下去了。刘老师闻此,转身就去厨房拿着菜刀喊着要自杀,说自己当年瞎了眼,大好青春,节衣缩食,供了他这么个白眼狼,早知现在,当初就该去跟那个富二代当个阔太太。

一说到过去,罗老师就怂了,他开始给刘老师道歉,求她给自己一段时间考虑。

一位与罗老师关系很好的同事实在没忍住,说:"你老婆过分了,你看看你自己现在是个什么鬼样子?40岁的人,看上去比陈校长还沧桑,你参加工作几年?满打满算11年,房子买了一套又一套,车子刚还完贷款又换一辆——现在把她父母接到武汉来了,还要再帮她换工作,这样下去还有完吗?她当年供你读书确实让人感动,但现在看来,她那是在找长期饭票,而当下则是杀鸡取卵!"

以前罗老师绝不允许别人在他面前说刘老师的不是,但那次不知是真的累了,还是看在多年好友的分上不好翻脸,只是低头抽烟,没有和那位同事计较。

整个饭局上,罗老师只是闷头喝酒,很快就醉得不省人事。散席后,大家一起送他回了家。回来的路上在众人的聊天中我才知道,前些年刘老师的弟弟结婚,岳父让罗老师拿了12万彩礼钱,去年刘老师要换车,罗老师又贷款买了一辆小30万的MINI Cooper。

刘老师现在是学校里有名的"精致女人",戴着3万块的表,拎着5万块的包,不时与她的"好闺蜜"们去香港走一圈。而罗老师依旧不时穿着我当初送给他的那两套作训服,出现在校园里。

"人家的日子有人家的过法,你们当着学生辈的面扯老师的家事做什么!"硕导顾忌我在车上,回头让那几位年轻老师说话注意场合。

老师们不再议论,但送硕导上楼时,硕导却又专门转头对我说:"以后娶媳妇,眼睛要擦亮些。"

8

罗老师离世那晚,他正在加班忙着给手里的课题结题。他那段时间几近癫狂,因为那所承诺给他房子,并给刘老师解决事业编制的高校已经下了"最后通牒":年后若不能办理调动手续,他们将放弃对罗老师的引进。

陈校长又给他做了几次思想工作,劝他不要着急,在学校好好干,评上"正高"职称后收入和待遇自然会更上一层楼,到时房子也就有了其他解决途径。即便想走,那时与新单位谈判的筹码也会大很多。

罗老师说自己实在等不了了,再不走,妻子就要跟自己离婚了。

陈校长看他真是可怜,只能叹了口气,同意他把项目移交出去,赶紧去新单位报到。罗老师嘴上答应了,项目却依旧在做。陈校长很是诧异,反复询问下,罗老师这才说了实话——那笔项目的经费他已经套出来花了,因为刘老师"要用"。

那次,陈校长一怒之下,差点把罗老师交去纪委,最后还是看在师徒一场的分上,自掏腰包给爱徒平了账。

罗老师万分感谢,承诺一定会给陈校长一个交代,不料仅仅几天之后,他就因过度劳累引发心梗,在凌晨的办公室里离世。

与学校反复交涉后,刘老师看确实无法"转正",便索性于

2018年年中辞了职，把孩子交给父母，自己去了外地。

有人说她去了南京，有人说她去了深圳，还有人说打开她的朋友圈，里面全是面膜和护肤品的广告，可能是做了微商。

"她到底是个什么样的女人呢？"后来我问硕导。

硕导沉思着摇摇头，说，也许只有罗老师和她自己知道吧。

除夕夜，我提着饺子奔赴抓捕前线

1

2016年2月7日，除夕。傍晚5点，我突然接到上级电话，辖区突发恶性案件，嫌疑人周某因赌债纠纷致一死一伤后潜逃，且扬言要继续报复其他人。上级要我订最近一班列车回到岗位，务必在第二天中午前与同事集结。

事发突然，我来不及多问，赶紧用手机查询时间合适的列车，然后订了最近一班返程车次，但距离发车时间，只剩一个小时了。

年夜饭是无论如何都赶不及吃了，我一边收拾东西，一边告诉母亲我马上就要走。母亲很吃惊，手里的餐具还来不及放下，愣在原地，问家离单位那么远也要回去？我说没办法，命案为大，嫌疑人情况只有我了解，不回去不行。

母亲赶紧喊父亲,父亲从厨房钻出来,听说我马上要走也吃了一惊。我又解释了几句,父亲便沉默了,过了一会儿说这会儿菜还没做好,但饺子已经包好了,他现在就去煮,吃完再走。说完又钻进厨房。

从家到火车站,平时打车也要半小时,眼下大年夜,还不知能否叫上车。我本想说,怕是饺子也来不及吃了,还得去火车站取票,但还没开口,手机就又响了——现场的同事打电话过来询问嫌疑人的社会关系,他们正在布置搜捕。

我只好一边收拾行李一边和同事讲电话,母亲赶忙过来接手,让我去一边坐着说。

嫌疑人周某是我的"老熟人"。他曾是市里一家企业的基层干部,8年前因职务犯罪被判有期徒刑5年,出狱后成为我负责辖区的"重点人口"。

入狱前,周某曾"风光"过好几年,是外人眼中衣着光鲜的"周大哥",同事口中一言九鼎的"周科长";入狱后,周某不仅被原单位开除了公职,妻子也带着儿子和大部分财产远走他乡。这些年,周某一直在向我传达自己想要"东山再起"的念头——他在本地搞过小工厂,去省城开过饭店,还去云南倒过玉石——但许是运气不好,生意不仅毫无起色,反而把他离婚后分到的为数不多的财产赔了个精光。

再往后,周某开始流连于赌场,其间我拘留过他几次,但毫无效果。同事在电话里告诉我，一个月前，一位韩姓赌徒约周某"合作"赚钱，周某听信后，在外借了高利贷与韩某在赌场"坐庄"，不料韩某的真实目的却是为了蒙骗周某。两人"坐庄"一个月后，周某不但没赚到钱，反而把借来的高利贷赔得一干二净。

年前，终于发觉端倪的周某找到韩某，在其逼迫下，韩某承认了自己与吕某、张某二人合伙给周某"做笼子"的事情，但此时，钱财已被三人挥霍一空。周某一怒之下捅伤了韩某，并在邻县一家饭店包间内将吕某杀死。潜逃时，周某随身携带凶器，警方高度怀疑，他要继续寻找张某报仇。

如此持械潜逃且去向不明的举动极度危险，同事不断向我解释说，眼下大家都回岗备勤了，若非情况紧急，绝不会大年夜叫我回去。我说不出心里是什么滋味，只能托他转告领导，马上出发，一定按时到达。

10分钟后，电话收线，我起身想去继续收拾行李，但母亲已经把装好的行李箱推到了门口，父亲也从厨房出来，手里端着一盘热气腾腾的饺子，"饺子好了，抓紧吃点，你最喜欢的韭菜肉馅……"父亲说。

我看了看时间，确实来不及坐下吃了，想开口，但父亲的表情非常复杂。想起自己去年也因为值班没能在家陪他们过年，实在不知该怎么说。

父亲见我站着不动，看了一眼墙上的挂钟，叹了口气，说时间确实来不及的话,那就带一些在路上吃吧。"老家讲究这个,一年到头,在外的人总得吃顿家里的饺子。"说完,他又一次回了厨房,再出来时,手里拎着一个装满饺子的保温桶。

车已经到了楼下,我接过保温桶,想跟父母再说几句话,反而不知该说什么了。父亲笑了笑,把一小瓶白酒塞到我手里,说路上吃饺子的时候喝,"快去吧。饺子酒饺子酒,越喝越有……"

2

大年夜,路上非常空旷。司机开得飞快,说接到我这单纯属意外,本来自己赶着回家吃年饭,不料忘了退出网约车系统,被"强行"派了单。他问我为什么大年夜要去火车站,我说我是警察,刚接到返程命令。他叹了口气,从扶手箱里掏出烟来递给我,说想抽烟的话在车上抽就行,他送完我就不接新单了。

一路上手机频繁响起,不断有同事打电话来询问各种情况——刑侦同事找我了解周某在本地的关系网,比如他可能会投靠的关系人的地址和联系方式;网安和技侦同事也发现了一些可疑信息,找我核实相关线索。眼看发车时间临近,我趁同事电话的间隙,给在铁路公安的同学张龙打了个电话,请他帮我协调一下取票和进站时间。

彼此都是警察,对于除夕突然返岗,张龙并没表现出太多惊讶,只是让我放心。

到火车站时，张龙已经全副武装、开着巡逻电瓶车在站前广场等我了。上了电瓶车，我才知道原来当晚恰好是他值主班。他说大年夜我坐的那趟列车没多少乘客，他联系了跟车乘警沈警官，托他帮我找了个空铺位，至少晚上可以睡一觉。

我和张龙是高中同桌，关系铁到生锈。他小我一岁，警校毕业后进了铁路公安，一直在站前派出所上班，年前刚刚结婚。当时他给我发了请帖，但紧接着就说："礼金到了就行，人就别来了。"这话放在外人那里有些不中听，但做我们这行的，心里都清楚话里透出的体贴。

那时我正在忙一起专案，确实不可能参加他的婚礼。本来我俩还约着，年初三晚上一起吃饭叙旧，却因这个突发事件，提前见了面。

我跟张龙开玩笑，"你也点儿够背啊，都算单位的老杆子了，刚结婚就在值班室过年，弟妹不骂你？"张龙哈哈一笑，说自己本来也有点憋屈，但接到我电话，心情一下就好了，他这在值班室过年的，总好过我这在车厢里还过不上年的。

我作势捶了他一拳，张龙没躲，问了我几句案子上的事情，我拣能讲的给他说了几句。末了，张龙嘱咐我注意安全，"挑年三十犯案子的家伙八成是个亡命徒"。

张龙跟我一起上了列车站台，沈警官正在站台上执勤。沈警官50多岁的年纪，二级警督，执勤帽下面露出的鬓角已经花白。寒暄了几句，便准备接我上车。这时，张龙突然像是想起了什么,一跺脚,说自己忘了点事,让我等他一下,说完转身就跑。

我给沈警官递烟,他摆手说自己执勤,不方便,说知道我在哪个车厢,一会儿开车了去找我。我站在车厢前一边抽烟一边等张龙回来。手里的保温桶沉甸甸的,想来父亲至少给我装了2斤水饺。估计张龙值班也没得吃,正打算等他回来分他一半。左等右等不见人,我给张龙打电话,他那边显示正在通话。我看开车时间差不多了,丢掉烟头进了车厢。没多久,列车员就把车门关了。又过了几分钟,列车"吭哧"一声,看样子是准备出发了。

突然,我看到窗外一个硕大的身躯张牙舞爪地跑过来——张龙一米九几的个头实在显眼,手里还拎着个袋子。等他跑到近前,列车已经缓缓动了起来。张龙使劲用手敲窗玻璃,我急忙开窗,他一下把袋子塞了进来,一边跟着列车向前跑着,一边气喘吁吁地说:"你弟妹下午送过来的饺子,韭菜馅的,大过年的,你路上垫一下……"

3

列车向南疾驰,大年夜的车厢里确实没几个人。窗外的天空中炸开朵朵烟花,我坐在座位上,想起了上午买来本打算年饭前放的鞭炮,又想起送我出门时父母的眼神,再看看眼前小桌板上的两份水饺,心里忍不住有些感伤。

刑警大队的电话还是隔一会儿一个。电话里,同事刚哥问我车次和抵达省城的大致时间，说局里抽调了40多名民警，成立了案件专班，一共分了5个探组，我所在的探组，探长是毛哥，他带的一组人今晚已经前往省城搜捕了。

刚哥让我下火车后直接联系毛哥，他会去接我。我想起年前毛哥的老婆生二胎，现在应该还住着院呢，便问刚哥他不是在医院陪床吗？刚哥叹了口气说，连你这在外省的都被叫回来了，能跑得了他？

最后，刚哥嘱咐我，见面后千万别跟毛哥提嫂子生二胎的事儿。毛哥正在气头上，刚才他俩通电话的时候，毛哥说要把那人"剁成饺子馅"。

晚上7点半左右，沈警官大概完成了一轮巡查，来到卧铺车厢。看我面前的两份饺子都没有动，招呼我跟他去餐车。

我顺手提上水饺跟沈警官走，沈警官说他那儿有饺子，但我执意要把父母和张龙送我的水饺带上。两人摇摇晃晃穿过四五节车厢，沈警官的两位同事和一位阿姨正在餐桌旁等待。

我跟他们打了招呼，彼此简单做了自我介绍。除沈警官外，年纪和我相仿的是刘警官，胖乎乎的，一笑脸上就有两个酒窝；年轻一些的是刚入职的小陈，还在实习期；阿姨姓王，是沈警官的爱人，50多岁的样子，热情地跟我打招呼。几人面前的铁饭盒里都有饺子，另外桌上还摆着几个菜，炸藕合、炖排骨、木须肉和西红柿炒蛋。沈警官说这些菜都是王阿姨在家做好带上车的，饺子是鲅鱼馅，王阿姨亲手包的，让我别客气，放开吃就行。

我有些不好意思，也把带来的水饺打开放在桌上。大家边吃边聊，很快熟悉起来。刘警官比我大一岁，当警察第7年，这是在火车上过的第3个除夕；小陈去年6月刚刚大学毕业，长得很秀气。大概是头一回在火车上过年，还有些不太适应，话也不多，只顾闷头吃饭，偶尔掏出手机发几条信息。刘警官就跟他开玩笑，问他是不是在给女朋友发消息。小陈不置可否，脸上满是羞涩。

沈警官问了一下我的情况，案情方面我暂时不好多说，只能大概讲了讲。沈警官笑着拍了拍我的肩膀，说干咱们这行的，得适应这种工作节奏。"旧社会有句话讲，过年过年，地主过年，老百姓过关。现如今放在我们身上，就是老百姓过年，警察过关啊。"

大家都笑了，我也无奈地笑了笑。沈警官提议刘警官和小陈一起敬我这个"远方的战友"一杯，大家纷纷举起了桌上的保温杯。王阿姨忽然说："大过年的，你们上班不能动酒，但小李（指我）今天又不在岗位上，他可以喝点啊？"

沈警官马上站起来，问餐车乘务员买酒。我忙说自己有，从外套口袋里掏出我的一小瓶白酒。刘警官把酒凑在鼻孔边，使劲儿嗅了嗅，说自己也想来一口，被起身去拿杯子的沈警官听见了，故作生气地训了他一句。刘警官就笑嘻嘻地给我倒满，说这点酒哪够他喝。

酒过三巡，我问沈警官跑车怎么还带着家属。沈警官说，自己的儿子也是警察，在外地上班，今年过年回不了家。自己在车上过除夕，王阿姨不愿一个人在家，索性买了一张车票，陪沈警官一同在车上过年。

我又问沈警官，这是在列车上过的第几个除夕。沈警官想了一会儿，说太多记不清了，自己当了30多年铁警，在车上过的除夕，总有十七八个了吧。

我举起酒杯，表示要敬"老前辈"。沈警官笑着用保温杯跟我碰了碰，说现在自己已经习惯在车上过年了，在家过年反而觉得别扭。刘警官就在旁边一脸坏笑，说沈叔你就讲讲自己年轻时为啥非要在火车上过年的事情呗！

在大家的笑声中，我才得知王阿姨退休前也在铁路部门工作，年轻时是列车上的乘务员。30多年前，两人在一班除夕夜的列车上相识，后相恋结婚。由于夫妻经常有一方要在列车上跨年，另一方索性也就主动申请值除夕夜的班儿了。尤其是前些年，儿子也去外地当了警察，过年回不了家的时候，沈警官夫妇总感觉在家过年少了点什么，索性直接回到车上，找寻"年轻时的感觉"。

"所以我说在家过年反而觉得别扭嘛，有家人的地方才叫家，一个人搁家蹲着，那有啥意思？"沈警官哈哈笑着，把保温杯里的花茶一饮而尽。

4

晚上9点，桌上的菜和水饺被大伙扫荡干净。沈警官问我们吃饱没，没吃饱的话餐车还有菜可以加，平时饿肚子没事，年饭一定得吃饱。大家都笑着说饱了，刘警官更是捂着肚子说饺子已经填到喉咙。

我和大伙告辞，几人相互留了联系方式，约好之后有时间再聚。大概是酒精的缘故，刚上车时的伤感不见了。我躺在铺位上睡不着，掏出手机看，发现单位的两个微信群里十分热闹：一个微信群里，有人发拜年祝福，还有几位同事在群里撒红包，大家都嘻嘻笑笑；另一个群里，同事们还在四处搜捕嫌疑人周某，不时相互交流几句现场情况。有文字也有语音，有时还伴有纷乱嘈杂的背景音，气氛十分紧张。新年的喜庆与搜捕的紧张相互穿插，有种时空交错的怪诞感。

周某还没有找到。一组民警在搜查旅馆时，偶然发现有人从事卖淫嫖娼活动，在群里请示领导如何处理。领导指令将卖淫嫖娼一事移交辖区派出所处置，专班民警继续搜捕周某；另一边，寻找张某的一组民警已抵达其住处。听闻周某对韩某、吕某的报复行为后，张某妻子叫回了藏匿的丈夫，民警随即对张某采取了强制措施；刚哥一组正在驱车前往邻市的路上，嫌疑人周某近期与住在邻市的舅舅有过频繁通话，刚哥等人前去排查。

毛哥在群里找我，又嘱咐我在车上好好睡一觉，养好精神，这次任务重，回去之后有的忙。让我下车之后马上给他打电话，不要乱跑，他会在出站口等我。

早上6点半，我被刘警官叫醒，问我昨晚睡得如何，我说一切都好。问他休息得怎样，他说大致还好，只是凌晨时遇到一起警情，已经处理完毕了。

两人又聊了几句，车到站了，刘警官和小陈送我下车。我说想跟沈警官打个招呼，刘警官说昨天夜里沈警官处理警情到后半夜才睡，这会儿还没醒，就不来送我了。分别前，刘警官嘱咐我搞案子注意安全，下次休假回家时记得给他打电话，到时他约上沈警官、小陈和张龙，大家一起吃饭。

目送列车缓缓启动远去，我拨通了毛哥的电话，拉起行李匆匆往站外走。

大年初一的清晨，火车站有些冷清，站前广场显得十分空旷。进出站的人少了很多，一些临街商户也已关门歇业。周围三三两两的行人拖着重重的行李，步履匆匆，但脸上大多洋溢着过节的喜悦。

我按照之前跟毛哥的约定走到广场尽头，看到了正在闪灯的警车。坐进车里，我赶紧询问案子的事情，毛哥却从后座拿过一个塑料饭盒，让我先吃点东西，案子上的事情，他一边开车一边跟我讲。接过饭盒，竟然也是饺子。

我记得毛哥平时不爱吃饺子，去年过年，大伙在所里包饺子，毛哥就自己跑到备勤室煮面吃。

我问毛哥怎么突然换口味了，毛哥哂笑着，说估摸我坐了一夜火车，早上还没吃饭，本来想找个地方买些早点，但找了一路也没发现还在营业的餐馆，这才想起今天是大年初一。饺子是他在便利店买的速冻水饺，便利店服务员小哥帮忙煮的。"你们北方年饭流行吃饺子，按你昨晚上车的时间，估计你也没赶上家里的饺子，这速冻水饺的味道肯定不如家里做的好吃，但总归是那么个意思，赶紧趁热吃了吧。"

我突然有些莫名的感动，一下忘了昨晚刚哥的嘱咐，问起了毛哥嫂子生二胎的情况。话一出口才想起来，有些后悔，但毛哥并没有发脾气，只是叹了口气，说自己连夜把父母从家中接到了医院，现在妻子情况还好。估计案子搞完了，孩子也差不多生下来了，到时一同去家里做客，他还要拜托我帮他给孩子想个"有内涵"的名字。

速冻水饺是香菇肉馅的，无论个头还是味道，确实不如家里父母包的，更没法跟沈警官带去的鲅鱼馅饺子相提并论。但毛哥十分体贴地买了一盒老干妈辣椒酱，我风卷残云地消灭了这一盒水饺。毛哥看了看空饭盒，没忍住念了句"真他娘的能吃"。

和毛哥有一搭没一搭地聊天，随口问了句他的大儿子谁在照顾，毛哥却冒出一句"不知道"。我有些吃惊，说你这爹咋当的？毛哥也愣住了，这才像是突然意识到什么，让我用他的手机给家里打个电话，问问大儿子今天怎么安排。好在家人告诉他，大儿子一早就被送去了小姨家,毛哥才放下心来。

毛哥继续一边开车一边跟我交代今天要做的事情。他说嫌疑人周某在汉阳有一个以前关系密切的狱友,周某开饭店时曾得到过那名狱友的帮助。有情报表明周某潜逃后可能会投奔这名狱友,我们这次的任务是找到并核查这名狱友的情况。另外,周某与前妻之间也因离婚财产分割问题存在矛盾,曾多次在公开场合扬言要报复前妻。周某此次犯案后情绪激动,不排除其对前妻实施报复的可能,因此我们还要去寻找并保护周某前妻,防止发生连环杀人案。

说话间,毛哥连着抽烟,一个接一个地嚼着槟榔,看起来是在强打精神。我问他是不是昨夜没睡,他点点头,说前天夜里在医院陪护,也只睡了两三个小时。

路过一个路口,我让毛哥停车,和他交换了驾乘位置。距离我们要去的地方大概还有40分钟车程,我让毛哥赶紧抽空睡会儿。他没有反对,把副驾驶的座位放平躺了下去。不过一分钟,鼾声就从我耳边传来。

5

2016年大年初三,经过持续奋战,嫌疑人周某终于被抓获归案。被捕时,民警在他身上找到了杀害和重伤韩某、吕某的凶器。

据周某交代，自己的目标的确是张某以及前妻。

周某落案后，专班马上展开讯问工作。由于受害人韩某、张某等人此前涉嫌开设赌场罪、聚众赌博罪等相关罪行，多起案件的侦办工作需要同时进行。刚从外地返回的专班民警随即投入后续工作之中。

大年初五，公安机关针对周某故意杀人案的主要讯问流程结束，周某被移送看守所等待随后的司法程序。虽然我们还需继续办理韩某等人所涉嫌的开设赌场、聚众赌博、诈骗等案件，但命案已破，大家心里的石头总算落了地。

忙碌过后的疲惫感连番袭来，距年假结束也只有两天了。同事们开始讨论仅剩的这两天假期该如何度过。有人说要回家陪陪父母，有人说要带孩子出去玩两天，还有人说家里很多事情耽误了，得回去处理。但大多数同事都表示，剩下的两天只想睡觉，这几天实在太累了。

因为离家远，上级特批给了我4天假，让我回家补休春节假期。我高高兴兴地给父母打了电话，又订了一张第二天回家的机票。

然而，就在当天下午，公安局突然召集专班民警傍晚集结。大家不明就里，以为案件出现了新的变故，神情紧张地凑在一起打听怎么回事。可惜没人知道具体发生了什么，几位派出所和支大队主官也默不作声，只让我们等待命令即可。所有人的脸上都带着些许沮丧，按照往常经验，不是老案子出了问题，就是又来了新案子。

临近傍晚，公安局机关大会议室，很多人在吸烟，屋里很快变得乌烟瘴气。大家纷纷推测到底出了什么事情，但讨论半天也没结果，最后也只好就这么各怀心事地坐着。等到分管刑侦工作的副局长来到现场，一脸严肃，我心里暗叫不好，自己订的那张机票，八成又要泡汤了。

会议室的所有人都在默默等待他布置新任务。副局长先是针对之前的案子讲了几句官话，又说今晚任务重大，谁也不准请假，之后就让我们跟他走。大家机械地跟他离开会议室，不料他竟把我们领到了机关大院的警官食堂二楼。

现场情况令所有人吃惊，二楼大厅的三张桌子上摆满了热气腾腾的水饺。副局长说，今天叫大家过来没别的意思，也没有新的任务。这次除夕发案，大年夜被拎出来做事，大家都没能在家过年，有些同志这几天甚至连口热饭都没能吃上。现在案子忙得差不多了，今天"破五"，年还不算过完，今晚局里给大家补过除夕。饺子有四种口味——韭菜肉、芹菜肉、韭菜鸡蛋和三鲜馅，都是食堂职工和几位民警家属亲手包的，不但管饱，觉得好吃还可以带回家去。

之前几位面对民警询问默不作声的支大队领导一下笑了起来，原来他们早就知道了事情的原委，早憋得难受了。大家随即一哄而上，食堂里洋溢着新年的欢乐气氛。

一个好孩子的黑社会大哥之路

"小超子呢?听说'进去'了?"前段时间,母亲突然提起陈超。

我点点头,说已经判了,涉黑,11年。

"唉,以前是个多好的孩子……"母亲叹了口气,"你小时候的自行车还是他妈送的呢……"

1

陈超是我的发小,我们两人一起在厂大院长大,同一年上学,直到初中毕业都一直是同班。我母亲和陈超的母亲刘阿姨是同车间的同事,父亲和陈叔叔又都是搞电力出身,两家走动非常频繁。

陈超个头比我高,胖墩墩的,始终坐在班里最后一排。他的学习成绩一直很好，尤其擅长数学，小学时就被学校选拔参加奥数竞赛。我们平时一起上下学，周末一起去新华书店看书，除了回家吃饭睡觉，几乎形影不离。

当年男生们常玩"骑马打仗"，两人一组，一个背着一个，往对手身上贴贴纸。我和陈超一直是"黄金搭档"——他力气大，跑得快，我俩一度"战无不胜"。有段时间我爬墙扭伤了脚，陈超每天都背我上下学，时间久了母亲不好意思，托人从北京买了一套进口文具送给陈超，刘阿姨收了文具也觉得不好意思，赶在我生日时又送了我一辆自行车。

1996年，厂子破产改制，母亲选择等待改制结束后进入新厂子上班，刘阿姨则买断工龄后做起了专业股民。几乎在同一时期，陈叔叔被派往国外援助建设电力工程项目。此后很长一段时间，陈超一直在我家吃午饭。

很快，陈超家的经济条件就发生了翻天覆地的变化，陈超有了自己的电脑，身上的衣服也逐渐变成了时下流行的品牌。等2000年升初中时，陈超家已在市里买了商品房，我家也搬出了大院。

当然，这些都没有影响到两家的友谊——我和陈超依旧形影不离，刘阿姨也经常邀请我和母亲去他们的新家过周末。母亲和刘阿姨聊天，陈超则带我打电脑游戏。

那时候，"古惑仔"风靡全国，初中校门口也常有身着奇装异服的"不良少年"。有的是本校学生，有的是本校学生的外校朋友，还有一些社会青年。每天，他们都在放学时聚集在一起，用挑衅的目光扫视路过的学生，也偶有传闻称某位同学放学路上被人拦住，或被打伤，或被"借"了钱。

学校虽然三令五申禁止学生跟校外人员，尤其是不良少年们来往，但实际效果相当有限。一来义务教育阶段学校不能劝退或开除学生，"留校察看"的处分对坏学生几乎没有威慑力；二来大部分针对学生的不法事件都发生在放学之后，学校既鞭长莫及又不想多管闲事。

当时我们学校的"老大"名叫张平，与我和陈超同届，剃着光头。张平能当"老大"有两个原因：一是他小学读的是武校，"打架特别厉害"；二是因为他有个哥哥名叫张龙，从我们学校毕业后，在隔壁三职专上学，经常带着他的"朋友们"来学校帮张平收拾"不服气"的同学。

听母亲说，张平与张龙的父亲以前也是厂里的职工，1993年因为寻衅滋事被判了刑，出狱后成了附近有名的流氓头子。母亲还再三告诫我，既不要跟张平走得太近，也不要和他发生矛盾，如果遇到麻烦，要马上告诉她。

那时候，瘦小的我自然不敢靠近张平。

张平最喜欢的就是找同学"借"东西，无论是衣服、书包，还是文具、自行车，只要被他看上了，总会用各种方法"借"过来。他身边还有几个和他一样把头发剃得很短的"小弟"，自称

"光头党"，经常收拾那些不肯"借"东西给他们的同学。一次我放学经过铁路桥下的涵洞，正好遇到"光头党"在殴打隔壁班的一名同学。事后听说，只是因为那名同学新买的手表被张平看上不愿"借"而已。

陈超同样跟张平没有任何交集。虽然他身高已经突破一米八，体重也飙升到一百七八十斤，看上去很"不好惹"，但却依旧是个胆小老实的孩子。学习成绩也一直在班里名列前茅，每天都把"好好学英语""将来要出国读金融"挂在嘴边。

只是没想到，张平和"光头党"还是找上了陈超。

2

最先给陈超带来麻烦的是一件外套。

一天，陈超穿了一件新外套来学校，立即在同学间引发了不小的轰动——因为那年冬天，电视台和市里几个大商场楼体上全是这件外套的广告，价格同样令人咋舌。

下课后，很多同学围着陈超看他的外套。有人问起价格，陈超也毫不避讳。我也无不羡慕地问他什么时候买的，他说是陈叔叔过年回国休假给他买的。我也想试一试"过把瘾"，可对我一向十分大方的陈超却面露难色，说刘阿姨特别交代过，绝不能借给别人，我当然可以穿，但放学时必须还给他。

听他这么说，我便没好意思再提。之后的几天，除上下学路上外,陈超一直把外套叠放在纸袋中。北方的冬天很长,教室里的暖气时好时坏,但陈超宁愿冷着也不肯在教室穿上外套。我觉得倒也不至于如此,他却私下里告诉我,他其实也是怕这件外套被张平和"光头党"看上。

果然,不久后,外套还是被张平一伙"借"去了。

"光头党"来找陈超那天我也在场,一个比陈超矮一头的男生嚣张地看着他,说:"平哥有点事,借你衣服穿两天,你没意见吧?"陈超不想借,但又不敢直接拒绝,只说天气冷,自己只有这一件外套。我也帮陈超圆场,说他个头大,衣服尺码也大。但话音未落,那个男生却突然转向我:"你是哪儿来的?关你屁事?不想挨揍的话滚一边去。"

外套很快就被拿走了,不久之后就穿在了张平身上。陈超以"天气冷"为由偷偷找张平索要过几次,张平的"小弟"给了他一件褐色外套,说:"平哥跟你交换。"

但那件褐色外套也是张平之前从其他同学身上"借"来的,陈超只穿了半天,便被真正的主人要了回去。

外套被"借"走没多久,刘阿姨就找到了学校。那天下午,我也被老师叫到办公室给陈超"做证"。当天陈超拿回了自己的外套,张平也当着老师的面给陈超道了歉。

我和陈超都以为,张平一伙一定会受到学校处分,教导主任也跟刘阿姨承诺说,一定严肃处理此事。但后来这件事却一直没有结果，张平和"光头党"依旧在学校耀武扬威。我问陈超，他说学校后来又跟他妈说，这事儿没法处理——外套是张平"借"去的，没说不还。

"那几个人身上穿的戴的很多都是从其他同学那里'借'的，这个老师不管吗？"

陈超说老师的说法是，如果有其他同学向学校反映情况的话，学校会处理，但那些与他的衣服被"借"是两码事。而且老师也批评了他，说不该穿这么贵的衣服来学校，"给你和学校双方都添麻烦"。

"我以后不在学校穿那件衣服就是了。"陈超最后有些无奈地说了一句。

然而，这件事还没完。

几天后的放学路上，我和陈超走到铁路桥附近，被几个社会青年拦住，对方不由分说便动手打我们。我挨了两拳后从地上捡起了砖头和他们对打，边打边喊陈超快跑，还趁机拽了他一把。但陈超却一直呆立在那里，既不还手也不跑，任凭一个比他矮一头的男孩扇他耳光，不管我怎么叫都没反应。

到家后我把我俩挨打和外套的事讲给了父母。母亲也觉得学校处理措施不当，当即给刘阿姨打了电话，还建议她第二天一起去学校反映情况。可刘阿姨那边却不置可否，母亲还有些不开心。

第二天早上，父亲送我去了学校。在班里见到陈超，我问他昨天下午怎么样,他只说没事。又问他那些人是谁,为啥要打我们,陈超说跟张平有关。我再问别的,他就不再答话了。

那天父亲去找了班主任老师,但老师说事情发生在放学之后,又是在校外,学校管不了。更何况我也不能确定那几个人是本校学生,建议父亲去派出所报案。父亲没有去派出所,但之后的半个月一直坚持陪我上下学。

3

那时候,陈超的家庭条件比绝大多数同学都要好很多。他书包里的文具　水进口货,一支钢笔便六七白块;骑着一辆3000多块的自行车,是陈叔叔从国外带回来的;脚上穿的那双篮球鞋,据说也价值不菲。在我们每天只有三五块饭费时,陈超的书包侧兜里就卷着百十来块零花钱。

学校从初二开始安排学生晚上6点上晚自习,下午放学后,大家都在学校附近吃饭。每次陈超从兜里把那一卷钱掏出来时,都会引起周围人的关注。当然,其中包括那些每天聚集在小卖店门口的不良少年。经常有人充满戏谑地冲他说,"胖子,这么多钱,请哥哥喝瓶水呗?"遇到这种情况,陈超总会默然答应。

虽然很快他也不带着一整卷钱去小卖店了,但不良少年们依旧会让他"请客买水"。名义上是"买水",但实际吃喝都由他来买单。甚至有一次,两个不良少年从小卖店拿走了百把块钱的商品，都让店老板"挂"在了陈超名下。放学后店老板拦住我俩，让陈超"结账"。几句争执过后，陈超竟又付了钱。

我以为这只是偶尔为之，直到有一天，陈超悄悄问我，能不能帮他把自己的松下随身听卖掉。之后的一个周末，我陪他去电子市场卖了随身听，又听他咨询起收电子词典的价格。

回家路上，我问陈超为啥要卖掉这些东西，陈超说自己欠了校门口小卖店一些钱，店老板要他还账——原来那时候，校门口的不良少年已经发展到所有消费都"挂"在陈超名下了。店老板已经多次找他，说再不"结账"就去跟他父母和学校要钱。

我很吃惊，让他把这些事情告诉老师。陈超却说，之前那次挨打，就是因为他把张平找他"借"衣服的事情告诉了家长和学校。现在那帮人找自己"买单"的钱还能承受得起，所以不想再给自己惹麻烦。

虽然陈超再三恳求我帮他保密，但我还是把这件事告诉了母亲。母亲通知了刘阿姨，刘阿姨又找到了学校，我也又一次给陈超做了"见证人"。

一行人去了校门口的小卖店，老板说平时陈超经常在他店里"招待"那些不良少年，以为他们是好朋友，所以当不良少年们要求把账"挂"在陈超名下时，他便同意了，前后加起来竟然有几千块。

刘阿姨原本坚持要报警，但最后还是在学校的劝说下放弃了。

在学校的协调下，店老板答应不再找陈超"要账"，但之前陈超已经付给他的那些钱不退。争执再三，双方最终接受了这个结果。回家路上，刘阿姨狠狠打了陈超一记耳光。

"那个小卖店就是你们学校教政治的马老师她老公开的，怪不得不让你刘阿姨报警……"母亲说，自己之前也劝过刘阿姨，不要让陈超在钱这方面太"显眼"。但刘阿姨却说，这跟陈超穿什么衣服带多少钱没关系，肯定是陈超跟那些坏孩子平时就有来往，"不然学校那么多学生，其中也不乏比陈超还有钱的，坏孩子们为什么不找他们，偏找上陈超？"

刘阿姨这样说，母亲也不好再说什么，只说让我以后注意跟陈超的距离。她担心刘阿姨的这种想法会给陈超带来麻烦，也担心我跟陈超走得太近，也会惹祸上身。

果然，2001年6月的一天，我在放学回家的路上又看到陈超被几个社会青年拉进铁路桥下的涵洞里。

陈超被几个人围在中间，其中领头的是张平的哥哥张龙。他穿一件花衬衫，正在扇陈超耳光。听他们的对话，应该是张龙之前让陈超每周交100元"保护费"，陈超最近一次没有交上，所以被拉到这里接受"教育"。

我急忙跑去附近电话亭给刘阿姨打电话。等刘阿姨赶到时，张龙等人已经散了。刘阿姨带我和陈超去了警务室。民警不在，一名治安员接待了我们。陈超向治安员讲述了自己在涵洞里遭遇勒索"保护费"并被殴打的情况。治安员做了记录，让我们回去等消息。

我告诉治安员，带头勒索陈超的人是三职专学生张龙。治安员先是愣了一下，然后就显得有些不耐烦，说他知道了，会给民警汇报，之后打发我们离开了警务室。

此事也一直没有下文。不久后，我在学校门口见过张龙。他依旧穿着那件花衬衫，身边站着几个跟他同样打扮的社会青年。

我问过陈超，一共被张龙要去了多少"保护费"，陈超说前后有上千块，自己的电子词典和卡西欧手表也被张龙"借"去了。手表一直戴在张龙手上，但电子词典不知去向。他不敢跟张龙要，更不敢跟刘阿姨说，因为刘阿姨会骂他。

"我妈总是说，我不去招惹他们，他们会来找我吗？可你也看到了，我哪里主动招惹他们了？"陈超实在很委屈。

4

虽然陈超在学校越来越低调，也更少言寡语了，甚至再不去学校门口的小卖店了，但这一切并不能让"光头党"放过他。张平一伙似乎认定陈超身上有"油水"可捞，而且之前一系列事情的处理，可能也给张平等人放出了错误信号。

"义务教育阶段学校不能开除学生，不然就是犯法！"这句之前学校老师给刘阿姨的说辞不知怎么被张平听去了，之后就一直以此为由叫嚣。

"傻超,你牛逼就让学校开除我呀,反正这学我也不想上了。但你小心点,就算学校把我开除了,我照样每天在学校门口等着你,到时打不死你!"一次,张平被陈超举报后去办公室接受谈话,出门时正好遇到我和陈超。他恶狠狠地继续威胁陈超,全然不顾往来的老师和同学。陈超则被吓得脸色苍白,站在那里一动不动。

张平时常派"小弟"在陈超放学必经的路上等着,如果陈超不给钱或钱给少了,等待陈超的就是千奇百怪的折磨——有时逼他在厕所茅坑里"罚站";有时让他站在教室后排的垃圾桶里,一边往他头上浇凉水一边逼他唱歌,更有甚者,他们会将粉笔磨成粉末兑水让陈超喝下去。

一天放学后,我回教室拿课本,正碰到"光头党"逼陈超脱光衣服在垃圾桶里唱歌。当时陈超满脸泪水,硬撑着不肯脱衣服。我上前制止,随即就被"光头党"按在两排课桌之间。张平阴笑着说:"听说之前你在警务室举报过我哥?你小心点,弄完他就轮到你。"

这话让我很吃惊,虽然张平没说他是从哪儿"听说"的,但当时警务室里只有我、陈超和刘阿姨三人。除了陈超本人,我想不出还有谁会把那件事告诉张平。

后来我一度认为是陈超"出卖"了我,也开始跟他"保持距离"。

5

2002年夏天，陈超就出事了。

7月初，期末考试刚结束。暑假前，我和陈超正在打篮球，张平与"光头党"也来到球场，要和我们"打比赛"。大家都想走，可张平他们还是拦下了陈超。

与其说是"篮球比赛"，不如说是张平一伙在欺负陈超——他们运球时故意把陈超撞倒，抢球时又借机靠近陈超，顺势踹他一脚或扇他一个耳光。挨了几记黑手后，陈超借口自己扭伤了脚要回家，张平等人却不依不饶，要求他必须继续打下去。

陈超坚决不肯再玩，拒绝的态度强硬了些。张平索性撕破了脸，指示一起打球的"小弟"去厕所弄了一摊污物摆在陈超面前，让他跪下"吃一口"，"吃一口就可以回家"。

大庭广众下，陈超被张平一伙团团围住，呆呆地杵在那里，不时望向不远处的我。我心里很清楚，他希望我能帮他解围。但我没有动，一来心里还在气他之前"出卖"我，二来我和身边的同学，谁也没有跟张平一伙正面对抗的胆量。我让身边的同学去喊老师，但大家都没动。我犹豫再三，转身向教学楼方向跑去。

不料刚跑出两步，人群中突然爆发出一阵惊呼，紧接着有人四散奔逃。我赶紧回头——两个"光头党"蹲在地上，陈超在追张平，手里还拿着刀。陈超很快被闻声而来的保安和老师抓住，两个受伤的学生也被送往医院。

事后据学校和派出所调查，就在我转身离开的片刻，一个"光头党"突然捡起地上的污物盖在了陈超脸上。陈超愣了一下，随即从口袋里掏出了水果刀——那是一把普通的水果刀，磨得很锋利，一直被陈超揣在兜里——好在伤者也都无大碍。

整个暑假，陈超家都在处理这件事。母亲跟我说，在学校和派出所的协调下，刘阿姨赔了两名受伤学生家一笔钱，算作对方不再追究陈超责任的前提。

假期我见过陈超两次，他一直很沉默，没有怪我那天不帮他解围，也没有多说自己伤人的事情。

暑假过后，陈超就转去了隔壁63中学。再往后，我俩的联系更少了，只是偶尔打个电话。中考后，我去了城郊的寄宿高中，两个人就此断了联系。偶尔向母亲问起陈超，母亲只是让我好好学习，别再跟陈超来往，也别再打听他的消息。

再次听到陈超的名字已是2007年。

高考结束后，我回工厂家属院的房子拿东西。中午吃饭时听几个子弟学校的学生在小饭馆里议论，"超哥真厉害啊，上次他在××茶楼门前和人打架，喊了一面包车人来，都拎着钢管……"看他们的打扮，颇有当年校门口"不良少年"的气质。

我问其中一个学生，"超哥"大名叫什么。他瞥了我一眼，说："陈超啊，这你都不知道？"

回家后，我问母亲陈超到底什么情况。母亲叹了口气，说转学后陈超就跟一群坏学生混到了一起，高中没考上，去了一所职专。但职专也只读了一年，就因为打架被开除了。之后就一直在外惹是生非。

"刘阿姨和陈叔叔呢？不管他吗？"

"早离了。陈叔叔在国外援建时有了婚外情，刘阿姨在舞厅跳舞时也认识了一个男舞伴，也难怪当年不怎么上心陈超的事情。现在可好，回头再看儿子，急得头发都白了。"

我有些唏嘘，说以前我和陈超一起考奥数，他总说以后要学金融，当老板赚大钱。母亲却摇头，说他现在这样子下去，迟早到监狱里去学金融。

6

往后几年，我偶尔也会听到有关陈超的消息，有的说他也成了街头混混，有的说他已经成了"黑社会"，领着和他一样文龙画虎的人去"收账"。我一直没再见过他，实在想象不出当年那个腼腆的大男孩文龙画虎之后会是个什么样子。

直到2014年，我才终于又见到了他。陈超个头没再长高，但瘦了下来，也明显不再是12年前那个腼腆的男孩了，言谈举止间满是"江湖气"。

饭桌上，他说自己在一家"金融公司"上班。我有些惊讶，有同学马上恭维说，"陈总谦虚了，不是上班，是当老板啊！"我更加惊讶了。

时隔多年重新相聚，陈超很高兴。晚饭结束后，主动提出"搞个二场"，拉我去了一家室内烧烤。老板一口一个"超哥"喊着。旁边桌上也有人认识他，过来敬酒，陈超熟练地应付着。看着他的样子，我又想起当年那个背着我玩"骑马打仗"的小胖子，着实无法将两个形象联系起来。

等陈超终于坐定，我笑着说："你在街面混得可以啊，我当社区民警那会儿出来吃饭都没这待遇。"陈超笑着说是碰巧而已。

"当年咱去警务室举报张龙这事儿，不是我出卖的你。后来我在学校门卫室里见到过那天接待咱们的那个治安员，当时他正跟张平的爹在门卫室里勾肩搭背地喝酒……"陈超首先提了这件事。我说这都多少年过去了，你咋还记得这些陈芝麻烂谷子，他却说自己现在是个"社会人"，得恩怨分明。

我问起他的"金融公司"，陈超笑着说："什么狗屁金融公司，名字叫金融外包服务公司，别人不懂情有可原，你是警察不会不懂，其实就是讨债公司，帮人收账的。"

我恍然大悟，哂笑着说："你这也算是实现小时候的理想了。"

陈超却有些怅然，说如果当初不是张平和"光头党"，自己现在应该也大学毕业，去真正的"金融公司"上班了。

我随口问陈超，张平现在在干啥？陈超笑了笑，说张平跟他哥张龙都在自己的"金融公司"上班，负责带队外出讨债。

我又是一惊,问他咋想的,不恨张平兄弟俩吗?陈超又笑了,"那哥俩现在给我挣钱,为啥要恨他们?"

"不过你说起恨,我确实有,但不完全是针对他俩的……以前我是个很守规矩的人,但凡学校公开的纪律,我没有不遵守的。我以为只要我守规矩,规矩就会保护我,但谁知现实并不是这个样子……"

可能是我之前的哪句话触动到了他,也可能只是酒喝得有些上头,陈超开始絮叨起来。

陈超说,当年张平和"光头党"找他麻烦时,他首先想到的是找老师,但没有成功。又想到告诉家长,但刘阿姨始终把"全校那么多学生,他们怎么就找上你"这句话挂在嘴边。最后不得已报了警,警察却认为学校里的事情应该由学校解决,转了一圈又回到学校手里。

"我以前的学习成绩你是知道的,不奢谈重点中学,考市里好一点的高中应该是没啥问题的。"陈超说,自己从小就希望能像他爸一样做一名"工程师",可以去世界各地,即便后来转学去了63中学,他依旧怀着同样的理想。

"伤人的事情之后,我本打算转去一所远一些的学校重新开始,比如19中,但我妈不同意,她觉得没必要,况且19中在西郊,去那儿上学她每天要接送我……"说到这里,陈超的神情有些复杂。

由于两所学校相隔不远,陈超一入学,张龙就找上门,说周围几所学校都"归他管",不要以为转了学就万事大吉。以前要交的"保护费"之后依旧要交,而且因为陈超拿刀"威胁"了张平,还得额外拿出更多的钱。

陈超又把自己的遭遇报告了老师,但学校给出的答复与之前的初中差不多。陈超再给母亲讲,这次换来的却是刘阿姨的暴怒。

"我妈说,你说在学校受欺负,我去找了你们老师,你说要转学,我也给你转了学,现在你又说那帮人还缠着你。一直都是你在说别人,但你就不会从自己身上找找原因吗?!"

陈超说,他确实找不出原因,自己只想安心读书,但张龙和张平兄弟二人却始终像不散的阴魂般缠着他,他做梦都会梦到自己被张平和张龙二人围着打。

"既然我改变不了世界,那就改变自己的世界观吧。"

7

2003年4月,16岁的陈超与张龙等人在铁路桥下打了一架,陈超一直记得那个时间,他说自己的转变就从那时开始——

那次打斗中陈超以一敌五,起初他很胆怯,但当把张龙兄弟打得头破血流之后,另外3个跟张龙一起找他收了大半年"保护费"的家伙撒腿便跑,陈超拎着砖头追了很远也没追上。之后张龙扬言报复陈超，但陈超不再害怕，反而主动去找张龙，每次找到都又是一场互殴。

"那时候我也看明白了，什么'光头党'，什么'扛把子'，就是个不务正业的街痞。身边也是一群唯利是图的狗腿子，要啥没啥还欺软怕硬。"和张龙硬扛之后，陈超索性放弃了学习，一门心思对付他们。书包里常年装着砖头和甩棍，有时还装着一把餐刀。

因为敢跟张平一伙对打，陈超在周围几所学校一下出了名，开始有人喊他"超哥"。因为不再给张龙一伙交"保护费"，陈超手里的钱又多了起来。他说那时刘阿姨每月给他的零花钱有四五百块，差不多顶一个普通职工的月薪。他就用来请那些帮他打架的不良少年吃喝玩乐，身边喊他"超哥"的人越来越多。

"他们跟着张平打我，完事后张平请他们喝可乐吃麻辣串；跟着我打张平兄弟俩，完事后我请他们吃烧烤喝啤酒唱歌，还给充游戏点卡。只要脑袋没坑，就知道该跟谁混。"说到这里，陈超笑了起来。

"义务教育阶段不能开除学生"的条款同样对陈超适用。之前中学拿张平没有办法，后来63中照样拿陈超没有办法。请家长、开会批评，陈超享受过当年张平的所有"待遇"，但也获得了与张平一样的结果。

至于之后如何开了那家"金融外包服务"公司，陈超却不愿跟我多谈。他说眼下我们毕竟身份不同，有些事情挺敏感的，说出来对大家都不好。我也没再多问,只是还是好奇,为何张龙和张平兄弟俩现在成了他的"马仔"。

"还能有啥?这年头做流氓能当饭吃吗?"陈超说。

当年,张龙和张平的父亲是街面上叫得上名的地痞头目,但后来因为中风在家里躺着,靠低保生活。2008年,张龙因为寻衅滋事被判了两年,出狱后也老实了。张平去技校学计算机,在校期间还当"扛把子",最后风光了一把。但毕业后找不到工作,只好做了几年网吧网管。

"该读书时不读书,'扛把子'得先扛得起自己那一日三餐吧?连饭都吃不上了,还扛个屁'把了',去超市扛水还差不多!"陈超说,张龙和张平兄弟二人来他的"金融公司"上班前,确实都在附近一家超市上班,张龙当"保全",张平干"损管"。陈超是去超市"做业务"时遇到的兄弟二人,干脆招到了自己麾下。

"前两年我在公司经常骂他俩,喊张龙'傻虫',张平'傻平',一点小毛病张口就骂,但这俩人都乐和地听着,从来不敢还嘴。为啥?在我这儿比在超市挣得多啊!这两年我也不骂他们了,想想大家都可怜,可怜我当年遇到他俩,也可怜他俩现在落得这个境遇……"

那顿烧烤吃到最后,陈超喝多了,分别时我给他叫了的士。上车前,陈超突然一本正经地问我,自己有没有可能再去读个大学，说好像社会上有个什么成人高考，他想去正儿八经学个"金融"。

看到他袖口露出的文身，我刚想和他开个玩笑，陈超却突然打了自己一下，嘟囔了一句，"想什么呢，脑子有坑"。

尾声

2018年5月，陈超因组织、领导、参加黑社会性质组织罪、寻衅滋事罪、强迫交易罪、妨碍执行职务罪、故意伤害致人重伤罪等数十条罪名，被判有期徒刑11年。

距此一年前，可能已经意识到自己风险临近，他曾找过我，向我咨询脱险办法。我当时尚不知道陈超犯下的罪行如此之多，以为他只是经常打些擦边球，对全国正在开展的扫黑除恶专项行动心有余悸而已。我劝他低调行事，不要再做钻法律空子的事情，尤其要删去朋友圈里那些跟文龙画虎人士的合影。

陈超的确照做了。之后他的朋友圈风貌大改，全都是与妻子在香港旅行、带儿子逛商场的照片，偶尔还会分享几个颇有文艺气息的网页链接，陈超也俨然成了一位居家好男人。

几个月后，陈超还是被警察带走了。他的妻子找到我，问在本地警界有没有"熟人"，她想把陈超"捞"出来。我问陈超犯了什么事，她支支吾吾不明说，只说是早年出的一点事情，当年已经"压"下去了，现在又被人提了出来。

我说自己恐怕没有"捞人"的本事，但可以帮你问问陈超在"里面"的情况，但陈超妻子说了声"不用"便走了。我想可能她还急着找其他人想办法。

再之后，就没有陈超的消息了。

我的确找朋友问过陈超的案子，他们都说知道，但不让我打听，更别多管闲事。从朋友的欲言又止中，我感觉出陈超惹下的麻烦恐怕并非只是他之前跟我说的那些。于是往后的日子里，我也没再问过他的事情。

抓住那个跟踪厂花的流氓

2014年12月底,一天中午,47岁的精神病人赵金柱当街追打前机械厂保卫处处长陈志。

接到报警后,我和朱警官赶往现场,只见陈志在前面跑,赵金柱拎着半块砖头在后面追。沿途行人纷纷避闪,朱警官用警车挡住赵金柱的去路,我跳下车扑上去夺砖头。赵金柱一口咬在我的肩膀上,拉扯中把肩章弄坏了。

很快,我们就用约束带把激烈挣扎的赵金柱绑了起来,陈志则气喘吁吁地回到警车跟前。陈志说,当天下午他和居委会小刘照例去给赵金柱送大米,本来一切正常,赵金柱还跟他俩闲聊了几句,但突然犯了病,抡起凳子就要打。

陈志和小刘边跑边躲,在岔路口分了头。赵金柱只追陈志,先是丢凳子,后来就捡路边的砖头朝陈志扔。我们赶到前,陈志身上已经挨了至少三块砖了,手上也带着伤。

"好在腿脚还能跑,不然被追上了,非得在医院里过年不可……"64岁的陈志感慨道。

朱警官却面露不悦,"老陈你也知道赵金柱不能见你,为啥还要去招惹他?"

陈志解释说,到年底了,他只是想给赵金柱送点米面。朱警官再次打断他,说送米面可以让居委会的人代劳,"你为啥一定要亲自去?"

陈志叹了口气,没再说话。

1

当天下午,我和朱警官把赵金柱送往精神病院。临走前问陈志,被砸的那几下要不要紧,用不用去医院看看。陈志说不用,身上衣服厚,砖头没伤到肉;手上也只擦破了皮,自己回去包扎一下就行。

陈志提出想跟我们一起送赵金柱去精神病医院,朱警官要开车,他怕我一个人在后面控制不了。陈志又说自己当保卫处处长时经常处理赵金柱的事,"别看这人瘦,发起病来一股子蛮力"。

我和朱警官谢绝了,一是赵金柱此次发病就是因为陈志,两人不方便同车;二是陈志已年过六旬,能不能帮上忙还在其次,万一赵金柱闹起来再伤了他,我们也担待不起。

眼看跟车无望,陈志只好作罢,但发车前,又悄悄往我手里塞了两包"黄鹤楼"。我推辞不要，陈志面露难色，说如果赵金柱在路上又发病，麻烦我"控制好力度，别伤了他"。

我有些诧异，不知这家伙葫芦里卖的什么药。驾驶位上的朱警官转过头说："这事我们心里手里都有数，老陈你赶紧回去吧。以后少让赵金柱看到你，我们就谢天谢地了。"

车子发动了，陈志把两包烟从窗口扔进来，说了句"他也是可怜，照顾一下"便扭头走了。

那年，朱警官已临近退休，放在其他单位，已经可以"内退二线"了，无奈公安局警力不足，朱警官肩负一个社区的警务工作，年纪大了难免有些事照应不过来。上级便让相邻警区的我帮他分担一部分——其中就有需要重点关注的赵金柱。

与其他有暴力倾向的肇事肇祸精神病人发病时"无差别打击"不同，赵金柱每次发病，矛头只针对一个群体——机械厂保卫处的工作人员，其中前任处长陈志尤其"重点照顾"。

我对赵金柱的情况了解不多，只知道他是武汉人，年轻时招工来到我市机械厂。30岁那年赶上"严打"，因流氓罪坐了几年牢，出狱之后精神就出了问题。单是赵金柱发病追打陈志的警情，我就处理过很多起。有次我实在忍不住，问朱警官，赵金柱跟陈志究竟有什么深仇大恨？

朱警官说，1996年严打，赵金柱就是被陈志带人扭送到派出所的，后来判了7年。从此，赵金柱就记恨上了陈志。

我说赵金柱这明显属于"打击报复"了，为什么不法办他？

朱警官叹了口气，说不是不想法办，而是根本没法"法办"。一来赵金柱已经得了精神病，追打报复属于"病态行为"，按规定只能送医；二来当年赵金柱被判刑的事情，确实有些复杂，"现在看来，很难说是什么性质"。

朱警官话中有话，但更让我不解的是，受害者陈志一直以来的做派——被"打击报复"了十几年，陈志却自始至终对赵金柱照顾有加。不但逢年过节登门看望、送米送油，前几年还给赵金柱谋了一个看大门的差事，甚至连赵金柱的低保，都是陈志一手帮忙操办的。

不过，赵金柱似乎并不领情，两人在街上相遇，赵金柱轻则朝陈志吐口水，稍受刺激，就大打出手。自打他得知陈志住哪儿后，陈志家的阳台玻璃每年都要换好几次——即便这样，陈志也不怎么跟赵金柱计较，甚至多数时候不会主动报警。

"这陈志以前是不是做过啥对不住赵金柱的事儿啊？不然怎么那么能忍。"我问朱警官。朱警官笑笑，说或许吧，"他俩的事儿啊，外人真不好评价"。

"不会是因为当年抓赵金柱坐牢这事儿吧？"我问。朱警官点点头，说差不多。

"冤假错案？"我脱口而出。朱警官说算不上，当年陈志抓赵金柱没错。法院判赵金柱也没错。

我愈加不解了，"那陈志有啥对不住赵金柱的？"

"此话说来长喽……"朱警官点了一支烟,"听说过'靶场女尸案'吗？"

"听过,你破的嘛,还拿了奖。"

朱警官又笑,但沉思了一会儿却说："其实应该算是陈志破的。当年赵金柱也是因为那个死者被判的刑……"

我更糊涂了,在我的再三恳求下,朱警官讲了整个故事的经过。

2

1996年5月下旬的一天,时任机械厂公安科科长的陈志接到本厂女工王艳的举报,称最近自己下夜班的路上多次被人尾随,怀疑是本厂青工赵金柱所为。陈志马上派人找赵金柱了解情况,赵金柱当即否认。

因为仅仅是"尾随",且没有证据,陈志只能带着公安科职工在厂西那条王艳下班的必经路上转悠了一周,一无所获,便只当是女职工多心,安慰了几句就作罢。

但没过多久,王艳再次找陈志,说尾随她的人又出现了,就是赵金柱。此外,王艳还说,厂里有人看到赵金柱把她的照片放在内裤里,十分恶心。陈志有些恼火,一边劝王艳不要担心,一边安排人手继续调查。

几天之后的一个深夜,公安科职工现场抓获了尾随王艳的赵金柱。赵金柱被带到公安科，解释说自己是听说王艳最近下班被"流氓"尾随，不放心，所以来"暗中保护"她。

大家都对赵金柱的说辞嗤之以鼻，陈志更是直接开骂，说他"贼喊捉贼"。但赵金柱毫不示弱，与陈志吵了起来。

其实，陈志不想把事情闹大，毕竟都是厂里的职工，说出去对厂子也不好。陈志让赵金柱写份检讨，并上交王艳的照片，此事便可作罢。但赵金柱却一再坚称自己是"暗中保护"王艳的，更没偷过照片。双方话不投机，赵金柱张口就骂……

"赵金柱这家伙，毁就毁在他这张嘴上。"朱警官解释道。

赵金柱时年29岁，在厂里工作10年，绰号"铁脑壳"——在旁人眼里，赵金柱一直有些古怪，平时独来独往，没结婚也没女朋友；下班后哪都不去，就把自己反锁在单身宿舍里；不抽烟、不喝酒、不打牌、不跟人接近，也不参加任何集体活动。

按理说，赵金柱当时的行为只是有些孤僻，不至于得罪旁人，但他还有个致命的缺点，就是"嘴巴臭"。他轻易不与人交流，却常因一点小事跟人发生口角。无论是领导、同事还是门卫，赵金柱都一视同仁，入厂多年，厂里没被他骂过的人屈指可数。

厂区门卫归公安科管，陈志自然也被赵金柱骂过。那天赵金柱骂得更狠了，陈志一下上了火，不再想"小事化了"，便让陶运来和胡斌立即去赵金柱宿舍找那张照片，找到之后全厂通报。

令陈志失望的是，陶运来和胡斌把赵金柱宿舍翻了个底朝天，也没有找到王艳照片。但"意外收获"了一个同样敏感的东西——赵金柱的日记——这与其说是"日记"，不如说是一本"黄色小说"。赵金柱把自己意淫同厂年轻女工的内容全部写进日记本，前后涉及十几人。

"我没看过那本日记，但据传言，里面的内容'不堪入目'。后来他的日记内容被传开了，那些被日记提到名字的女工羞愤不已，有人找领导告状，有人跑去市公安局报案……"朱警官说。

尤其是王艳，赵金柱在日记里着重提到她，还称她为"老婆"。

赵金柱此前确实追求过王艳，但王艳年轻漂亮，一直是机械厂的"厂花"，根本看不上赵金柱。日记内容泄露后，有人在王艳背后议论，她既羞又恼，多次找厂领导"讨公道"。

"这事儿也不至于判他7年呀？"我问朱警官。朱警官说确实"不至于"，但之后赵金柱做了一件事，就"至于"了。

3

赵金柱成了厂里的笑料和公敌。男同事笑他"癞蛤蟆想吃天鹅肉"，女同事则拒绝跟他有任何接触，迎面遇上都要躲并好远。日记中提到的女同事中，有人已婚或有了男朋友，他们也纷纷扬言要好好教训一下赵金柱。一时间，厂里闹闹哄哄的，一度影响了日常工作进度。

为了安抚职工情绪，当时的厂领导专门为此事开了会，但他们也很为难。一方面，他们巴不得开除"刺头"赵金柱；但另一方面，赵金柱的行为又完全够不上违纪，甚至说他本身也是一名受害者——日记内容属于个人隐私，却被公安科泄露出去，厂里是不可能因为"思想龌龊"而开除他的。

"但这件事坏就坏在赵金柱平素风评太差，厂里有很多人看他不顺眼，想借着这件事看他的笑话。"朱警官说。

1996年7月，赵金柱经历了两个月的压抑、愤怒和委屈之后，再也忍耐不住了。7月16日下午，他对一位嘲笑他的同事大打出手，被人拉开后，赵金柱怒气未消，直接跑去隔壁车间找到王艳。

据赵金柱事后交代，那天下午，他去找王艳的目的就是想跟她当面对质。他已听说，就是王艳举报他"跟踪尾随、图谋不轨"的。

两人发生了激烈的争吵，赵金柱一怒之下要打王艳，虽然被人拉开，但拉扯的过程中，赵金柱扯破了王艳的上衣并喊出了那句最终把他送进监狱的话——"臭婊子，我要当众强奸你！"

现场围观的人都听到了这句怒吼，也看到了王艳被扯开的上衣。事后公安机关在调查过程中，至少7人在笔录中证实了这句话的存在。

"如果放到现在，赵金柱的行为很可能就是个'寻衅滋事'，但那时候不一样，要知道，1996年7月，全国'严打'正搞得激烈……"朱警官说。

赵金柱打死也没想到,自己的那句话在当时有多要命。后来他说,本以为最多就是被开除而已,没承想,法院直接给他定了一个"流氓罪","公共场所强奸妇女未遂",有期徒刑7年。

收到赵金柱的判决结果时,连陈志都蒙了。但事已至此,陈志也不便多说什么。厂里有人吃惊不已,有人幸灾乐祸,也有人议论纷纷。

陈志私下找朋友问过赵金柱的量刑。"幸亏这次不比1983年严打,否则赵金柱够得上枪毙了。"朋友回答他。

"这就是陈志感觉对不住赵金柱的原因?"

朱警官点点头,说老陈本来只想教育一下赵金柱,一方面给厂里的职工们一个交代,另一方面也治治他的臭脾气,没承想竟然是这个结果。而且,直到赵金柱入狱后,陈志才第一次了解了赵金柱的家庭状况,更觉得心里不是滋味。

赵金柱父母早亡,从小就辗转在一个哥哥和两个姐姐之间讨生活。那时哥哥姐姐皆已成家,对赵金柱都不太好。磕磕绊绊读完中专,赵金柱索性借分配招工之机离开武汉,想在这里安身立命。

单论工作能力,赵金柱工作10年,从未出过差错,每年的考评都是"优秀"和"车间骨干"。如果不是性格问题,恐怕早就当上车间领导了。

入狱后，厂里照例要开除赵金柱的公职。办手续时，赵金柱的车间主任呛了陈志几句，他直言道：这件事的罪魁祸首不是赵金柱，而是陈志的人——如果不是他们把赵金柱私人日记里的东西散播出来，哪会有后面的事，他们侵犯了赵金柱隐私，还把人家"逼上梁山"，按理也得坐牢。

陈志吃了瘪，回去越想越气，骂了陶运来和胡斌一顿，还扣了两人半年的奖金，这事儿就算是过去了。原本，陈志还想等赵金柱出狱之后想办法"照顾"他一下，但赵金柱本就性格偏执，心里又气不过，未等服刑期满便出了精神问题。

"赵金柱出狱之后，陈志帮他办了低保，算是解决了他吃饭的问题，又协调了医保方面的事情，算是解决了治病的问题，逢年过节也会送点东西。但赵金柱一直不领他的情，只要犯了病必然要去找他麻烦。我和陈志打了二十几年交道，有时候也劝他算了吧，但陈志总说是自己对不住赵金柱……"朱警官叹了口气。

于情于理，我还是觉得有点不至于。便问朱警官："这个'对不住'到底是啥意思？难道当年不该抓赵金柱吗？尾随王艳、撕扯了她的衣服，还说了那句'我要当众强奸你'，陈志作为公安科科长，处理赵金柱也是他分内之事，有啥对不住的？难道当年应该坐视不管吗？"

我真心觉得，如果是因为泄露日记那事，陈志确实有领导责任，但罪魁祸首也是陶运来和胡斌。陈志当年没有处置二人，现在却不断说"对不住"赵金柱，的确有些惺惺作态。至于赵金柱入狱后得精神病一事，看似也不是陈志的问题。

听我这么说，朱警官微微点头，但他沉默了片刻转而又说，在"3·21专案"侦破之前，我跟你是相同的看法。

"3·21专案？"我有些不解。

"嗯，就是靶场女尸案。"

4

"靶场女尸案"是我市1997年3月发生的一起重大刑事案件，受害者正是第二机械厂女工王艳——此前，我没能把这两件事联系在一起。

1997年1月17日凌晨，24岁的王艳在下夜班之后失联，单位和家属百般寻找未果，遂报了警，警方也没找到王艳。直到3月21日上午，王艳的尸骸在铁厂武装部早已荒废的靶场杂物房内被发现。

这间杂物房位于废弃靶场西南角的深处，地处偏僻，人迹罕至，里面堆满了单位机关淘汰的废旧家具。那年年初，杂物房塌了，铁厂决定直接用铲车把废墟推平。不料铲车作业时，却意外在瓦砾中发现了一具腐败女尸。后经警方辨认，死者正是失联的机械厂女工王艳。

被发现时，王艳的双手被绑在一个联邦椅上。经法医鉴定，她死于颈部机械性窒息，死亡时间在两个月以上，且从她裸露的下身和被丢在一旁的女士内衣判断，生前可能遭受过性侵。

市局成立了"3·21案"专班，但由于死亡时间长且杂物房已垮塌，案发现场已难以找到对破案有用的线索。虽然在尸骸辨认过程中，痛不欲生的王艳父母向警方提供了一条信息——女儿脖子上一直佩戴的一条黄金项链不见了，但当时这一信息对于破案的帮助极其有限。

"当年不像现在，发了案子调监控，查轨迹，实在不行还能上技侦。当时我们啥也没有，法医也帮不上太多忙，只能寄希望于走访摸排。"那时候，朱警官是市局刑侦支队的骨干民警，全程参与了专案调查。

王艳是本市人，上面还有一个姐姐，父母都是退休职工。一家人既没有仇家，也没有外债。

18岁高中毕业后，王艳在家待业一年。父亲退休后，她接班进入机械厂工作。因为长相姣好，身边有不少追求者，既有本厂同事，也有外单位职工。王艳的择偶标准较高，一直没有确定关系的男朋友，社会交往关系也很简单，平时她与父母同住，除了跟几个同学、同事有来往，基本没有其他关系了。

警方将"3·21专案"定性重大奸杀案，但凶手究竟是"见色起意"还是预谋已久，却实难判断。王艳的遇害现场与她下夜班走的那条路相距不远，但武装部靶场常年封闭，坍塌的杂物房之前也一直上着锁，民警现场勘查后，发现两处门锁也是完好的——王艳究竟是如何进到杂物间的？

朱警官等人首先将目标指向了铁厂。

警方在铁厂摸排调查了一个多月，对全厂600多名员工进行问话，尤其是负责管理武装部靶场、有机会接触到靶场和杂物房钥匙的职工及其男性亲属，全部被列为"重点对象"。但始终未能找到嫌疑人。

与此同时，警方也在陈志等人的协助下对机械厂职工进行了排查，尤其是追求过或正在追求王艳的男职工们。

"之前赵金柱的事情对王艳刺激不小，那个年代嘛，大家思想都还保守。当时厂里还放了她一周假。回来上班后，王艳精神状态依旧不太好，厂里有小半年时间都没安排她上晚班。1月16日是她的第三个晚班，没想到还是出事了。"朱警官说。

当时，王艳失踪一事在机械厂内引起了很大风波。有人说王艳和市里的某位领导儿子"私奔了"，有人说王艳被武汉的一个大款"包养了"，还有人信誓旦旦地说，过年时看到王艳挺着大肚子，"未婚先孕在家养胎呢"。

"这女人漂亮了，身上是非也多。王艳失踪后，厂里那几个追求她的男职工隔三岔五去她家晃悠，说是帮着找人，其实一来想打探些消息，二来想给王艳父母留个好印象。但后来王艳死了，一个个生怕被人怀疑，再也不敢去她家了。"

陈志实在想不通，在他的印象中，唯一有可能威胁到王艳的人就是赵金柱了。他向经办此案的民警讲述了此前赵金柱的事，警方还派人专程去监狱核实情况，确定赵金柱一直在服刑。

3个多月过去，警方一无所获，案件一时陷入僵局。专案组逐渐把侦查重点移向社会，开始调查一些曾有过流氓前科的人员，其间也传唤甚至抓捕过一些嫌疑人，但后经调查，都排除了杀害王艳的可能。

"该查的都查了，确实破案条件不足。后来我们也灰心了，说句不好听的，就那时我们手里的证据，即便抓到犯罪嫌疑人也很难给他定罪……"朱警官顿了一下又说，"至于王艳父母说的那条金项链，王艳姐姐脖子上有一条一模一样的，当年我们也试图在那上面做些文章，但没有成功，后来案子就只能暂时挂起来了。"

1997年秋天，王艳的遗骸被亲属火化，"3·21专案"的侦办工作已在事实上宣告失败。案件被列入公安局"在侦卷宗"中。警方把案情和遇到的困难如实告知了王艳的亲属，亲属的抵触情绪很大，但最终还是表示理解。

起初，王艳的父母会不时来公安局询问一下，女儿的案件有无进展，再往后，就越来越少了。到了2003年，王艳的姐姐调去武汉工作，把父母也带去了，之后便再没来过。

"3·21专案"成了我市公安局的一桩悬案。

5

"案子最后是怎么破的呢?"我继续追问。朱警官笑了笑,说陈志这家伙,也是个有趣的人。

陈志1950年生,个子不高,但很精神,当过几年兵。1973年转业到机械厂后一直在保卫部门工作,虽不是公安科班出身,但常年从事治保工作,经验也很丰富。

陈志做人做事很"江湖"——在厂里大大咧咧,既跟厂领导称兄道弟,又能和普通职工玩到一起,人缘很好。

当然,除了性格外,这也跟陈志的家庭出身有关。陈志父亲退休前曾是市里的一位重要领导,兄弟姐妹也多在政府机关任职,机械厂领导"见人下菜",陈志自然过得舒服。

陈志一直有个心愿,就是当一名警察——当年转业时他本来想去公安局工作,但他父亲觉得国企也是铁饭碗,还比政府机关多一份企业奖金,因此强行把他转到了机械厂。为了让自己更像公安,陈志甚至给公安科职工统一配发了"警服",虽然没有肩章和领花,但乍眼一看,跟派出所民警的"89式"也没什么区别。陈志经常自嘲:"地方公安才是真警察,企业公安科就像'二鬼子'。"为此他还挨过不少厂领导的骂。

"那时候,国企公安科的执法权限也不明确,说是没有'刑事侦查权',只能在公安机关的指导下处理一些本厂区域内小偷小摸的案子,但有些案子明显达到刑事案件立案标准,他们还是关起门来自己搞。那时辖区派出所警力不足，只能睁一只眼闭一只眼了。"朱警官说。

2002年，我市进行公安机关体制改革，原属各国有单位的公安处、公安科统一由企业公安归并为行政公安，与原单位脱离从属关系。按要求，机械厂公安科改为保卫处，原有人员可以选择离开企业加入公安机关，或是留在原单位保卫处工作。

所有人都以为，一心向往公安工作的陈志肯定会正式加入市公安局，连市公安局也已做好了接收他的人事关系准备。但最后时刻，陈志却出乎意料地选择留在保卫处。

朱警官对陈志的选择表示理解，因为在朱警官看来，当时机械厂属于明星企业，经济效益很好。作为中层干部，陈志除工资以外，每年还能拿到数量可观的奖金。那时，两人早已相熟，朱警官还揶揄过陈志，说他"之前天天说羡慕地方公安，企业公安科都是'二鬼子'。现在有机会'转正'了，自己却舍不得那点奖金了"。陈志听了只是笑，笑完又叹了口气，却也不说别的。

就这样，陈志成为转制后第一任保卫处处长。又过了两年，朱警官也因身体问题从刑警支队调入辖区派出所，正好负责机械厂所在的片区，两人再度成为工作伙伴。

再度相会，陈志在家炒了一桌好菜，专门拿出一瓶好酒款待朱警官。也是那天，朱警官才知道，陈志居然还在关注"3·21专案"，而且还有了一些意想不到的收获。

"3·21专案"案发时,陈志一度雄心勃勃:以前自己处理的都是些鸡毛蒜皮的小事,这次发了大案,终于可以一展身手了。

那段时间,陈志接连半个月不着家,吃住在公安科办公室。其他职工也在他的带领下日日枕戈待旦,恨不得马上把凶手翻出来。但最终仍未能如愿。

警方撤离后,公安科恢复正常工作。陈志沮丧了很长一段时间,经常带着自己的两个"铁杆"陶运来和胡斌借酒消愁。

一次,胡斌在酒桌上跟陈志提起了一个有关赵金柱的细节。胡斌说,抓到赵金柱当晚,赵金柱曾坚称自己是为了"保护王艳"才跟踪她,还说自己看到过尾随王艳的人。当时大家都不信,可案子搞到现在,会不会真的是当初搞错了?

陈志沉默了。其实王艳出事后,他也想到了赵金柱当时说过的话。

王艳下班回家,要经过机械厂西侧的一条土路,右手边是厂围墙,左手边是城郊高场村的农田,道路尽头是省道延伸出来的一条分支路。王艳回家大概要走25分钟,除了围墙附近的路上有几盏昏暗的路灯,剩余路段皆是一片漆黑,王艳会随身携带一个手电筒照明。

赵金柱"保护"过王艳几次。除去被公安科抓住的那次,有两次确实看到了一个人,身材跟他差不多,在路灯附近看不到,一走到没有路灯的路段,那人就突然出现了。

赵金柱是为了"暗中保护王艳"而不开手电,而那个男人不知为何也不开手电，3人相隔不远，在漆黑的路上行走，赵金柱走在最后。偶尔有车路过，赵金柱通过车灯看到前面的男人穿着一套机械厂的工装，斜背一个帆布包，跟自己的打扮几乎一模一样。

"王艳回家的最后一段路有路灯，但赵金柱说走到那段路时，前面的男人又突然不见了。陈志当时认为赵金柱在'掰（骗）'他，哪有突然出现又突然不见的人？还跟赵金柱穿一样的衣服？公安科其他人也不信，认定赵金柱在编故事。"朱警官说。

王艳遇害后，陈志起初还很犹豫，要不要跟警察说明这个情况。因为第一次接到王艳举报后，他曾带着陶运来和胡斌二人在王艳下班路上"蹲守"过一段时间，从未发现赵金柱口中的那个男人。况且赵金柱说这话时，公安科所有人都认为他在撒谎——"群众的眼睛是雪亮的。"

假如赵金柱说的是真话，那这个男人就真的很可疑。但问题是，如果真是这样，岂不是公安科一开始就冤枉赵金柱了？胡斌建议陈志再找赵金柱聊聊。陈志也有这个想法，但那时赵金柱已在监狱服刑，陈志与他非亲非故，不可能见到他。

"作为机械厂公安科科长，陈志为何没有在警方调查时告知这一情况，他当时是怎么想的？"听到这里，我打断了朱警官。

"我后来问过陈志，"朱警官解释说，"他当时心里还是很犹豫。那天与胡斌吃完饭后，陈志又找陶运来商量。与胡斌相反，陶运来坚称赵金柱那晚就是'贼喊捉贼',赵金柱耍流氓这事已是板上钉钉,现在把'当初他用来蒙混过关的话'讲给警察,不就是扰乱警方工作吗?"

更何况陈志自己也有私心:虽然赵金柱是因为"流氓罪"被抓进监狱的,但万一最初尾随王艳一事真不是赵金柱干的,那他和机械厂公安科恐怕也逃不过要承担责任。

犹豫再三,陈志当时便隐瞒了这个信息。

"那为什么又给你讲?"

"因为他开始怀疑到一个人身上了。"朱警官说。

6

陈志怀疑的不是别人,正是自己曾经的下属、保卫处消防科科长陶运来。之所以怀疑他,是因为几件事:

大概是1999年10月的一天,机械厂的黄师傅在传达室用煤气炉烧了一壶水,中途出门解手不慎把自己反锁在屋外。传达室装了防盗门,窗户上焊了拇指粗的铁栏杆。黄师傅急得抓耳挠腮,只得去隔壁公安科办公室求助。

那天陈志不在,是陶运来负责值班。后来黄师傅说,陶运来只用了一根铁丝便捅开了传达室的防盗门。可当陈志问起时,陶运来坚持说他只是把手伸进纱网一掏便把锁打开了。

这不是什么大事,陈志没放在心上。直到有一次黄师傅又把钥匙锁在屋里，来找陶运来求助。那天陶运来刚好不在，陈志费了九牛二虎之力也没把锁打开，最后只能说，要不就锯窗棂吧。

黄师傅不愿意，这样干他会被厂里罚款，他一个劲儿地要陈志把陶运来找来帮忙。陈志没搭理他，窗棂还是锯了，黄师傅果真被罚了款。为此，黄师傅有一个月不愿搭理陈志。

陈志找了个机会向黄师傅主动示好，又请他在厂附近的小酒馆喝了顿酒。谈到开锁，黄师傅夸陶运来很有本事，"就是把那根铁丝弯了几弯，伸进锁头里挠了挠，然后'咔吧'一声，锁就开了……"

陈志说不可能，陶运来跟自己共事快十年，真有这本事自己能不知道？退一步说，真有这本事，他还用在厂里干治保？这是陈志的一句玩笑话，但黄师傅说，陶运来的叔叔是城里"兴旺开锁"的老板，技术没的说，都是亲戚，陶运来难道就不会跟他叔学点什么？

这句话差不多说服了陈志，但电光石火间，陈志却想到了另外两样东西。那就是"3·21专案"中铁厂武装部靶场和杂物房那两把没有被破坏的锁头。

当年，那两把完好的锁头确实引起了警方的注意。除了彻查有钥匙的员工及男性家属，案发之初，警方也怀疑过技术开锁，对城里会开锁的人员进行过地毯式普查，其中也包括"兴旺开锁"的老板，但同样一无所获。

"陈志怀疑陶运来还有两重原因,一是陶运来的身形和赵金柱的确差不多,在光线不好的地方穿上工装,从背后看很难分清两人;二是陶运来当年也追求过王艳,但王艳没同意。这事陈志知道,还劝陶运来'找媳妇目标实际些'。"朱警官说。

2002年胡斌调走,临走前陈志和陶运来请他吃饭,又谈及此事。趁饭后陶运来去买单的工夫,胡斌悄悄跟陈志说,当年案发时,陶运来曾多次嘱咐他不要向外人提自己之前也追求过王艳的事,担心节外生枝。当时陈志酒后脑袋发蒙,加上本就知道,便没把胡斌的话放在心上。

等第二天酒醒后,陈志越想越觉得不对劲,打电话问胡斌,为啥要告诉他这件事。胡斌却在一旁打着哈哈,说自己没别的意思,酒喝多了,随口一说。

当年,警方对所有追求过王艳的机械厂男性职工都进行过普查,但没有查到陶运来的头上。案子挂起来之后,陈志也关注过一些人,但同样没有关注到陶运来。对于这一切,陈志说是他的原因——从一开始,他就根本没考虑过自己身边的人会有嫌疑,况且公安科配合警方查案时,陶运来也一直在忙前忙后。

很快,陈志又想起一个细节。

早在1996年5月王艳第一次举报被人尾随时,陈志曾查过本厂各车间的夜班排班表;1997年1月17日王艳失踪时,他也给警方提供过夜班排班表;后来自己在厂里调查时,也整理过与王艳同上夜班的人员名单。虽然这些名单上的人除了当年的赵金柱外，都被排除了嫌疑，但那时陈志突然意识到，自己可能犯了一个严重的错误——自己在整理全厂职工夜班时间表时，唯独忘了自己所在的公安科。

他马上去找当年公安科的值班记录，翻到一半才突然想起，陶运来当年是住在公安科值班室的。

此前，陶运来一直住叔叔家。1994年陶运来堂哥结婚后，他向厂里申请单身宿舍，但厂里宿舍不够。后来在陈志协调下公安科腾出一间办公用房，一来解决陶运来的住宿问题，二来相当于给公安科增加一个夜间值班"常备力量"，双方皆大欢喜。

陈志越想越觉得陶运来可疑，可一时也找不到任何可以证明陶运来与王艳被害一案有关的直接证据。

"那他为什么不趁早把这些怀疑告诉公安机关？他和陶运来是同事，有些话问不出口，但警察不存在这些麻烦呀？"我问。

朱警官叹了口气，说就是因为陈志觉得警察做事单刀直入，陶运来又是他的同事，他不方便在没有证据的情况下通知警察。的确，陈志后来也承认，他这辈子做错过两件事，一是赵金柱的案子办得太急，二是陶运来的案子想得太多。

"那2004年，陈志又为啥把这件事讲给你？是因为他找到了什么直接证据吗？"

朱警官点了点头。

7

2004年,赵金柱出狱了,但精神上明显出了问题。陈志去看他,想跟他聊当年的事。但赵金柱讲不了几句就"激动"起来,一激动就对陈志喊打喊杀,完全没法正常交流。后来一度发展到只要看到陈志,就会发脾气打人。

陈志觉得赵金柱可能还在记恨自己,希望朱警官能够跟赵金柱谈谈,把之前的事情弄明白。而且,作为此前参与侦办专案的骨干刑警,破掉这起"在侦案件"是朱警官的职责,给本单位遇害职工昭雪也是他作为保卫处处长的责任。

更重要的是,陶运来要辞职了——当时,陶运来因学历问题没有资格转制为行政公安,加上前一年他刚结婚,女方父母在外地做买卖,他便准备辞职去投奔岳父母——陶运来找陈志提辞职,陈志没有理由拦着,但又担心陶运来走后王艳的案子彻底断了线索,只能来找朱警官商量对策。

那天,朱警官没有给陈志提供"对策",他建议陈志直接向市公安局刑侦支队汇报。但陈志很犹豫,说一旦刑侦支队介入,免不了要找陶运来了解情况,万一自己搞错了,不好做人。陈志希望先跟朱警官合作,等有了结果再上报不迟。

在陈志的再三劝说下,朱警官无奈同意了。回去想了一夜,朱警官感觉确实有必要查一下陶运来。案子搁置8年了,"挂着也是挂着,不如死马当成活马试一下"。第二天,两人就想出了一个对策。

2004年国庆过后，朱警官来到机械厂保卫处办公室，找陈志聊一些业务上的事情。中午，陈志提议请朱警官吃饭，让陶运来作陪。陶运来推说自己手头有事，但陈志让他一定得去，说朱警官还要交代一些消防方面的事。

酒过三巡，陈志把话题引到了"3·21专案"上，随口问朱警官，那起案子有没有新进展。朱警官故作惊讶地说："陈处长消息真灵通，案子确实有了些变化，省厅上了新的DNA检测设备，重新检验了当年从王艳身体、衣物及现场发现的其他物品，说是有了新发现，准备重启调查。"

朱警官又压低声音，跟陈志和陶运来说，年后市公安局会组织一轮新的DNA筛查，铁厂和机械厂都在其中。让二人提前有个准备，把需要筛查的人员名单汇总一下，而且此事一定要保密。

朱警官说了谎。当时省厅更新了法医检测设备，市局也确实申请重新检测当年王艳一案留下的物证，但因为种种原因，最终仍旧一无所获。说话的过程中，朱警官一直用余光观察陶运来，但他似乎没有什么特殊反应。

散席之后，陈志感到既庆幸又失落。庆幸的是陶运来反应正常，之前幸亏没有大张旗鼓调查他；失落的是如果陶运来没有嫌疑，自己之前费尽心思找的那些所谓"线索"，都成了子虚乌有的事。

陈志把自己的想法告诉了朱警官，但朱警官却让他别着急，慢慢来。

果不其然，2005年2月初，陶运来突然失踪了。年关将近，平时单位事情不多，陈志便每天在办公室坐坐，然后出门找地方置办年货。放假前一天，厂里照例组织召开安全动员大会，陶运来作为负责消防工作的科长需要上会发言，可办公室干事却怎么也联系不上他。

干事找到陈志，他才突然意识到，自己也有两三天没见过陶运来了。找到陶运来妻子一问才得知，两天前陶运来跟妻子说厂里有急事派他去甘肃出差，不能在家过年，之后便匆匆离开了。

陶妻还在电话里埋怨厂领导不近人情，大过年派职工去外地出差。陈志心里"咯噔"一下——作为保卫处职工，陶运来没有任何需要出差的业务。他挂了电话，赶紧找朱警官。

8

"陶运来这事儿也出乎我的意料。之前陈志观察了他3个月，都没发现任何异常，可年前突然出走，我也不知道是怎么回事。"朱警官说。

两人很快碰了头。陈志想了半天，说元旦过后他让陶运来整理过一份保卫处人员名单，包括从1996年开始在保卫处前身公安科工作的人员。陶运来问陈志做什么用,陈志说,就是上次饭桌上朱警官讲的年后DNA普查的事。陶运来当时只笑着问了一句,"这次连'自己人'都不放过?"陈志说这是公安局的要求,保卫处人也不多,照办就是了。

不久之后,陈志拿到了名单,没什么问题。交名单那天,陶运来还问陈志,胡斌两年前调走了,用不用把他算上。这本来就是"做戏",陈志随口说了句"走了的就不用统计了"。这事就算过去了。

让朱警官和陈志弄不明白的是,如果陶运来真有问题,那收到消息的第一时间就该逃走,如果没问题,就该心平气和地留下。时隔一个月突然出走,这算是哪门了事情?

反复确定陶运来已经失联后,朱警官将此事向上级做了汇报。

市局刑侦支队研判案情后产生了分歧,一方面现有证据无法证明陶运来与1997年"3·21专案"有关,即便抓住陶运来,警方也没有把握核实案情;但另一方面,如果事实真如陈志先前所说,那么陶运来具有重大作案嫌疑,警方不能置之不理。最终,市局决定先把陶运来的去向找出来。

协查通报发出的同时,朱警官和陈志前往陶运来的住处,找他妻子了解情况。

对于丈夫的突然外出,陶妻也一脸茫然。朱警官问她最后一次跟陶运来取得联系的时间,陶妻称陶运来离家当晚两人曾打过电话，但陶运来说信号不好，讲了两句便挂了，之后再没打通过。

陶运来此次出走只带了一些衣物，经过仔细盘问，陶妻还是想起了一些细节。她说近一个月来丈夫似乎丢了什么东西，常常有意无意在家翻找。但自己想帮忙找时，丈夫又说："没事，没找东西。"

陶妻的说法引起了朱警官的注意。反复研判后，他怀疑陶运来很有可能是在找王艳遇害时丢失的那条金项链。向上级汇报后，朱警官带人对陶运来家进行了全方位搜查，果真在床下衣物箱内一件多年未穿过的毛衣内侧找到了那条金项链。

"陶运来妻子表示自己从未见过这条项链，但经过受害者家属辨认和技术检测，与王艳姐姐戴的那条的确是同款……"朱警官说。

2005年6月，陶运来在内蒙古赤峰被抓获归案。审讯过程中，那条金项链起到了至关重要的作用。面对证据，陶运来交代了1997年初奸杀王艳的全部作案经过。

早在1996年初，陶运来便计划"报复"王艳。原因很简单，他追求王艳，王艳不但拒绝，还"伤害了我的自尊"。

1995年，陶运来23岁，工作稳定后很想结婚。按照当时机械厂规定，职工只有结婚了才有资格在家属区分得住房。那时陶运来住在公安科值班室，早就厌倦了睡到一半被叫起来加班的生活。

在王艳之前，陶运来还追求过两名机械厂女工，但都没有结果。究其原因，主要还是因为陶运来是外地农村的，当年厂里的女职工都想找个本地婆家，最好还是双职工家庭，这样父母双方都有退休金，还能帮着照看孩子。陶运来离这些条件太远了。

追求王艳时，陶运来没抱太大希望，只是抱着"广撒网"的目的向王艳发起了爱情攻势。1995年底，他把一些老家的土特产和一封情书托人交给了王艳。

然而，陶运来并没等到王艳的回复。所托之人还说，王艳当时就把他送的礼物和情书一并扔了，还加了句："连陶运来这号人都敢想我的好事，他也不撒泡尿看看自己。"陶运来嘴上不说什么，但心里恨得要命。

起初，陶运来也没打算把王艳怎么样，只是想找个机会捉弄她一下，比如在下班路上尾随她，趁她不备搞些恶作剧吓她一番之类的。因担心时隔太近会被王艳猜到，陶运来的"恶作剧"一直等到1996年5月才开始。

陶运来喜欢躲在没有路灯的地方，看王艳出现后便不远不近地跟在后面，保持着看得见却看不清的距离，等王艳快到家时再躲起来，好让她兀自紧张一番。

尾随了几次，王艳确实被吓到了。事情闹到公安科，陶运来也有些紧张。但很快就发现，王艳一口咬定了赵金柱，这让陶运来兴奋极了。

陶运来一直跟赵金柱不对付，两人曾因琐事打过架。这次误打误撞扯上了赵金柱，真是求之不得。之后，他在赵金柱宿舍发现了日记，也是毫不犹豫地就把内容泄露了出去。

事情的发展让陶运来很满意，他像看戏一样目睹了王艳的彷徨紧张和赵金柱因"流氓罪"被判刑7年的全过程，心里只觉得两人都是"活该"。

"既然'仇'都报了，他为何还要奸杀王艳？"我问朱警官。

"他说也是因为那本日记的缘故。"朱警官说。

9

赵金柱入狱后，一切看似已经尘埃落定，但有个念头却在陶运来的心里生根发芽。

"陶运来交代说，赵金柱真是个人才，写的日记比摊上卖的黄色小说还好看……"那晚，在赵金柱宿舍读完那本"意淫"日记后，陶运来心情久久不能平复，尤其赵金柱杜撰自己与王艳云雨的细节，反复抓挠着他的心。

1997年1月16日，陶运来值夜班（职工夜班时间为15:00-23:00，公安科夜班时间为23:00-6:00）。那天傍晚，他在邻县和朋友喝过酒，又被拉进一家录像厅看了黄色录像。在回单位值班路上，迎面碰上了提前下夜班的王艳，陶运来再也克制不住自己，尾随并强奸了王艳。

完事之后，陶运来感到十分恐惧，他在公安科工作，很清楚全国范围内的"严打"行动还未结束。之前赵金柱只是撕扯了王艳的上衣，并说了一句"我要当众强奸你"，便被判了7年，自己这种行径弄不好是要挨枪子的。

陶运来开始恳求王艳原谅，并不断重复自己是因为"爱而不得"才出此下策。但王艳可能还未从恐惧和羞耻中回过神来，一句话也不说，愣愣地看着陶运来。两人僵持了十几分钟，陶运来心乱如麻，决定先把王艳"藏起来"。

王艳从未经历过这种事，像个木偶一样被陶运来摆布。陶运来挟持她去了武装部靶场，麻利地捅开了门锁，转了一圈找到杂物房，把她推了进去。

两人又僵持了一个多小时，王艳依旧一言不发，陶运来逐渐焦躁了起来。大概到凌晨2点，王艳似乎缓过劲来，开始挣扎呼救，毫不理会陶运来求她原谅的说辞。终于，陶运来觉得如果放走王艳，等待自己的必将是牢狱之灾甚至是挨枪子的结局，于是他心一横，再次强奸了王艳，并将其掐死。

干完一切，陶运来准备离开，他担心王艳没死透，醒来跑掉，便找了根绳子将王艳的双手绑在一把断了腿的联邦椅上。临走前，他瞥见王艳脖子上戴的金项链，觉得应该值些钱，便一把扯下来揣进了兜里。

陶运来回到值班室时已是1月17日凌晨4点，在床上躺了两个小时，同事就来接班了。

1月17日上午，王艳的父母因女儿一夜未归来厂里找人，陶运来还负责接待他们。后来辖区派出所和厂公安科组织人手寻找王艳去向，几次路过铁厂武装部靶场，其中有一次众人甚至走了进去，但也只是在场地上看了一圈便走了。

陶运来惴惴不安地度过了一个半月，一直没有听到王艳被人发现的消息。他很想再去杂物房看看情况，但既不敢看王艳的死状，又担心被人发现，便打消了这个念头。

1997年3月21日，王艳尸体被发现后，陶运来又紧张了一段时间，尤其是警方开始调查职工时，陶运来一度想逃跑。但后来听陈志说那间杂物房塌了，王艳被发现时死亡时间太长，警方没能找到有效线索后，又再次放下心来——作为公安科的一员，他可以第一时间获得警方的侦查消息。

至于那根金项链，最初陶运来准备风声过后找地方卖掉，但后来听闻警方开始查项链的事情，十分后怕，索性藏了起来。不想搬离公安科值班室时手忙脚乱，忘了放在哪里。

时间一晃，多年过去，王艳的案子似乎已经被人遗忘，连警察也不再来调查了。等2002年机械厂公安科改制，很多专案组的老面孔都离开了，王艳父母也去了省城，他认为自己当年作下的案子就此尘封，彻底放下心来，连那根金项链也不再挂念了。

因此当朱警官说起"重启调查"时，陶运来如同五雷轰顶。他不知道这次会不会把自己揪出来，但转念一想，之前的调查进行了几轮，都是厂公安科配合警察在做，自己作为参与者，不会有什么风险。

但 2005 年初,当听到陈志说保卫科也要纳入调查后,陶运来彻底慌了。冥冥之中,陶运来越发觉得,这次排查就是奔着自己来的。他再一次想到了那根金项链,那恐怕是唯一能证明自己跟"3·21 专案"有关的证据,于是又开始四处寻找,但始终没有找到。

2005 年春节临近,陶运来记得陈志说过,节后新一轮 DNA 筛查就会开始,他最终选择了逃离。

尾声

2005 年底,陶运来因犯强奸罪、故意杀人罪被判处死刑,剥夺政治权利终身。而陈志和朱警官也因在案件侦破过程中的突出贡献,分别被机械厂和市公安局给予表彰奖励。

2010 年,60 岁的陈志从机械厂保卫处处长的位置上退休,彻底告别了自己 30 多年的企业治保工作。退休时朱警官请他喝酒,又聊起 2002 年改制时陈志执意留在机械厂保卫处的事情。

朱警官说陈志的侦查意识难得,没来公安机关有些可惜。陈志喝了不少酒,虽然满脸挂着骄傲的神情,嘴上却还是说,自己当年其实就是因为工资高、待遇好才留下的,说是为了查案子,"那只是其中一个主观原因而已"。

当年的"3·21 专案"已经随着陶运来的伏法彻底落下帷幕,

但赵金柱和陈志之间的故事还在继续。赵金柱依旧见不得陈志，每次发病后，还是会去陈志家楼下叫骂，捡石头砸玻璃。我和同事出警去控制，陈志依旧会嘱咐我们"手底下轻一点，别伤到他"。

2016年初，朱警官到龄退休，所里给他摆了"退休宴"，陈志也去了。宴毕我开车送朱警官回家，路上说起陈志和赵金柱之间的事，朱警官又对我感慨地说，干警察是个良心活，其实陈志蛮适合干咱这行的，一直留在保卫处，确实有些浪费了。

19 次报警都找不到的丈夫

1

2015 年 8 月 1 日晚上 8 点,我们派出所接到指挥中心转警,辖区居民杨虹求助,称被丈夫李红军家暴。

杨虹家住在朱雀小区 6 号楼 3 层,我和同事孙力赶到现场时,屋里一片狼藉:电视机摔在地上,鱼缸破了个大洞,水流了一地,几条金鱼在地板上躺着。杨虹额头肿起,坐在客厅沙发上哭,李红军则不知去向。

我建议杨虹先去医院,但她摇头,又问她丈夫去哪儿了,她说不知道。孙力让她讲一下事情经过,沉默了好一会儿,杨虹才断断续续地说:李红军傍晚回家找她要钱买麻果(一种毒品),她拒绝,李红军就动手打了她,然后把家里的东西也砸了。

孙力让杨虹跟我们一起回派出所做报案笔录,她跟跟跄跄地站起来去卧室拿包。我看着满地碎玻璃碴,气不打一处来——那时我手里至少有 7 起与李红军相关的警情,第一次是 2014 年 5 月 18 日朱雀小区北门烤鱼店的杨老板大早上报警称,李红军砸坏了他店里的卷帘门;剩下的 6 次报警人都是杨虹,每次都是说丈夫吸毒和家暴。

我跟孙力说:"先不回派出所。"

孙力看我一眼,"今晚搞他?"

"早晚都得搞,正好今晚没事儿,辛苦一下。"然后又转头对杨虹说,"给你老公打电话,说你同意给钱,让他回来拿。"

杨虹点点头,给李红军打了个电话,告诉我们说人晚上 9 点回来。我和孙力安排好派出所值班事宜后,便坐在杨虹家客厅,等李红军现身。

时间一分一秒过去,9 点了,人没回来,10 点了,人还是没回来。我让杨虹再给李红军打电话,电话打过去,对方却关机了。眼看时间过了 11 点,所里有新警情需要处置。我叹了口气,只能跟孙力准备回去。

杨虹送我俩下楼,孙力去远处开车。我站在楼道口问杨虹:李红军最近在做什么?

"除了四处瞎混还能干啥?前段时间说 8 月初要去重庆涪陵打工,但也没见有要走的迹象。"

孙力开车过来,我把社区民警名片递给杨虹,反复交代"李红军回家马上通知我们"。杨虹接过名片不住点头,嘴里说着

"谢谢警官"。

回去的路上，我坐在副驾驶一边抽烟，一边翻着手机通讯录，打算联系特情摸出李红军的位置。打了几个电话，有人说他去了重庆，有人说他在武汉，还有人说他可能在沙市躲债，反正没人在本地见过他。又问了几个麻将馆老板，也都说很久没见他人影儿了，一些放过码钱给他的家伙也在找他。

挂了电话，我问孙力最近有没有见过李红军。孙力摇头，说自己还有两起警情与他有关，也找不到人。"都这样了你也不急，真能坐得住。"见我有点抱怨，孙力笑着说："不是不找，是真找不到，那个混蛋死了才好。"

我叹了口气，又点了支烟——孙力说得不错，李红军真要是死了，我所有的麻烦也就一了百了了。

其实，这一年多来，我一直在找这个"老毒么子"。

当初，在杨老板报案的次日，我配合邻县公安局刑警大队去辖区一家网吧抓"网逃"时，撞见了李红军正在用别人的身份证开卡上网。因为要配合兄弟单位工作抽不出身，李红军身上的案子也不大，又没带手铐，只能先让网吧保安看住他。但转头等我回来，李红军却不见了，保安说他趁乱跑了。我训了保安几句，他们很委屈，说都知道李红军吸毒，谁敢管他？

回到派出所后我被领导痛骂一顿，之后的几次会上，领导也一直因为这事质疑我的工作态度。我又羞又气，想方设法地找李红军。但邪门的是，自网吧那次"偶遇"后，我竟再也没找到他。

而这晚令我恼火的不仅是李红军，也包括杨虹——这大半年里的6次报警，每次都是李红军跑了她才拨110。我叮嘱她无数次，"下次李红军一回家马上通知我"。她每次都说"好"，但下次还是照旧——就在半个月前，李红军用晒衣竿抽得她胳膊上青一块紫一块，她先去了医院，验伤之后才来派出所报案。我无奈地给她做完笔录，又把老话重复了一遍，她依旧说好。等到了这晚却又是如此。

想到这里，我忍不住跟孙力吐槽："这女的脑袋有毛病吧？！"

孙力说，这倒也正常，涉毒人员的老婆一般都比较纠结：一方面希望警察帮老公戒毒；另一方面又不想老公被警察抓。杨虹八成也是这种情况。

"现在还算好的——以前杨虹从来都是护着李红军，前年广化（派出）所要抓李红军去强戒（强制隔离戒毒），杨虹被李红军打得鼻青脸肿却还帮着他跑路到襄阳——她现在也算是进步了。"

回到派出所，我把警情录入平台，打电话给所领导"批警"时，值班领导看到了"李红军"的名字，问我："这次人抓住没有？"我只能实话实说。领导不太高兴，让我"发挥主观能动性"，别总是守株待兔指望李红军自己出现。

挂掉领导电话,我长叹一声,去了监控室,调取了朱雀小区两个大门的监控——按照杨虹的说法,李红军晚上7点左右回家要钱,8点左右离开家不知去向——我按照这两个时间段,紧紧盯着屏幕,把两段视频都看完了,完全没有李红军的影子。

保险起见,我到值班大厅把辅警队长叫了进来——他在所里工作多年,之前抓过李红军很多次,肯定不会认错。辅警队长把监控视频也仔细看完了,说没见李红军。

这下我有些迷糊了——杨虹记错时间了?我又把两个监控视频时间向前拉长了两个小时,跟辅警队长瞪大了4只眼睛看下来,还是没发现李红军。

"她掰(骗)你的吧?"辅警队长问我。可她用这事骗我对她有啥好处?况且她家里被打砸也是真的,她头上还受了伤。

我又想起杨虹半个月前的那次报警,情况也类似——派出所社区面监控可以保存一个月,应该还能找到上次李红军进出小区的影像——于是又翻出报警记录,查好时间,跟辅警队长一起找监控视频。

这次我俩每人"看"一个大门,时长截取了4个小时。忙活了好久,我这边啥也没看到,辅警队长那边只看到杨虹一个人跟跄着走出小区大门。

"这他妈奇了大怪了,难道李红军长翅膀了?翻墙进出的小区?"

我又想到了另外一种可能——或许李红军在这个小区里还有

一处落脚地,这两次他压根没有离开朱雀小区呢。

天亮之后,我向领导汇报。领导同意我的判断,让我联系朱雀小区居委会,尽快把李红军找出来送去戒毒。

尽管如此,我还是有点纳闷:这个小区就在我的管片内,我每天不定时巡逻3次,没事还会着便衣过去转转,一年多了,怎么愣是完全没碰到过李红军。况且,李红军在本小区若有其他房子,杨虹也不应该不知道,为什么几次报警都不跟我说?

辅警队长顺着我的疑惑,说:"你尽快去看吧,看来朱雀小区里八成有个咱都不知道的毒窝。你去找到李红军,顺便把那个毒窝也掀了。"

2

经过协调,派出所在接下来的两天里,对朱雀小区里的租房户、外来人口和前科人员进行了一次彻底清查。可兴师动众忙活一番,除了发现几个藏在地下室里的"晃晃馆"(麻将馆)和几名在册吸毒人员外,还是没有李红军的踪影,也没找到他在小区里的其他落脚之地。

没等领导发作,我就又去了杨虹家,打算质问她之前两次警情到底是怎么回事。

"你大概多久能见到李红军一次?他每次回家的时间有什么规律?你再回忆一下,他有没有常去的地方,或者和哪些人走得比较近？"一股脑问了这么多，我又安抚她，"你也别有啥心理负担，我们抓他也是为了救他，如果放任他这么吸下去，你受罪不说，他本人最后也是个死。"

我尽量用平和的语气跟杨虹说话，但她却一直面无表情，只是目光呆滞地流着眼泪，反复絮叨说丈夫在外面赌博、吸毒，只要没了钱就回来找她要钱，不给钱就用晒衣竿抽她，按着她的脑袋往墙上撞。任我口干舌燥，翻来覆去就是这几句。

这么说下去也不是个事儿，我干脆让她领我去李红军的房间，想找找这个家里有什么能找到李红军的线索。杨虹把我领进卧室，语气有些哀伤地说，李红军的东西都在这里，但他已经许久没动过了。

放眼看去，卧室陈设并不复杂：一张凌乱的双人床，堆满杂物的书桌，立式衣柜，还有三个塞满书的书橱。

"看不出来，你们家里还有这么多书。"我感慨道。

杨虹说，书多数是李红军的，他以前是设计院的工程师，吸毒前喜欢看书，也喜欢存书。

这话令我十分意外——自我来派出所上班起，李红军便是在册吸毒人员，留给我的印象就是精瘦、佝偻的身板儿，胡子拉碴，一头乱发，脸色发黑，还有疲倦中带着亢奋的眼神。我以前能见到他的地方也多是公共厕所隔间、晃晃馆、垃圾回收站的角落，非赌即毒——真没想到，他以前竟然也是个知识分子。

我问杨虹："李红军当初怎么染上毒品的？"

她沉默了很久，方才在我背后幽幽地说，在山东的牌桌上。

关于李红军的过去，那天杨虹没有跟我说太多，可能是这些伤心事她不想再回忆。她只是说，如果当年李红军不去山东就不会迷上打牌，不上牌桌就不会上当染上毒品。吸毒前，李红军是一个相当自律的人，爱读书、不沾烟酒、浪漫、知性、温柔，没有任何坏习惯。

我说估计李红军现在本人都不记得自己吸毒之前是啥样子了，你还跟他过个啥劲，离婚算了。杨虹却叹口气，说还是不想放弃丈夫——她清楚记得李红军吸毒前的样子，她迷恋那种感觉，相信有朝一日，丈夫可以回头，所以下不了离婚的决心。

我一边听她说话一边翻看着书柜，想找一下有没有李红军留下的类似车票、消费单据之类的票证，好摸出他最近的活动范围。书多是李红军的专业书籍，也有一些经典小说，很多书的扉页上都印着篆体的"李红军印"，有的还写着"××年×月×日购于××书店"。书柜最下层摞着几捆旧杂志，但看封面，都是十几年前的。

"你看哪本感兴趣拿去读就行，反正这些书也没人看了。"杨虹说，以前李红军对这些书宝贝得要命，还不厌其烦地做了书目。每本书都有固定位置，外人别说拿走，就是想抽出来瞧瞧都得看他心情。"我当年也是爱上他这一点，都说东北人粗犷，但他这一米八的东北大汉，不爱抽烟喝酒却爱读书，衬衫烫得平平整整,还做得一手好菜,心思细得像个南方姑娘……"

我看到一本1986年版的《尼采诗集》,想抽出来看看,不想书插得太紧。一用力,和诗集一同被带出的还有一个相框,黑色仿木质,里面是一张男人的五寸半身照,我一眼认出就是李红军。

"噢,这是他1999年拍的,当时单位拍证件照,他顺便照了一张大的留纪念。你看,那时多好,多帅。"杨虹看到我拿着相框端详,就在一旁解释。

的确,照片上的李红军高鼻梁、大眼睛、剑眉,戴金属框眼镜,中分发型,面庞瘦削,应该是未吸毒时拍的——但这张照片又给我些许怪异的感觉。我盯着照片看了半天,翻过相框,背面角落里印着"重庆大德"几个小字,之后是地址和一串手机号码。我趁杨虹不备,偷偷用手机拍了这些信息。

之后我又跟杨虹聊了一些别的事情。临走前借走了那本《尼采诗集》和另外两本书,约定下月初还她。杨虹似乎有些不舍,但又不好开口拒绝,只是细声嘱咐我说书的年份久了,纸张易破,翻书时一定要小心。

我点点头,再一次嘱咐她:"如果之后李红军回家,务必第一时间给我打电话。"

杨虹点头称是,我又拿出社区民警名片给她,她却摆手说上次给过了,还在包里。

3

之后,我大概有两个月没见过杨虹——那段时间市里总丢电动车,局里搞专项行动把我抽走。一来二去,直到2015年国庆节后专项行动结束我才回到所里。

回来后的第一次所务会上,领导上来就劈头盖脸把我骂了一顿。我被骂得云里雾里,听了半天方才明白,我离开的这段时间,李红军又犯事了:他偷了同栋一楼住户的摩托车,还为要钱又打了杨虹两次,甚至在9月25号晚上,差点用绳子将杨虹勒死。好在后来杨虹说出银行卡密码,李红军才放过她。

那次杨虹本没有报警,但第二天上班时,单位同事发现她脖子上有勒痕,细问之下得知事情经过,便帮她报了警。所里领导一听又是李红军涉案,立马发了火,碍于我当时人在专班,不好直接打电话找我说,一直忍到我回来才发泄出来。

会上,领导不断问我:"李红军到底在哪里?你都做了哪些工作?是抓不着他还是压根不想抓?还有,你跟杨虹说了些什么,为什么她差点被勒死却不报警?这事儿不能再拖了,他是个重大隐患,这样下去说不好哪天搞出人命来,必须尽快把人抓回来!"

李红军偷摩托车和勒杨虹脖子的案子在孙力手里,领导让我和他搭班,我主办他协办。

我灰头土脸地回到办公室,从孙力手上接过杨虹和那位摩托车失主的笔录材料。孙力说，其实两起案子都没啥难度，条理清晰，证据齐备，唯一难点还是在于李红军的去向——他偷摩托车的案子立案后局里给他上了"网逃"，我们要做的就是尽快把他抓回来。

我心里苦笑，这话等于没说。我问孙力这两起案子案发后他有没有设法找过李红军，孙力说找过，但就是找不到。

"摩托车被偷的监控在哪里？顺线追了没？"

孙力说追了，摩托车上了国道之后便追丢了。我叹了口气，让孙力把截取的盗窃摩托车监控调出来给我看。

按照监控视频上的时间，2015年9月17日凌晨3时10分，李红军头戴鸭舌帽进场，在朱雀小区南广场附近徘徊一阵后走向6栋。那栋楼前没有监控，但两分钟后，南广场监控拍下李红军驾驶摩托车穿过，3时15分，小区东门监控拍下李红军驾车出门，沿公路径直向东离开。

"你确定这人是李红军？"我问孙力。朱雀小区是老旧社区，南广场上的探头还是十几年前安装的数字模拟型的，夜间拍摄的效果很差。视频里的人戴着鸭舌帽，拍不到正脸，即便我对李红军印象颇深，也无法通过视频确定此人就是他。

孙力说，他也不能确定这人是李红军，但所里同事听失主说是李红军，就找杨虹过来做过辨认。杨虹一眼就认出了那顶鸭舌帽，确定这人就是她丈夫，为此还给失主赔了3000块钱。

"李红军之前有过盗窃电动车、摩托车的前科吗？"我问道。

孙力说有过两起盗窃电动车电瓶案，都是"治拘"，最近一次是去年3月。

"这就更不对了，"我说，"从监控上看这人从进场到出场一共用了不到5分钟，除去路上时间，撬开摩托车只用了1分多钟，明显就是个惯犯，而且手段高明得很，李红军有这本事吗？"

孙力说这点他也注意到了，但一来失主怀疑李红军，因为整栋楼就他吸毒，之前还跟失主打听过摩托车情况；二来李红军此次作案距离上次盗窃电动车电瓶已经接近一年，真要有人教他"技术"，一分钟撬开车也不是难事；三来杨虹咬定说那顶鸭舌帽是她在夜市买的——如果不是李红军的话，杨虹为什么要主动往自己头上扣屎盆子？"领导那边的意思是，盗窃摩托车的案子暂时先这样放着，看之后李红军还偷不偷，如果再偷，迟早有天会被我们抓住尾巴。所里针对李红军和杨虹的问题开了几次会了，大家一致认为要抓李红军还是得从杨虹身上想办法。"

的确，眼下唯一与李红军发生过直接接触的人也只有杨虹。但事实上杨虹一直没有配合过我，我甚至开始怀疑她是不是压根儿就不想让我抓李红军。

我将之前她的数次报警和查监控、查小区的事情讲给孙力，孙力也不解了："你和杨虹接触的次数多，是否发现她这个人有啥异常？你是否想过，会不会是杨虹报假警？李红军这人，是否真的出现过？"

"8月1日晚上的现场是咱俩一起出的，情况你也看到了，难道是杨虹自己搞的？她这样做的动机何在呢？诬陷老公吗？"

孙力却说，9月底那次杨虹同事报案后，技术队的胡法医按程序来看过杨虹脖子上的伤，也问了一些情况。当着杨虹面胡法医没说什么，等杨虹一行人走了，胡法医才私下跟他说，杨虹脖子上的这道勒痕有些奇怪——按道理，人被绳子勒住脖子后，会下意识地用手指去抓绳子，勒痕附近通常会同时伴有指甲造成的伤疤，但杨虹脖子上没有抓痕，至少很不明显，所以胡法医怀疑这道勒痕是杨虹自己搞出来的。

当然，这也可能跟杨虹来派出所的时间有关。根据笔录材料，李红军找杨虹要钱是9月25日晚上，那天是周五，之后双休，同事发现杨虹脖子上的勒痕是周一下午，间隔两天半，杨虹还去医院抹过药，这些因素都有可能影响伤痕形态。

10月12日，我和孙力一起去了杨虹家。我带着之前借走的书，见面先跟杨虹表达了超期归还的歉意。杨虹笑着说："没事儿。"

孙力在客厅跟杨虹聊李红军的事，我进卧室把书放回书架。前两本书的位置我都记得，放《尼采诗集》时，我记得旁边应该是李红军的相框，但找了半天却没找到，便喊杨虹进来帮我一下。她闻声而至，顺手把《尼采诗集》插在了书架上。

看是这样，我只好直接问她："李红军那张照片在哪里？我想再看一下。"

杨虹却面露迷茫，问我"什么照片"，我说，就是之前那张放在相框里的，李红军1999年拍的半身照。听罢，杨虹从书柜里掏出一本影集，从里面拿出了那张照片。说前几天整理书柜时不小心把相框玻璃摔破了，就把照片直接夹在了影集里。

我又看了看照片，确实就是一张放大的证件照而已，似乎也没上次那种怪异的感觉了，便把照片放了回去。

那天孙力跟杨虹聊了一个多小时李红军的去向，杨虹从头到尾还是说着之前跟我说过的那些车轱辘话。见问不出什么，孙力就问杨虹要李红军父母或其他亲属的联系方式。杨虹说，公婆几年前便去世了，李红军还有个姐姐，一直在黑龙江工作，前几年逢年过节还会打个电话，或来看看他们两口子。说完去拿了家里的通讯本，找了半天，给了我们一个座机号码。我问有没有手机号、微信之类的，杨虹说以前有手机号，但后来李红军赌博吸毒，总打电话找姐姐借钱，姐姐换了手机号就没再告诉过他俩。

回派出所的路上，孙力问我刚才在卧室跟杨虹聊的啥。我从手机里翻出上次偷拍的照片，孙力盯着看了半天，说确实很怪。"黑色相框、黑白半身照片，摆在那里怎么看怎么别扭，而且你看，这照片边条也是黑色的，就是尺寸小点，放到A4纸那么大，妥妥就是一张遗像嘛。"

一语惊醒梦中人，我想起相框背面的"重庆大德"和地址信息，急忙按号码拨了过去——一个女人接了电话，说自己是专业定制、销售殡仪用品的商家。

我倒吸了一口冷气，一时惊得说不出话来。

4

"这女人怕不是精神有问题吧？"这是听到我们汇报后领导的第一反应。

随后，领导让我去警综平台上查，至今所有涉及李红军的警情，再把这期间所有办过李红军案子的民警都叫来办公室开会。

从2014年7月第一次接到杨虹家暴的报警至现在，李红军在警综平台上一共有19条涉警记录。除我手中的7条之外，另外还有3位民警处置过12起报警，报警人基本都是杨虹。

"你们谁在这一年里亲自跟李红军打过交道？路上遇见过、跟本人通过电话的都算数。"领导问道。但大家回忆了一番，都说没见到过本人。

领导有些恼火，"一个大活人平白无故消失了不成？"

一般民警，平时手里有两三起案子一时找不到嫌疑人的情况很正常，我们都想着吸毒人员跑不远，也许哪天碰巧就抓住了。但所有人把案子聚在一起，方才感觉不对劲——这李红军是一直涉警却一直不见踪影，这算哪门子事？

大家安静了一会儿，余警官突然开口。他说想起2015年4月份处理的一起杨虹的报案。那是一起打人的治安案件，受害人同样是杨虹，但打人者却非李红军，而是一个姓徐的男人。原因是"感情问题"。"那个男的是沙洋县一个饭馆老板，说是为了跟杨虹在一起跟老婆离了婚，但杨虹三心二意跟前夫纠缠不清，那个男的一怒之下打了杨虹。"

我第一次听说有这事——以往与杨虹的接触中，感觉她对李红军的感情还是有的，也没听说她在外面跟别人谈过恋爱。我问余警官那起案子最后怎么处理的，余警官说两人和解了，也就没走治安处罚程序。

"那个男的为什么说'杨虹跟前夫纠缠不清'？是怎么个'纠缠不清'法儿？"领导在一旁问。

余警官说，那个男的好像也是憋了一肚子委屈，但当时具体说了啥他也忘了。不过案子录了平台，有那个男人的联系方式。

男人名叫徐业辉，40多岁，是沙洋县一家火锅店的老板。听我和孙力说明来意后，他把我们领进自家饭店的一个包间里。

"那个女的简直是个精神病！"

徐业辉说，他与发妻关系一直不好，2014年10月份认识杨虹后便跟妻子离了婚。但两人谈了半年恋爱，最后还是不欢而散了。

"我们是在网上认识的，处（对象）之前她跟我说自己是死了老公的，后来在一起了又跟我说其实老公没死，但是吸毒从不回来，跟死了没两样。她说和我交往一段时间试试，合适的话她就回去跟老公离婚。当时我蛮喜欢她的，虽然有些不高兴，但也忍了，走一步看一步嘛……"

杨虹是徐业辉喜欢的那类女人，温柔、娇小、体贴、有修养，与他膀大腰圆的前妻正好相反。徐业辉去过杨虹家，确实是长期没有男人生活过的样子。

那段恋爱的初期，两人一同去过湖南凤凰、张家界等地方旅行，徐业辉说那时他仿佛找到了青年时代恋爱的感觉。但后来随着交往的加深，他却逐渐感觉到一些问题：

"我们一块住过一段时间，从2015年春节到4月底，大概不到3个月吧，我发现这女人好怪，一天到晚跟我叨叨她老公怎样怎样，让我穿她老公的衣服、留她老公的发型，还弄那一柜子书逼我读，甚至我俩做那事儿的时候她都喊她老公的名字，你说这事换你能忍吗？"

的确，细看之下，徐业辉眉宇间和那张照片上的李红军有些许神似。

"你和杨虹谈恋爱期间有没有见过她老公？"孙力问。

徐业辉说没见过，也不想见。自己的身份很尴尬，加上早就听说吸毒人员难缠，他不想招惹李红军。

"警官……"徐业辉欲言又止，咽了咽口水说，"现在想想，这女人太不正常了，我甚至感觉她老公早被她弄死了……"

我问徐业辉此话怎讲？

"明明只有我和她两个人，她却总好像在跟别人说话似的嘀嘀咕咕。家里有张她老公的黑白照片，平时摆在书柜里，杨虹没事儿就站在那儿跟照片对视,一看就是个把小时,有时还会说话。最吓人的是,我有一次半夜醒了发现杨虹不在床上,起来一看,她竟然跪在阳台上给照片上香!"说到这里,徐业辉神色中带着一丝惊恐。

我问徐业辉,这么说有证据吗?

徐业辉摇头,说两人刚同居时,他曾建议杨虹来他家住或在外租房,免得哪天回家遇上她老公发生冲突。但杨虹说什么也不同意离家,只说了句:"你放心吧,他永远不会回来的。"

"刚听这话时我也没多想,但我俩同居的那俩月,我几次听到她夜里说梦话喊'我不是故意的''不是我想把你推下去'……第二天我关心她问是不是做噩梦了,她就发脾气,每次都跟我大吵一架,好像我戳破了她的什么秘密似的。我把这些事联系起来一想——妈呀,怕不是她把她老公推下什么地方摔死了,所以永远不会回来了……"

"你俩什么时候分的?"我继续问。

徐业辉说,2015年4月底,有人从重庆给杨虹寄来一个包裹,杨虹有意避着他。他怀疑是她老公寄来的,醋意大发,跟杨虹吵了架,还动手扇了杨虹一巴掌。"当时是你们所的余警官来处理的。虽然当着警察面杨虹没再说啥,但警察一走她就要跟我分手,说之前她老公从没打过她。听她说这话,我也就绝了跟她继续处下去的念想。"

我按住心里的诧异,继续问:"你为什么怀疑那箱东西是她老公寄给她的？包裹里面到底是什么东西？"

他说，杨虹之前一直说她老公在重庆，不是她老公还能是谁？如果是别人，杨虹用得着躲着我吗？但至于快递箱装的是什么东西，徐业辉说他也不知道。

"快递发货具体地址你记得吗？"——这才是我最关心的问题，或许这个地址就是李红军的落脚处。

徐业辉说"记得"，然后开始翻手机，翻了半晌，给了我一张照片：重庆市××区××街道××路×号，后面还有一组电话号码。

看到这张照片，我的心脏似乎被一股电流击中，顿时全身震了一下——我赶紧打开手机翻出那张照片，没错，是"重庆大德"的地址。

5

回到派出所，我和孙力把情况向领导做了汇报，询问能不能给李红军上"技侦"，但领导说李红军的涉警记录连刑事案件都算不上，估计上级不会批，但他会尽量争取——领导可能看出了我的惊讶，解释说，摩托车盗窃案被广化派出所破掉了，人抓住了，赃车也追回了，嫌疑人并不是李红军。

这就更令人困惑了——此前辨认时，杨虹的信誓旦旦是从何而来？难道真的只是因为她认错了人吗？

"那么从警综平台上剩余的18起涉警记录来看，李红军从未现身，而且除了杨虹外，这一年多来再无其他人见过李红军本人。"一旁的孙力说出了我的想法。

"徐业辉提供的信息十分重要。照目前情况看，李红军的去向成谜，虽然没人报案，但往小里说，他身上关系着我们18起报警记录，我们需要找他核实情况；往大里说，这事也许人命关天，李红军是死是活我们必须得有个定论。"领导给事情定了调子，我们必须查出李红军下落。

从领导那里出来，孙力问我："你感觉有没有可能真像徐业辉怀疑的那样，李红军已经被杨虹害死了？"

"如果她已经把李红军干掉了，那一个劲儿给我们打电话报警是为什么？怕引不起我们的注意，还是存心挑战我们的工作能力？"我反问道。

我联系了公安局技侦部门，领导前期的沟通起了作用，技侦部门同意用技术手段锁定李红军位置，但需要我提供李红军本人常用手机号码——我手机里的李红军号码早已停机，找杨虹要来新号码，但技侦经过分析之后告诉我，没有意外的话，这个号码也已停机多时。

我联系电信部门核查李红军的手机号码，对方告诉我半年前号码已经欠费停机——我找出8月1日那晚出警时的执法记录仪录像，没错啊，杨虹当时确实给李红军打了电话，让他回家拿钱——我又请电信部门查询杨虹在8月1日当晚7点至11点间的手机通话记录。记录显示，她确实拨打了李红军的手机，但是根本没有接通，更不可能有人告诉杨虹"晚上9点回家"。

结合那晚朱雀小区大门监控里根本没有李红军的影像，我开始深切怀疑，杨虹那晚所说的，恐怕都是子虚乌有了。那么，她为什么要骗我？那晚她头上的伤又是怎么弄的？另外，除了8月1日那次外，其他17次警情有哪些是真的？

我决定直接问杨虹，让她向我解释明白。

面对我的质疑和手中所调取的电信部门通话记录，杨虹坐在客厅沙发上一言不发，无论我问什么皆是有问无答。她的态度令我恼怒却又无计可施，只能耐着性子对她说："也许你有很多难言之隐，但还是希望你能信任我们，你和李红军之间到底发生了什么？他现在人到底在哪里？"

但她依旧不说话，怔怔地看着地板，不知在想些什么。就这样跟我僵持了两个多小时。

我只好转头去了朱雀小区的居委会，找到治安干事，让他立刻安排人手24小时盯着杨虹家，有什么人去了她家或者她什么时间出了门，马上通知我。

另一边，孙力找到了徐业辉口中2015年4月份从重庆寄给杨虹的那份快递。经过核实，发货方并非李红军，而是"重庆大德殡葬用品店"，至于发来的东西——"是一个骨灰盒，杨虹订的。"

本地也不是没有殡仪用品店,为什么杨虹要舍近求远去千里之外订购这些东西?着实有点奇怪。

孙力给"重庆大德"的老板又打了一次电话,对方说自己还依稀记得杨虹。因为这是家小店,买东西的大多是周边居民,没有网店,也从未通过快递发送过货物,杨虹是这么多年来首例邮购的客户。

"核实完快递的事情后,我顺手查了杨虹与李红军两人的购票信息。两人在2014年6月2日各自买了一张从本市去重庆的动车票,但6月8日只有杨虹买了一张从重庆返回的车票,李红军再无购票信息。"孙力说,除了铁路部门外,民航、公路部门能查的他也查了,都没有李红军的购票信息。

的确,也是从这个时间点之后,我再没有在辖区内见到过李红军。于是,整个事件的时间线大致如下:

2014年6月2日,杨虹与李红军二人共同前往重庆,7天后杨虹返回,李红军不知去向;

2014年7月,派出所第一次接到杨虹有关李红军吸毒家暴的警情,8月接到2起相同警情,9月接到2起警情;

2014年10月,杨虹与徐业辉相识并恋爱,至2015年春节前的4个月间,警方接到杨虹1起报警;

2015年春节后杨虹与徐业辉开始同居后的近3个月内,警方再未接到过杨虹报警;

2015年4月底,杨虹在"重庆大德"邮购骨灰盒,同月与徐业辉分手。此后至 2015 年 10 月,警方连续接到 11 次杨虹报警。

"你看,杨虹认识徐业辉后报警的频率明显降低,两人同居后再无警情,分手后警情又陡然上升。"孙力说,除非李红军"配合"杨虹,当她身边出现恋爱对象时便不来骚扰,但这可能吗?自己的老婆在家中跟别的男人天天睡一张床,李红军不更应纠缠杨虹吗?

"2014 年 6 月她与李红军去重庆后,李红军本人再未出现过。结合徐业辉提供的同居期间杨虹在家的非正常举止,我深度怀疑李红军恐怕已经不在人世,而杨虹至少是整个事件的知情者,甚至……"孙力顿了顿,我明白他想说啥。

我叹了口气,说这个结论我不是没想过,但是杨虹反复报警这事,你能解释得通吗?如果她在重庆时真把李红军杀了,那她应该竭力隐瞒情况,尤其是隐瞒李红军的踪迹才对。李红军本就是一个"老毒么子",日常行踪飘忽不定,在本地又没亲属,如果杨虹不发声,谁会管李红军的死活?可现在她反复报警,相当于推着警方寻找李红军的下落,这对她来说有一丁点好处吗?

"你说杨虹会不会真像徐业辉说的那样有精神病,所有事情都是她自己臆想出来的?我想来想去,总觉得正常人做不出这种事情来。"

当然这很有可能,不过对于我们来说,更重要的问题在于,就算之前所有遭遇家暴的事情都是杨虹妄想出来的,但如今摆在我们面前的现实问题还是——李红军去哪儿了?

6

2015年10月22日,在获得上级批准后,我、孙力和另外3位同事前往杨虹家中进行现场搜查。虽然是以搜查吸毒人员李红军住处为名,但我和孙力心里都清楚这次搜查的关键点在哪里。

杨虹似乎对我们的到来没有表现出任何情绪,像接待普通客人一样给我们开门,还给每位民警倒了茶水。搜查开始前,我把杨虹拉到一旁,依旧努力用平和的语气问她:"李红军到底去哪儿了,你俩之间到底发生了什么事情?"

杨虹还是之前那副样子,低着头什么也不说。直到我提出她在2015年4月从重庆买骨灰盒的事时,她才明显怔了一下。我看事情或许有突破,接着问她买那东西干什么用?现在骨灰盒放在哪里?杨虹没有回答我,只是抬起头看了我一眼,眼睛里似乎噙着泪水。

既然多说无益,我和同事们只好着手开始搜查。

很快,贴着李红军照片的骨灰盒在杨虹床头柜下被发现了——她并没有费心思去隐藏这个在一般人看来十分敏感的物件。

我把骨灰盒从床头柜里抱出来,感觉有些分量,问杨虹:"里面装的是什么?"

我以为这是个显而易见的问题,但作为搜查中的法定程序,我必须要杨虹亲口说出里面的东西。杨虹静静地看着骨灰盒时,我的嘴边已经准备好下个问题——"李红军是怎么死的?在哪儿被火化的?"

然而,杨虹却说了句:"里面不是骨灰,你打开看吧。"

我用执法仪对着杨虹说,你站到骨灰盒前面来,当着我的面把它打开。

杨虹照办,盒子打开了,所有人都愣住了,里面装的确实不是骨灰——两本日记、一摞信件、一件白色衬衫、一条西装裤还有几个小小的饰品,便是骨灰盒里所有的东西。

两本日记一红一绿,都是20世纪90年代流行的款式。绿皮的是李红军的,红皮的则属于杨虹。一摞信件都是李红军写给杨虹的,我打开几封看了,长短不一,大多是当年李红军写下的情诗。白色衬衫和黑色西装裤都不是新衣服,剩下的就是一副耳环和几个小玩意,应该是杨虹戴过的。

孙力不死心,伸手进去又翻了一遍。我也没想到是这结果,场面一时很尴尬。

半晌,杨虹淡淡地说了句:"警官,骨灰盒里放这些东西不犯法吧?"

大家铩羽而归,我又被领导骂了一顿。

我们动手可能太早了,手头没有确凿的证据便抛出了骨灰盒的事情。虽然现场搜查找到了那个骨灰盒,但里面没有我们预想中的东西,如果杨虹真有问题,那么这时她也肯定对我们的动机有所察觉。

"不管骨灰盒里是什么,现在人肯定已经'惊'了。先把她带回派出所来,你们也别跟她兜圈子,直截了当地问吧。"领导交代。

那天我们把杨虹带回派出所。讯问室里,我和孙力先询问了8月1日她虚报警情的事情,她只承认那晚骗了我们,说头上的伤是自己不小心撞的。但对于其余17次警情,她坚持称确实存在,没有骗我们。

"你最后一次见到李红军是什么时候?"我问杨虹。

"一个月前,他来家里找我要钱。"

"你给他钱了?"

杨虹点头,说自己怕被李红军勒死,说出了密码。这些问题孙力第一次受案时已经问过,当时杨虹说李红军拿走了一张建行储蓄卡,里面有7600块钱。孙力核实过那张卡,金额没错,但从没人取过里面的钱。

"9月25日那天李红军回家时穿的什么衣服?"

"白色衬衫、黑色西装裤。"

"7月15日那次呢?就是用晒衣竿打你那次。"

"白色衬衫、黑色西装裤。"

"6月10日呢?"

"白色衬衫、黑色西装裤。"

我一巴掌拍在办公桌上,"杨虹你放老实点,李红军天天穿那件白色衬衫和黑色西装裤吗?他从没换过衣服?"杨虹看了我一眼，面无表情地点点头，说李红军每次回家都是穿那身衣服。

"就是你在他骨灰盒里放的那一身吗？"孙力突然在一旁幽幽地问道。

杨虹愣了一下，竟然点点头，说是的，就是那一身。

孙力当场就火了。

警情聊不下去，我换了一个话题："2014年6月2日，你和李红军一起前往重庆，7天后的6月8日你买了一张返程车票，而李红军却没有任何购票记录。这件事你能否向我们解释一下原因。另外，你们在重庆的7天都做了什么？"

"我陪他去找工作，然后在重庆旅行，我们去了洪崖洞、磁器口、歌乐山，吃了火锅，坐了长江索道……"杨虹陷入回忆之中。她的记性似乎很好，快时隔一年半，两人当时在洪崖洞下餐厅吃的日料，在磁器口商户买的挂件，竟然可以一一陈述。说到开心处，脸上还露出了笑容，仿佛这些事情就发生在昨晚一样。

我仔细听了大概20分钟，打断了她，说行程够详细了，讲一下返程车票的事情，为什么只有她一人的返程票记录。"是你们记错了，我俩一起回来的，离开重庆后我们去了成都，红军要看一下他的母校……"

孙力开口要打断他，被我制止了，让杨虹接着往下说。杨虹说，李红军大学同寝室好友王平毕业后留在母校工作，他俩一起去看了王平，王平还请二人吃了饭，第二天还带他们去逛了武侯祠。

我听到新人名，马上上网查询，那所学校确实有叫王平的教师。我留下孙力在屋里继续和杨虹谈话，自己跑回办公室。先通过指挥中心联系了那所大学辖区派出所，取得了王平的联系方式。表明身份后，我问王平，2014年6月初，你的大学同寝舍友李红军夫妇是否曾到访？

"李红军？怎么可能！我跟他已经十多年没联系了。1998年夏天，他刚结婚时带老婆来过我这儿，当时我领他们在成都玩了两天。之后两人再没来过。"王平说2014年6月前半个月自己一直在北京开会，都是有参会记录可查的。

挂掉电话，恼火的我匆匆返回讯问室，想揭穿杨虹的谎言。没承想刚走到讯问室门口，就听孙力正在里面吼："你就跟老子胡扯吧，今年是哪年你能搞清楚不？要不要给你做个尿检？你是不是也跟李红军一起吸麻果了？！"

我推门进去，杨虹坐在讯问椅上目光呆滞。孙力已经站了起来，满脸怒气，正叉着腰教训杨虹。

我问孙力怎么了。

"要不是我在重庆上过大学，还真就信了她的邪！"孙力说，杨虹说李红军带她去了重庆会仙楼吃饭，还去了楼顶的空中花园，但会仙楼2009年就被拆除了。当年孙力正在重庆读书，还记得当时爆破拆楼的新闻。

7

就在我和孙力商量如何盘问杨虹时，领导打来电话，让我俩去他办公室一趟。领导办公室里还有一个中年男人，领导指着他介绍说，这是杨虹的姐夫，某国有企业的书记张国华。随后又说，"问话到此为止吧。"

我正揣摩领导这又是个什么意思，领导递给我一份精神病医院的诊断证明。我打开看，是杨虹的，精神分裂症。

"给警官添麻烦了，她得这病已经两年多了。"张国华在一旁面带愧色。

就这一句话，让孙力直接在领导办公室跟张国华拍了桌子："她有精神病这种事你们怎么不早向公安机关反映？她个精神病人折磨了我们一年多，浪费了多少警力处理她的事情，你们知不知道？！"

我先把孙力劝了出去，再回到办公室。张国华脸色也不太好看，毕竟大小也是个书记，领导正在打圆场。

我强压着不满放平语气问张国华："我去杨虹家很多次，从没见到她吃药。今天在她家进行现场搜查时也没看到家里有精神类的药物。我是社区民警，手里掌握着辖区所有精神病人的资料和情况，为何从未听说杨虹有精神病这件事？"

张国华有些不好意思，说这是他们家属的原因。之前杨虹的病情时好时坏，但吃药能够控制。他们担心杨虹丢工作，就没跟任何人提起过。"毕竟李红军靠不住，杨虹全靠自己的工资生活。如果单位知道她有精神病，肯定会让她转岗放假，咱这边病休的薪资待遇情况您也知道……"

说到这里，张国华面露无奈。我心里一下明白了他的小九九——杨虹有精神病，丈夫李红军是第一监护人。但李红军因吸毒无法承担监护责任，这个责任就要落在张国华和他老婆身上。谁家也不想平白无故落个精神病人要照顾，这恐怕才是张国华一直帮杨虹隐瞒精神病的根本原因。

这话我也不好当面说破，只能继续问他什么时候发现杨虹精神不正常的？

他说大概在2014年初，是李红军说的，杨虹精神不正常，时常对着空气说话。开始他们两口子不信，觉得李红军吸毒后嘴里没实话，甚至一度怀疑李红军闹幺蛾子找他俩骗钱。但后来有一次，李红军脖子上带着伤跑去找他们，说夜里睡觉时差点被杨虹勒死。他和妻子看不像是假的，去杨虹家里，发现她精神确实不太正常，于是带她去了医院才确诊的。

我问张国华，杨虹这一年多给我们打了十几次报警电话说李红军打她，你知不知道？

张国华很吃惊，说从来没听杨虹说过李红军打她的事情。这次是因为警察上门带走了杨虹，对门邻居通知了杨虹姐姐，他才来的派出所。

"自从李红军吸毒之后，我们两家几乎没来往了。我们劝杨虹赶紧跟李红军离婚，她不同意。谁家也不想沾这么个吸毒亲戚，况且李红军还经常为钱的事来纠缠我们，所以平时没啥事干脆就不走动了……"

我便问他近期有没有见过李红军。张国华却啐了一口，"谁知道那个狗日的死到哪里去了。不提他我还不生气，如果不是李红军吸毒，杨虹也不会害上这毛病！"

他说，李红军和杨虹去重庆的事他知道，当时杨虹说陪李红军去涪陵面试。他和妻子还阻止过，因为杨虹还在吃药，李红军的样子也不像是去找工作的。至于骨灰盒的事情，他就不清楚了。

我说2014年6月杨虹从重庆回来之后，你们有没有再见过李红军？张国华说没见过，听说李红军走了，高兴还来不及。后来偶尔问起李红军在重庆的情况也是客套一下，杨虹一两句话带过，他们也没多问。

送走张国华，我回到所领导办公室。领导点了支烟，说眼下的问题是，即便杨虹跟我们说她已经把李红军杀了，作为一名精神病患者，她的话也很难作为证据。怎么办？

"即便做不了证据，我们也得把李红军找出来，因为他是杨虹的法定监护人，如果失踪或死亡，需要走变更监护人手续。"

"那就分开搞吧，杨虹该治病治病，继续留意李红军的下落。"领导说。

李红军涉警的案子就这样被暂时搁置了。很快，杨虹就被送去做了精神病司法鉴定，确认了在之前数起虚假报警事件中不承担法律责任。她的姐姐暂时承担法定监护责任。

我问孙力，案子办到现在，你觉得李红军的失踪有多大概率与杨虹有关？孙力说："你这是明知故问。李红军失踪的所有线索都指向杨虹，如果她不是精神病，现在几乎就可以确定杨虹在整个事件中的责任。"

的确，一纸精神病鉴定书完美解释了此前所有事件中的谜团，也给了杨虹所有不合理行为一个合理解释。

"你们处理了那么多次关于杨虹的警情，材料也做了一份又一份，都没发现她精神有问题吗？"一次所务会上，领导问其他几位处理过杨虹警情的同事。

"你说没有觉得异常吧，那真不可能，但当时都在往案子的方向想，推测她是因为某些涉案因素，想隐瞒某些真相，所以说话做事不合逻辑，可谁能想到她是因为精神方面有问题呢？"一位同事说。

"你给她家人看过杨虹放在骨灰盒里的那些东西吗？到底是什么？有没有什么线索或者疑点？"领导问我。

杨虹被家人送去精神病院后，我确实协调杨虹姐姐一起去了她的住处，又找出了那个骨灰盒。那次我把两人的日记、信件都打开了，讲的全是两人过去的事情。又在杨虹姐姐的讲述下，大体勾勒出当年杨虹与李红军的爱情故事。

8

　　李红军1993年大学毕业后到我市工作，早年还教过书。1995年转到某研究院工作后，一项科研成果获得国家级奖项，他作为在研究工作中做出突出贡献的个人，代表研究院去北京领了奖。之后在本市作公开汇报。汇报结束后，接受了市里机关报记者杨虹的专访。两人就此相识，几个月后发展为情侣关系。

　　最初杨虹家人并不看好李红军——杨虹父母都在四川南充老家。姐夫张国华是福建人，与杨虹姐姐结婚后，两边的老人为照顾孩子颇费周折，因此他们都希望杨虹能嫁一个本地人家，这样父母至少免去奔波之苦。另外，杨虹父亲年轻时与东北人结过梁子，杨虹母亲则一直对东北人印象不好，担心女儿会吃亏。

　　杨虹个子不高，穿着高跟鞋也不超过一米六，也是大学毕业后分来本市报社的。她外表柔弱但性格很要强，别人很难改变她的想法，尤其是在婚恋问题上。好在之后的相处中，杨家人发现文质彬彬的李红军确实也不错，就默许了两人的结合。

　　"李红军年轻的时候确实与众不同，他心很细，对杨虹也非常好，关键是两人的兴趣爱好相投。"杨虹姐姐说，妹妹从小喜欢读书、旅行，还热衷于打理花花草草，恰好李红军也喜欢这些。两人刚结婚时住在李红军单位分的公房里，不到30平方米的小屋子堆满了书籍和各种花草植物。两人还经常外出旅行，一同去过新疆和海南。

杨虹与李红军的美满生活持续了近10年。"当年设计院和机关报社相距几公里，李红军每天下班后骑车去接杨虹，风雨无阻。每周五晚上两人都会去城南的红苑餐厅吃饭，然后李红军载着杨虹去机关影院看电影，杨虹在后座搂着李红军。我那时候还总是抱怨我家那口子说'你看人家，结婚这么多年就像刚谈恋爱一样，你再看看咱俩'。可谁也没想到，他们两口子后来会走到这个地步……"

2006年春节前，在设计院已经准备提拔科长的李红军突然选择前往山东外派工作，杨虹也整日以泪洗面郁郁寡欢。杨虹姐姐察觉到问题，一边安慰妹妹一边打听原因。起初杨虹和李红军什么都不说，直到李红军去了山东之后，杨虹才在她的追问下说出原因。

原来，杨虹在武汉读大学时，爱上了报社带她的男记者。那个记者大杨虹十几岁，已婚。两人的地下恋情持续了半年，被记者的老婆发现。那女人先闹到报社，又闹到杨虹的大学。男记者慑于老婆的泼辣，选择与杨虹一刀两断。杨虹很伤心，不久又发现自己竟然怀了孕。

此事杨虹没有跟任何人提起，她借钱去医院做了流产手术，在毕业季的忙碌中瞒过了身边所有人。她可能以为男记者和那个拿掉的孩子只是自己人生路上一块小小的绊脚石，绕过去就行了，但令她始料未及的是，她低估了这场恋情带给自己的伤害。

杨虹与李红军的婚姻里，唯一的缺憾就是两个人一直没要上孩子。两人借外出旅游之机在武汉、长沙和北京的医院看过，后来医生确诊，杨虹受当年流产手术影响，在当时的医疗技术下已经很难生育。

这个结果令杨虹和李红军深受打击，尤其是李红军，他怎么也没想到妻子对自己隐瞒了这段经历。那段时间杨虹精神状态很差，甚至一度想要自杀。李红军一直陪在她身边，继续像往常一样接送她上下班，周末依旧一起去红苑餐厅和机关影院，像是什么都没发生过一样。

在李红军的陪伴下，杨虹用了一年时间才从失去生育能力一事中走出来。但正当她接受现实，平复情绪准备重新投入与李红军的二人世界时，李红军却突然告诉她，自己年后要去山东外派，时间两年。

杨虹当场呆住，哭着问李红军为什么悄无声息地要去山东。李红军没有像往常一样给她解释外派工作的原因，只说是单位临时通知。

杨虹知道丈夫是一个温柔到不会发脾气但内心却十分执拗的人，哭着问姐姐两人会不会因此分道扬镳。杨虹姐姐说，得知整个过程后她也很崩溃，既不知道该怎么劝妹妹，也不知道自己能做点什么，最后只能劝杨虹放宽心——李红军需要时间自我调整，既然选择外派两年那就去吧。也许等他回来，一切便都过去了。

杨虹姐姐再次见到妹夫，已经是2007年10月。她说那时的李红军变化不大，只是整个人比之前瘦了些。李红军说自己不放心家里，申请提前结束外派回设计院上班。

当时大家都很高兴，尤其是杨虹。李红军提前回来了，就说明之前的一切都过去了。之后的日子里，李红军依旧每天骑自行车接送杨虹上下班，周五晚上带杨虹去红苑餐厅。只是那时机关影院已经关门了，两人不再去看电影。

"大概是2009年国庆，我们开始发现李红军不太正常。他频繁找我们借钱，先是三千五千，说家里买东西周转，后来三五百也借，说是应急。当时我们也没多想，便借给了他，但后来一合计，李红军前后一共借走了三四万，一直没还。"

这个数字那时对工薪阶层来说不是笔小钱，杨虹姐姐当时很纳闷：李红军和杨虹都有工作，也没见妹妹家里添置大件。起初她以为妹妹和妹夫遇到了什么困难，直到2010年春节李红军被抓，她才知道原来那些钱都被他拿去赌博和吸毒了。

在她的追问下，杨虹才讲出实情。

"那时我才知道，李红军在山东时被同事拉拢参与了驻地村里的赌局。那边有些团伙知道外派人员的工资高又没有花钱的地方，手里都有钱，所以专门'做局'坑他们，俗称'杀鸭子'。李红军文质彬彬没啥社会经验，很容易上道成了'鸭子'，一年多不但输光了外派工资，还欠了同事一大笔钱，最后又在牌桌上受人蛊惑吸上了冰毒……"2007年，李红军因吸毒被山东当地警察抓过。碍于影响，外派单位没有声张。但提前结束合同，把他赶了回来。李红军回来后大概收敛了一年，但后来还是通过各种渠道进入了本地"道友"圈。

"2010年，还是张国华偶然得知李红军因吸毒被拘留的消息，到公安局一问才知道，已经不是一两天了。如果不是他问到消息，我们还蒙在鼓里不停地借给李红军钱呢。"杨虹姐姐说，自己也是后来才知道，李红军吸毒后，杨虹想过很多办法，最初想帮他戒毒，也考虑过离婚，但最终李红军没能戒毒，两人也没能离婚。

杨虹不能接受李红军吸毒赌博，但又深爱他，同时因为不能生育感觉有愧于李红军；李红军不能原谅杨虹婚前隐瞒的历史，却也深爱杨虹，本想靠外派工作暂时逃避现实，却又染上毒瘾无法自拔。两个人分不开又合不拢，只能相互折磨。

"这么说吧，这两个人如果早离了，也许就不会有后面的事情了。"杨虹姐姐感慨地说。

9

摸清了杨虹与李红军的过去，似乎对我们寻找李红军的去向也没有多少帮助。

我和孙力始终觉得李红军的失踪与杨虹有关，至少杨虹应该知道其中情况。我们联系重庆警方查询对应时间段的报失人口、无名尸等，对方提供了一些线索，但经过核实都与李红军无关；我们又查询了长江重庆段下游一些县市提供的无名尸协查通报，也未发现符合李红军信息的线索。

后来在日常工作中，所里同事也在留意有关李红军的信息，尤其是那些曾与李红军有过交往的"道友"，每次抓到后都会审问李红军的去向，但同样没有结果。有次工作中遇到之前借过"码钱"给李红军的人，我问他钱要回来没有？他摇着头说："哪个晓得他跑哪里去了嘛，他女人又得了精神病，找哪个要钱？"

2016年8月，我陪父母去重庆游玩，一天晚上老人去坐轮渡，我晕船没有同去。在酒店里玩了半天手机，突然想起之前的"重庆大德"。反正闲着也是闲着，索性打车去了那家店铺。

店子开在江边，很不起眼，店主是对50多岁的夫妇。我亮明身份，说想了解一下杨虹和李红军的事情，两人很是意外。店主说去年不是在电话里已经把情况告诉你们单位同事了吗？"不就是往你们那里寄了一个骨灰盒，两年了还不消停。早知这样当初说啥也不做那单买卖。"

我说自己只是正好路过这里，来问点事情，案子早就结了。店主说，那你快问吧，我们这里也快打烊了。

我说我想知道杨虹为什么来你这里买东西，她是如何知道你们这家商店的？

老板娘说她还有点印象，杨虹好像是一天早上来的店里，当时店子刚开门，她是第一个客人。杨虹说她老公在江边落水死了，尸体也不知漂到哪里去了，我家店子离她老公出事地点最近。

老板娘说，那时她还问过杨虹有没有报警，没有的话她帮忙通知警察。但杨虹说已经报过警了，然后买了一个5寸的遗像相框。老板娘也就没多心。

2015年4月，老板娘接到一个电话，说是要邮购一个骨灰盒。之前没遇到过这种生意，起初老板娘没答应，但对方说自己去年去店里买过相框。老板娘想起了是杨虹，就答应了。

但挂了电话，老板娘又有些纳闷：杨虹为何去年买相框今年才买骨灰盒，难道老公的尸首今年才被发现？她加了微信后随口问了杨虹一句，但杨虹没回答，只是转了钱。

老板说，2014年他还在开出租车，是老板娘自己看店，但后来骨灰盒是他寄的，留的也是他的电话。警察打电话问骨灰盒时他才问了老婆这件事，当时还跟老婆说以后别再惹这份麻烦。

离开"重庆大德"后，我给孙力发了一段微信，把老板娘提供的情况讲给他听。孙力回复我说知道了，信息很重要，他会向上汇报。

这年年底我离开公安局，移交工作时嘱咐孙力，希望他能在之后的工作中继续寻找李红军的下落。孙力说当然，他也一直没有放弃寻找。

2018年6月，我回单位处理一些事情，那时孙力也准备调回老家工作。我俩一起吃了个饭，又说起当年杨虹和李红军的事。孙力说李红军依旧没有消息，他联系上了李红军远在黑龙江的姐姐，希望对方能够提供一些有关弟弟的信息，最好能来我们这里一趟，代替杨虹为李红军报一个人口失踪的案。但李红军的姐姐拒绝了，她说自从弟弟吸毒之后，两人便一刀两断了，李红军是死是活都与她无关。

我问杨虹现在是什么情况，孙力说，病得越来越厉害了，吃药看病似乎都没啥用处。以前是间歇性的精神分裂，现在几乎常态化了。她姐姐、姐夫偶尔来看看，但多数时间没人管，现在已经上了公安局"肇事肇祸"的名单。

"她犯了病会穿着以前放在李红军骨灰盒里的那身衣服在街上晃悠，逢人就说自己是李红军，当年是杨虹在重庆把他推到水里淹死了。周围人都躲着她。也有人报过警，可是她这副样子，说的话哪个肯信呢？"孙力说。

在我提笔写下这个案子时，手头依旧没有李红军的确切消息，但我听到过一个有关李红军的传言：2019年，有人在南方某座城市里见过他。他还活着，而且戒掉了毒品，改了名字，以送外卖为生。

我又给孙力打过电话，他说，如果真是这个结局，他倒可以理解："'社会性死亡'也是一种逃避现实的方法，总比我们之前猜测的结果要好。"

搅黄了这个吸毒女的婚事后

"老百姓家庭千万沾不得吸毒人员，家里有一个涉毒的，这个家就算是完蛋了。"这话从我入警初始，就常常回响在耳边。

可就在一次处理涉毒人员的相关案件中，我自己差点都被卷了进去。

1

2014年春节前的一个早晨，辖区一所酒店报警称，怀疑有人在客房内聚众吸毒。我与同事赶往现场后，从客房内带出6名嫌疑人，4男2女，一个个都精神恍惚。与此同时，房间内还有大量用过的计生用品、吸毒工具和疑似冰毒残渣。

其中一名女性嫌疑人叫刘丽，23岁，身材高挑，打扮入时，自称毕业于某高校服装设计专业，一直在上海做模特。前一天下午刚刚回到本市，就和几个要好的朋友"出来聚会"了。她原打算今天就回父母家准备过年，不承想却被带来了派出所。

在随后的讯问过程中，我们发现，这个年纪不大的刘丽，着实是一个难缠的角色：被捕之初，她就一直不配合警方工作，先是在讯问室里扭扭捏捏地冲民警们撒娇，说自己吸的是"水烟"，并非冰毒。等我的同事拎起现场缴获的剩余冰毒，问她是不是拿警察当傻子时，她就立刻换了一副面孔，马上痛哭起来，说自己是第一次涉毒，不知道这东西是毒品。

我调出全国吸毒人员信息网的资料，发现刘丽在上海也曾有过多次涉毒记录。谎言再次被戳破后，她开始大吵大闹起来，多次要求"打电话"。我以为她要通知家人过来，便用她的手机按照她告知的号码拨了过去——那是一个上海号码，对方一听她因吸毒被抓了，立刻挂了电话，再打过去就无法接通了。

我问刘丽这个接电话的人是谁，她先说是"叔叔"，后来又改口说是"朋友"。我再问她要给这个人打电话的原因和对方的具体信息，她就一概不答了。

之后，刘丽彻底变成了一尊"泥菩萨"，拒绝回答我提出的任何问题，也拒不接受尿检采样。两个小时后，警方决定送她去医院进行抽血化验，刘丽看抗拒无果，方才同意尿检——果不其然，结果是甲基安非他命（俗称冰毒）试板阳性反应。

事实无可狡辩，刘丽这才承认自己吸食毒品的违法事实。

就在同事去公安局法制科报裁的间隙，刘丽仍不住地絮叨，称自己此前吸毒都是因为工作压力大。我说你这次过年回家也不是工作，她就又将责任推到与她一同被抓的另一名女孩身上，说自己是"受闺蜜蒙骗"。

但其他5人的笔录材料里都写着，他们6人自一年前便是固定"毒友"，3个月前刘丽还回来过一次本市，一伙人也曾一起相约聚众吸毒。唯独刘丽的供述里，基本没有一句是真的。

最终，6人中除2人因涉嫌多次吸毒，被公安局法制科认定为"严重成瘾"送强制隔离戒毒以外，其他4人分别被处7至15天不等的行政拘留，刘丽也被判拘留10天。

执行拘留和强制隔离戒毒前，我们按照规定通知他们的直系亲属前来派出所领取《行政拘留家属通知书》。中午12时许，我在派出所值班室见到了刘丽的父母。

2

刘丽的父母都是本市居民，父亲老刘50多岁，某厂工人；母亲竟然还算我们的"熟人"——她就在派出所隔壁的超市上班，派出所同事们都喊她"张嫂"。张嫂平日待人很热情，长得也慈眉善目，在超市遇见我们，都会主动打招呼，嘘寒问暖。

夫妻俩来了之后，我们看见张嫂，还愣了一下。大致了解了女儿的案情后，夫妻二人惊得目瞪口呆，张嫂特意拉过一个相熟的同事问："会不会搞错了？"同事也很惋惜，说确实没搞错，都是你女儿自己交代的。

打听到我是主办民警后，张嫂赶紧来到我跟前，问我可不可以"借一步说话"。我明白她的意思，告诉她有啥话就在这里说。张嫂犹豫了一番，还是挤出一副笑脸说："姑娘年纪小不懂事，你看能不能照顾一下，这次就算了？"

我叹了口气说，刘丽已经23岁了，吸毒是违法行为，不是一句"年龄小不懂事"就能瞒过去的。况且，她并非第一次涉毒。

张嫂又以"快过年了"为由向我求情，我依旧拒绝了她。最后实在没办法，张嫂问我，能不能在女儿送拘留所前跟她说几句话。我同意了，把刘丽从讯问室里带了出来。

母女俩在值班大厅的角落里窃窃私语，张嫂神情时而愤怒、时而紧张，刘丽的神情也时而焦急、时而懊恼。老刘就在值班台前不断给我递烟，打听女儿吸毒一事是否会"记入档案"。

我一边应付老刘，一边盯着张嫂和刘丽母女。过了十几分钟，母女俩像是达成了某种一致，径直回到值班台前。张嫂一脸紧张地问我："刘丽吸毒这事儿除了同案人员和到场亲属外，不会告诉别人吧？"

我点点头："这个你可以放心，警方做事有纪律，无关人员无权打听案情，警方也无权将案情泄露给无关人员。"

夫妻二人长出了一口气，向我表达了谢意后，就目送民警将刘丽带上了警车。

望着老刘和张嫂远去的背影,一位与张嫂相熟的同事还在一旁感慨:两口子这么多年辛辛苦苦养大个女儿,人长得漂亮,大学毕业后又在上海找到了一份体面工作,张嫂一直引以为豪。"她家可是把下半辈子的希望全寄托在女儿身上了,这下可好……"

之前常听张嫂跟我们"显摆"她这个十分漂亮且"很出息"的女儿,没想到第一次见面,竟然是在这种场合,因为这种事情。"这么年轻就吸食冰毒,还由着一群'道友'糟践自己,也不知道能不能戒得掉。"我也跟着叹气。

"太难了,像她这种在上海和本地都有吸毒前科的人,一看就不是'着道'一两天了。要想戒,非得有'大决心大动作'才行……"

我正跟同事感慨着,张嫂夫妇忽然又折回了派出所,两人的脸色都十分慌张。我正想问张嫂怎么了,她却拉住我直往值班大厅外面走,一边走一边带着哭腔说:"李警官,这次你无论如何都得帮帮我啊——"

张嫂还没开口,在派出所外墙边上,老刘就突然将一个用黑色塑料袋包着的东西往我怀里塞,打开一看,是两条价值不菲的"黄鹤楼"。他嘴上还在念叨:"本来想拿'1916'(烟名)呢,店里一时没有货,您先将就着抽……"

我连忙推辞,张嫂却使劲攥着我的胳膊,压着声音说:"没别的意思,就是有点小事想请李警官帮个忙……"

一时推辞不过，我只好暂且让她说事。

张嫂说，等下会有几个人要来派出所询问女儿的案情，让我帮她撒个谎，就说刘丽是因为朋友聚会喝醉了酒，酒后和人打架被警察送进了拘留所，"可千万别说吸毒的事，更别提吸毒后跟别人……"

我有些不解："刚不是说了吗？真要有人来问，我直接打发他走不就行了，哪用得着这么麻烦，还扯么斯谎？"

张嫂却连连摆手，说不行不行，对方已经从其他途径得到了一些消息，怀疑刘丽吸毒。我是警察，只有我来扯这个谎，对方才能相信。

"那帮人是干啥的？你家亲戚？"我随口问。

张嫂和老刘愣了一下，相互看了一眼，然后点点头，说是远房亲戚。

"啥亲戚这么好事，喜欢打听这种事情，还要专程来派出所问？理他干啥，找个理由推掉不就行了？"我更不解了。

张嫂却又说，能推掉他们就不会来找我了，这亲戚他们得罪不起。

我觉得张嫂没说实话，但转念一想，这事儿我也没必要较真。于是便说，撒谎这事儿我做不到，但在不提案情的情况下，可以帮忙把人打发走。

张嫂看确实说不动我，也只好作罢。但似乎还是不太放心，又恳求我等下她要是说什么，我别揭穿她。

我只好在一旁苦笑:"谈不上揭穿,我不参与你自家事儿就行。"

3

我们三人刚回到派出所,张嫂那几个"远房亲戚"便到了。他们看上去也是一家三口,男主人自我介绍说叫他"老陈"就行。我看他有些眼熟,问他是不是陈××,他笑着点点头,承认了。

这个陈××是邻市一家食品厂的老板,经商30多年,在市里虽算不上"首富",但也小有名气,我在本地新闻上看到过他。我心里琢磨,张嫂这么爱显摆的一个人,竟从没跟我们说起过她有这么个厉害的亲戚。

与老陈一起前来的是他的妻子和儿子,儿子小陈年龄跟刘丽相仿,长相颇为周正,但看上去似乎有些羞涩。老陈与我的同事秦警官相熟,小陈喊了声"秦叔",转而又看了一眼墙上的民警名录,回头喊了我一声"李叔"。

我赶紧推辞,说我也比他大不了多少,喊"哥"就行。小陈有些不好意思地笑了,张嫂夫妇也赔着笑脸。老陈很快就说,想问一下刘丽的案子。

秦警官刚好接了个电话,笑着对老陈说"领导找我有事,有啥事儿问李警官就行",然后便匆匆上了楼。我心里暗道一声

"狡猾",但也无可奈何。老陈转而看着我,我看了张嫂夫妇一眼,两人就站在老陈身后,神情十分紧张。

这个氛围着实有些反常,但我也只能说:"陈总不是我不跟你说,这事儿警察有纪律,案子的事情不能跟无关人员乱讲。该说的,我都跟张嫂两口子说过了,有啥问题你问她就行,你们都是亲戚,这点信任还没有吗?"

我以为这句话完全能堵住老陈的嘴,可老陈却摆摆手:"李警官别误会,我是听亲家说孩子因为打架被抓了,心里担心。也不知道对方损失重不重,人伤了没有?我也略懂点法律,知道赔偿到位的话可以获得对方谅解,孩子就免得坐牢。咱都有喝醉的时候,谁也不想把事情闹大不是?"

听到"亲家"一词,我心里"咯噔"一下。

老陈接着说,他今天是带着钱过来的,需要赔偿多少由他来出。"亲家的家务条件(经济条件)有限,别为了点赔偿款难为孩子。"说着,他又回头冲张嫂夫妇笑了笑,张嫂夫妇脸上明显有些尴尬,但还是客套了几句说"不用"。

这下轮到我心里打鼓了——如果真如老陈所说,他与张嫂一家是"亲家",那么刘丽吸毒一事他是有权知道的。

我转头问小陈:"你和刘丽是两口子?"小陈点点头,说3个月前两人领了结婚证,年前刘丽回来,两人便准备把仪式办了,酒店啥的都准备好了,请柬也都发了,万事俱备只欠东风。没想到这关口,妻子被警察抓了,他担心会耽误之后的安排。

那时市民政系统尚未与公安系统联网，我在警综平台上看到刘丽的身份信息仍是"未婚"，否则带她来派出所之后，首先通知的必然是她的丈夫小陈。

我望向张嫂，发现她的身体已在微微颤抖了，如果不是老刘在一旁扶着，可能就一屁股坐地上了。我一下明白了她之前反复问我那些事的原因，也大概理解了她的心情——作为母亲，她最担心的还是女儿婚事的问题，毕竟涉毒这种事，不是哪个家庭都能接受的。

如果我帮张嫂把刘丽吸毒的事瞒下来，一来不符合公安机关办理案件"告知家属"的相关规定，二来对小陈有些不负责任；可若把刘丽涉案的实情告诉老陈一家，这对年轻夫妻会不会就此一拍而散？之后张嫂一家又该怎么办？

思考再三，我觉得这事儿还是需要向领导汇报一下。

4

我让这两家人稍等片刻，匆匆跑去办公室，把事情的来龙去脉讲给了带班教导员。

教导员也很为难。起先，他先是劝我尽量不要掺和这事，让他们自己私下去交流，别把矛盾引到派出所头上；但后来听说小陈已和刘丽领了结婚证，便叹了口气，让我还是跟老陈一家实话实说。"吸毒这事儿不是开玩笑的，瞒过去可能害了男方一家子，到时出点什么事情,我们负不起这个责任。小陈和刘丽是两口子,他有权知道妻子的案情。另外,刘丽戒毒也需要家人支持帮助,小陈作为她的丈夫,也是戒毒的第一监护人,得让他心里有数。"

但顿了顿,教导员可能又想到了什么,接着对我说,如果当着两家人的面不方便讲,就先想办法把张嫂一家打发走,之后单独告知小陈就行。

从教导员办公室出来,我刚路过卫生间,老刘就匆匆赶了过来,迎面上前紧紧握住我的手,再三求我帮帮忙,别跟老陈一家说女儿吸毒的事。

我叹了口气,干脆把话挑明了,说这事儿我确实帮不上。

"你们当警察的,是不是应该保护当事人的隐私权?"老刘的话里似乎带有威胁的意思。

我说,你讲的没错,刘丽和其他吸毒人员发生关系"散毒"的事情我们不会讲,但她吸毒被抓必须告诉小陈,"作为配偶,小陈也有知情权,这个你知道吗?"

老刘不说话了。我原本还想说,既然已是一家人了,隐瞒不是办法,事到如今只能两家共同面对,看之后如何帮刘丽戒毒。但我的话还没说出口,老刘竟"扑通"一声跪在了我面前,低声说:"求你了李警官,女儿不学好犯了错,我们之后自己会教育,但这次千万别跟老陈一家说吸毒的事,不然这婚事肯定要黄……"

我急忙伸手想拉他,但老刘却怎么都不起来,非说我要是不答应他,他就跪死在派出所里,反正"如果婚事黄了,我们老两口也不想活了"。

我有点生气,说老刘你这么大个人了,做事不能只考虑自己。我还想问他,有没有站在小陈一家的角度上考虑过这个问题。但想了想,还是忍住了。

那天,老刘在卫生间地板上足足跪了20分钟,无论我说什么都没有用。后来我实在没辙,打电话喊来同事帮忙,自己才脱了身。

回到值班大厅,我决定狠狠心,先把张嫂夫妇打发走再说。可没想到,率先开口的竟是张嫂。她一看见我回来,就一脸"开心"地告诉我,"受害者"刚刚打电话给她,说同意接受3万块钱的赔偿,不再追究刘丽一伙"打人"的事。

老陈看见我和老刘前后脚回到值班室,脸色有些狐疑,但还是对我说,这笔赔偿金由他来出,问我怎么交付给"受害人",以及何时能把刘丽"放出来"。

我愣了一下,随即明白这是张嫂的套路——看来她在找我的同时就做好了两手准备,不仅要把女儿吸毒的事情彻底隐瞒下来,而且要把我也绑在他们两口子这根绳子上——估计我和老刘在卫生间里的那段时间,她已经做戏骗过老陈一家了。

我心里泛起一阵厌恶,可当着众人的面不好直接拆穿他们,只好说了一句模棱两可的话:"这样,今天你们先回去,留个联系方式给我。这事儿我得再向领导汇报一下,到时给你们消息。"

听我这么说,张嫂脸上终于露出了欣慰的笑容。她急忙把自己的手机号报给我,我记下来之后扭头问小陈要联系方式。

张嫂一下又警觉了起来,赶紧说自己女儿惹下的事自己家处理就行,不用麻烦亲家。但我还是坚持要了小陈的手机号,说,小陈是刘丽的"合法丈夫",按照法律关系,他比父母还近一层,赔款算是夫妻共同财产,必须有小陈签名。

张嫂半信半疑,还想继续坚持,我没再理她,打发众人离开了派出所。

5

闹了一整天,值班室终于清净了。我先把老刘硬塞给我的两条"黄鹤楼(软珍品)"登记上缴,看到同事正在补录刘丽等人聚众吸毒案的后续材料,又把刘丽的笔录要过来细看。

23岁、模特、聚众吸毒、轮流发生关系……每一个字眼都那么惊心。我问同事,像刘丽这种情况的,结婚后戒毒的可能性有多少?

"这跟结不结婚有啥关系,你给她做材料的时候看不出来吗?问她啥都不说,毒源也一直隐瞒,她这样的能戒毒?怕是别害了她老公一家就好……"

同事还给我举了两个例子：一个是去年我市一名男子为凑毒资，把岳父家的房本偷出来抵押给贷款公司，结果男子吸毒过量死在了外面，贷款公司拿着到期的抵押合同去男子岳父家收房，两方的官司打了一年多还没有结果；另一个是邻市之前办理过的案子，妻子哺乳期吸毒，孩子脑部落下了终身残疾。医院诊断结果出来后，丈夫一怒之下持斧头将妻子及岳父岳母都砍成了重伤，自己也进了监狱。

"平常老百姓家里，可千万沾不得吸毒人员。家里有一个涉毒的，这个家就算是完了。那个老刘也是，这关口不先想办法帮女儿戒毒，跟派出所较个么斯劲……"

听同事讲完，我决定早点把实情告诉小陈。

第二天一早，还没等我给小陈打电话，小陈父子却主动找来了派出所。老陈一见面就问我："儿媳妇昨天到底是怎么回事？"

我试探着问他知道些什么，老陈也不瞒我，说自己在本地做生意多年，有不少社会关系。之前他就听过一些关于刘丽的传言，但心里一直没做真，加上儿子喜欢刘丽，所以也就同意了这门婚事。

这次，反倒是张嫂和老刘的表现让老陈很生疑。自己本是一番好意来帮忙，但怎么都觉得像是戳到了亲家的什么秘密。老陈说，昨天两家人离开派出所后，他就提出去看望一下被刘丽"打伤"的"受害者",双方能和解的话尽量立刻和解,不要过夜。"拘留所不是什么好地方,快过年了,别委屈孩子。"但张嫂和老刘却支支吾吾,顾左右而言他,先是说那人在住院,等老陈的车开进了医院,张嫂突然又说自己记错了,"受害者"伤得不重,已经回家了。

老陈又让司机开车去"受害者"家里,想登门致歉,但走到一半,张嫂又说,人这会儿不在家,有啥事儿她和老刘处理就行。老陈跟张嫂要"受害者"的联系方式,说要跟对方讲几句道歉的话。张嫂扭捏了半天才给了他一个号码。老陈拨了很多回,始终无人接听。

于是,老陈和亲家一分开,便找到自己在拘留所工作的朋友询问。朋友也没跟他明说案由,却一直劝他再考虑一下小陈与刘丽的婚事,"这次不是打架这么简单"。

老陈有点慌了,爷俩在家商量了一晚上,决定今天还是来我们派出所问个究竟。

"小陈和刘丽是合法夫妻,他有权利知道自己老婆到底因为什么被警察抓了,对不对,警官?"老陈问我,我点点头,他又继续说,"你们那个《治安管理处罚条例》(应为《治安管理处罚法》)里面有规定,已婚的先通知配偶,然后才是其他亲属,父母都要排在配偶后面,我说得对不对?"

看来老陈来之前已经做了功课,我只好再次点头,然后把刘丽涉毒的情况一五一十地告诉了老陈父子。

6

尽管老陈父子应是有心理准备的,但听我说完后,两人依旧被惊得目瞪口呆。

"离婚、离婚、离婚!"回过神后,老陈一连重复了三遍"离婚"。我劝他不要激动,再考虑一下。他却冲我吼了一句:"这还考虑个么×?我们家欠她的?辛苦大半辈子,要给个'毒么子'陪葬吗?"

小陈在一旁小声问我,刘丽这次是不是初犯,会不会是受了坏人的蛊惑。我把全国吸毒人员信息系统上记录的相关信息给他看,看到刘丽在上海也有过多次涉毒记录时,小陈的脸色变得非常难看。

但可能还是有些不舍,小陈又问我,像刘丽这种情况,多长时间能戒毒,自己能不能帮她戒?

小陈这话还没说完,老陈就敲着桌子吼:"吸食冰毒,你懂什么意思不?!一日吸毒终生戒毒,皮囊再好有个屁用!金山银山不够她吸的,你还帮她戒?小心哪天把你也拉下水!"

小陈不敢再说话了,老陈点了一支烟,自顾自地抽了起来。

沉默了很久,我问老陈父子,当初小陈跟刘丽交往时,没发现有关她吸毒的任何迹象吗?

老陈这才对我说,小陈和刘丽是中学同学。中学毕业后,小陈出国读书,一去便是七八年,眼下已拿到澳洲绿卡。去年年初,小陈过年回家参加一次同学聚会时偶遇刘丽,之后两人互留了联系方式,不久便谈起了恋爱。

老陈一家原本对刘丽比较满意,一是她长相漂亮,在上海工作也算见过世面;二是两个孩子是中学同学,家又都在本地,省去了之后很多麻烦。老陈唯一担心的是,儿子长期在国外,与刘丽的相处时间并不长,但小陈却说,自从谈恋爱后,两人几乎天天在网上聊天,刘丽也说愿意婚后跟小陈一同去国外发展。老陈这才放下心来。

结婚前,陈家给了刘家30多万彩礼,又在本市和武汉各买了一套房,打算今年年前先给两人在国内办一场中式婚礼,年后再去澳洲办一场西式的。"真是没想到啊,我和刘丽离得远,大多数时候只能通个视频。确实有几次看到她在屏幕那边嘬着根管子吞云吐雾,问她是啥,她说是水果烟。我哪能想到她是在吸毒呢……"回忆起之前视频时的场景,小陈也有些唏嘘。

"啥都别扯了,回去赶紧办离婚吧。"老陈气呼呼地摁灭烟头,站起身来,拉上儿子就往外走。临走前,他又回头叫我到车上"聊几句"。我猜出他的意思,说有话就在值班大厅里说,其他事情就没有必要了。

老陈再三感谢后离开了。

7

再一次见到老陈，已是第二年中旬。我问起之前小陈与刘丽的事，老陈说那天他一离开派出所就去找张嫂一家摊了牌，希望刘丽拘留期满后马上跟小陈去民政局办离婚手续。

张嫂夫妇给老陈说了很多好话，也替女儿做了很多承诺，但无奈老陈一家主意已定。

刘丽释放后不久便和小陈去办理了离婚手续，之前订好的酒店和仪式全部取消，陈家也索回了彩礼和房子，小陈回了澳大利亚，断绝了与刘丽之间的一切联系。

老陈再次向我表示感谢，说是我帮他们家及时止损。我不知道该说什么，便问老陈离婚时张嫂一家有没有什么"过激反应"？老陈说还好，张嫂开始提出要点"离婚补偿"，但老陈不同意，张嫂一家也就没再提这事儿。

老陈又问我，是不是张嫂一家找我麻烦了？我笑着点点头，"煮熟的鸭子飞了，她能不找我麻烦么？"

自从婚事告吹，张嫂就把全部的邪火都发在了我身上——去上级公安机关先后投诉了我三次，我也为此写了三份"情况说明"。

第一次，张嫂告我"泄露公民个人隐私"。我向上级说明，小陈当时系刘丽的合法丈夫，警察向其告知妻子涉毒涉案情况并不涉嫌"侵犯公民个人隐私"。上级支持了我的观点，并对张嫂当时的所作所为提出了批评。

张嫂第二次告我的罪名是"索贿",并拿出自己在所工作的超市购买"黄鹤楼(软珍品)"香烟的票据,说是我违规向她索要礼品。派出所为我出具了上缴香烟的凭证。上级没有追究,但告诫我以后"不要去没有监控的地方谈案子上的事,礼物礼金要当场退掉,免得给自己惹一身腥"。

第三次,张嫂告我"受贿",说我肯定是收取了老陈一家的礼金,才向其透露刘丽案情的经过。上级对我进行了很长时间的调查,张嫂拿不出切实证据,我也的确没有收过老陈一家的任何礼物,甚至连饭都没吃过一顿,上级最终也没有支持张嫂的指控。

我再去超市时,有时还会见到张嫂,但她再也没了以前的慈眉善目,每次见到我都恨不能把我一口吞下去。我也就不太去了。

2014年8月,有人跟我说,坊间流传了一些有关我工作过程中"吃、喝、卡、拿"的流言。我私下里调查了一段时间,发现这些留言大多还是来自张嫂。与上级沟通之后,我决定找张嫂谈一谈。

张嫂拒绝来派出所或警务室见我。无奈之下,9月份的一个傍晚,我和同事敲开了张嫂家的房门。

那是一套两室一厅的旧公房,张嫂开门后见到是我,直接去了卧室,"哐"的一声关上房门后就不肯再出来。老刘没好意思直接赶我们走，自己点了一支烟，人坐在我跟前，眼睛却始终盯着打开的电视机屏幕。

坐了一会儿，同事打破了沉默，指出一些已经被我们坐实的张嫂在外散播的谣言，建议老刘劝一下张嫂，如果有什么不满，可以直接去上级公安机关投诉或举报，不要采取散布谣言的方式，否则公安机关有权追究她的相关责任。

老刘不置可否，我却隐约听见张嫂在卧室里隔着房门用方言叫骂。我没有作声，同事冲着房门说"张嫂有话你出来说"，但她始终没有出门。

告知义务已经尽到，我和同事便起身要走。老刘送我们到楼下。下楼时他开了口，先是向我道歉，又让我别把那些事放在心上，自己回去一定给妻子做工作，让她不再胡说八道。

我问他刘丽戒毒的情况怎么样了，老刘叹了口气，说离婚这事儿对女儿打击很大，在家闹了很久。眼下又回了上海，他也很担心女儿在那边会不会再碰毒品。

言语之中，老刘依旧透露出些许对我的埋怨，他说也许结了婚去了国外，女儿就不会再吸毒了。我很想说，万一戒不了呢？岂不是要拉着无辜的小陈一家当垫背的了？

但想了想，事到如今，也没有必要再多说什么了。于是摆了摆手，向老刘告了别。

后记

直到现在，张嫂每次见到我时，依旧是一副苦大仇深的样子。

2016年6月，刘丽因吸毒再次被上海警方抓获，随即被裁定为吸食毒品严重成瘾，送当地强制隔离戒毒所执行为期两年的强制隔离戒毒。

真希望他下辈子能讨到老婆

2012年7月，辖区内一家自助成人用品店被盗，嫌疑人用铁锤砸碎了自助售卖机玻璃，偷走了价值几千元的成人用品。

同事一边调监控一边说："八成是'色魔'郑勇干的。"

不一会儿，监控被调出，果不其然，其中一名嫌疑人正是郑勇，这位鼎鼎有名的"色魔"随即被缉拿归案。

1

我们之所以都认识郑勇，一是他的体形特征十分明显，身高一米六，很瘦，头上有很大一块头皮没长头发，走路时右腿还有些瘸；二是他早就是派出所的常客了，全所90%的民警都或多或少跟他打过交道。

郑勇时年42岁，无业，以开麻木（电动三轮车）为生。在警综平台上的"涉警记录"长达三页半，且绝大多数事由都令人难以启齿。

那天，郑勇坐在我面前的讯问椅上，我问他为什么盗窃成人用品店，他抬头看看我，说是同伙带他去的，想搞点钱。那天晚上，还有一名吸毒人员和他同去，没多久就在销赃时被抓获了。

我问他赃物怎么分的，他说自己分得了两个充气娃娃，其余都被同伙拿去卖了。我又问他，为什么选择成人用品店实施盗窃？郑勇说，一是那家店是"自助"的，夜里无人看管。他并不知道店里有监控，以为不会被人看到；二是他对里面卖的东西"很感兴趣"，用他的话说，"反正偷来的东西换成钱也要去找小姐的，店里有现成的小姐"。

因为行动及时，这起盗窃案的赃物被全部追回。店主很感激，说绝大多数追回的赃物都可以继续售卖，唯有郑勇分得的那两个充气娃娃被他用过了，希望警方能够帮忙找郑勇索要赔偿。

很快，郑勇及同伙因涉嫌盗窃被判有期徒刑6个月。刑事案件附带民事赔偿，充气娃娃也给赔了。

郑勇的刑期在看守所就执行完了。等出狱后，我跟同事开玩笑说，郑勇看起来也是个实诚人，怎么看那次都像是"憋坏了"，才打起了成人用品店的主意。同事想了想，说这家伙应该是有些心理疾病，该带去医院查查的，或许能治。

当然，警察不可能带他去"治病"，我决定去跟郑勇的老母亲聊聊。

往后几个月里,我前后去过他家多次。40多平方米的小住宅,没有任何装修,一个黄色的、蒙着一半污垢的白炽灯吊在天花板上,墙上贴满了旧报纸。收拾得还算整齐,但几乎没有一件像样的家电。前些年,母子二人原本住在郑勇父亲生前留下的一间十几平方米的小房子里,但因房间面积太小又临街,郑勇母亲就将其租了出去,在不远处租下了这间房,两边租金差不多相抵,居住条件才算是稍微改善了一些。

郑勇的老母亲70多岁了,患有严重的哮喘。一口方言本就难懂,加上拉风箱一样的喘息声,基本无法交流。我和她说了几次,老人家一直没听懂是什么意思。我实在忍不住,试着婉转地劝劝郑勇,要不要去医院看看,他却怒气冲冲地说:"男人都想女人,怎么到我这儿就成了病?!"此后我也只好作罢。

当时,那起盗窃案中的两个充气娃娃是被作为赃物没收的,几个月后,又重新发还给了成人用品店的店主。店主嫌它们被用过,"看着恶心",从派出所领出后就当垃圾扔了。之后不久,我却在郑勇家见到了两个充气娃娃,问郑勇哪儿来的,他就说是捡的。

2

打从第一次和郑勇打交道,我就记忆深刻。

那时我上班不久，接到举报称一小区居民楼里有人卖淫嫖娼。等我们赶到现场，将还没来得及穿上裤子的郑勇拎起来时，他竟然抱怨道："你们怎么来得这么快！"同事训了郑勇几句，把他塞进警车里，临走前他的眼睛还一直盯着那名和他一同被抓的失足妇女。

在派出所叙述违法经过时，郑勇非常配合，讲得十分详细，实在让我们怎么听都不太对劲。越到后来，他竟在描述自己和对方发生关系的过程中，带着些许"回味"的神情。经验丰富的同事不得不几次厉声打断他，他却仍然无动于衷。

我实在没想到，世上还会有这样的人。但同事却"安慰"我说，习惯就好，他就是这副德行，"以后你会经常和他打交道的"。果不其然，之后我参与的每次扫黄行动，几乎都能看到他的身影——无论是街头隐蔽处的"爹爹乐"，还是深夜洗脚房的"大保健"，辖区里还有些失足妇女甚至记得郑勇，"那个瘸子啊，前天才来过……"开始我还教训他几句，后来次数多了，我也懒得说他了，抓住了就直接拖回来做材料。

与其他在色情场所被抓的人不同，郑勇总是强烈要求"拘留"。开始我还有些纳闷，后来才明白，被抓的次数多了，他也知道《治安管理处罚法》里对于嫖娼的处置可以在拘留和罚款中二选一。不管怎样，他都是坚决不交罚款的，"我可没有钱"。

我斥责郑勇，问他既然"没有钱"，为什么还要频繁出入色情场所，郑勇就回答说，别人都有老婆，他没有，不去这些场所还能去哪儿?

我说你娶个老婆不就行了?郑勇没好气地回我,"你说得简单,派出所发我一个?"

我气得不知说啥好,同事在一旁劝,让他别说了。郑勇不服气,还继续小声絮叨:"警察都还有警嫂……"结果同事也气得拍了桌子。

郑勇早年的经历的确颇为坎坷。1996年,郑勇在下班路上被一辆皮卡车撞倒,当场昏迷。后来虽经医院抢救保住了性命,但一大块颅骨被置换为钛合金材料,往后的精神状态也出现了异常,腿脚也不利索了。

郑勇是家中独子,父亲早逝,母亲是市郊农民,年轻时在市里摆摊,后来上了年纪身体不好,只能在家靠糊纸盒赚钱。郑勇出事前是家里的顶梁柱,事后虽拿到了30多万的赔偿,但身体无法从事重体力劳动,工厂也和他解除了劳动合同。没有其他谋生手段,只能靠开麻木为生。

郑勇平时看上去和正常人没有区别,但只要交流几句便会发现异常。大多数时候,他都十分易怒,说不上两句就会跟人龇牙瞪眼。知道他情况的人从不敢坐他的麻木,不知情的乘客上了车,也常常因他无缘由地口出恶言而发生冲突。

警综平台上有关郑勇的警情,有相当一部分是他与人发生冲突导致的。郑勇本身很矮,又瘦,主动挑起冲突后却又基本沾不到光，几乎每次都是受害方。久而久之，他的电麻木生意也不好了，经常站一整天都揽不到一个活。

揽不到活就没钱吃饭。早先有一次，我们巡逻时看到郑勇在街上的馒头铺里买了3个馒头，就着白开水硬啃。同事就顺手买了一袋榨菜递给郑勇，没想到郑勇却无端发了脾气，当街吵闹起来，怪同事看不起他。我们赶忙驱车躲开，此后也不再主动招惹他。

我问过郑勇，之前为何不趁年轻用那笔车祸赔偿款治病或者娶个媳妇？郑勇说能去的医院以前都去过了，医生说他这已经算是最好的状况了，再想恢复，那个花销恐怕不是这点钱能搞定的。至于娶媳妇，"做梦都在想啊"。郑勇义正词严地说，有了老婆自己绝对不会再去嫖娼，但找不到又能怎么办呢？

我说你手里也不是没钱，怎么会找不到？别把眼光放得太高嘛，找个能跟你过日子的就行。

郑勇就又不搭话了。

3

2013年初，全局扫黄打非专项行动不断深入，上级要求将街面上所有提供色情服务乃至"打擦边球"的场所全部关停，并追究相关负责人的法律责任，彻底消灭提供色情服务的土壤。所领导直接告诉我，盯住郑勇，他出没的地方必然存在这类非法交易。

按照以往经验，"爹爹乐"是郑勇的最爱，因为价格便宜，一次色情交易只需30至50块。

那段时间，郑勇被我抓了6次，全是30元最低标准的"爹爹乐"。交易场所有时是在居民小区阴暗处，有时是在公共厕所隔间里，还有一次竟然是在停车场的一辆五菱面包车的后厢里。郑勇被抓后也不狡辩，一五一十陈述自己的违法过程，然后老老实实跟我去拘留所。

我确实拿他没了办法。有次同事和我开玩笑，说郑勇这才是真正的"无欲则刚"，大多数嫖客，有正式工作的怕丢工作，有家有业的怕老婆离婚，有头有脸的怕丢人现眼，郑勇这家伙啥也没有，也就啥都不怕，"让他改邪归正，且难着呢……"

我说郑勇也快"玩"到头了，这次专项行动是全省范围内的，隔壁县市也在搞。过不了多久，那个"行当"就消失了，我看到时候郑勇怎么办。

同事却意味深长地苦笑一声，说留个心眼吧，真到了那时候，弄不好郑勇还会搞出什么别的幺蛾子。

2013年5月，市里扫黄打非专项行动成果显著，一大批色情场所纷纷关停。也就在那个月，郑勇突然"消失"了——他的电麻木一直停在出租房楼下，人却不见踪影。我找郑勇母亲询问他的去向，老人含含糊糊地跟我说，郑勇找他"女朋友"去了。

郑勇有女朋友了，我把这事儿讲给同事，同事们都说这下好了，他终于该"改邪归正"了。但也有同事笑笑说，他八成是去找哪个相熟的失足女了，"凭这家伙的名声，能找到女朋友就闹鬼了"。

同事虽言语戏谑，但也不无道理。郑勇在本地有个响当当的绰号，"色魔"，全是因为他频繁出入色情场所得来的。本来城市就小，街面上的流言传得很快。这些年郑勇电麻木生意差，多少也与他的绰号有关，极少有女乘客敢坐他的车。甚至平时走在街上，认识他的女性都会刻意避开。

很快，2013年8月，辖区技校保卫处来派出所报警，称学校女生多次举报，晾晒在阳台的内衣被盗。我们调看了视频监控，发现又是郑勇所为。

被盗女生内衣虽然价值不高，但郑勇的行为已涉嫌入室盗窃。他很快就又被抓了回来。我问郑勇偷内衣做什么，郑勇说没做什么，就在家里放着。同事去了他家，搜出的衣物上全是斑斑点点，回来就骂郑勇是"变态"。

郑勇交代完案情，同事去法制科报裁。等待期间，我问郑勇这几个月跑哪儿去了？他说自己去找"对象"了。我问他"对象"姓甚名谁，哪里人，两人"处"到什么地步了？郑勇却神情沮丧，"女人没一个好东西……"原来，真像之前同事说的那样，他跟一个曾经有过几次交易的30多岁的失足女去了外地。两人共同生活了3个月,到最后都没搞清楚失足女的真名叫什么。

　　走之前,郑勇随身带了2万块钱,失足女便对他很好,平日里张口闭口喊他"老公",还给他做饭吃。郑勇满足极了,给她买各种东西讨她开心。后来钱花光了,郑勇便被赶了出来。"我以为她能给我当媳妇呢,我真蛮喜欢她的,没想到还是个势利眼,臭婊子……"

4

　　那次郑勇又因入室盗窃被法院判了半年,出狱已是2014年春节过后了。

　　来派出所重建《重点人口档案》时,我问郑勇今后有何打算。郑勇面无表情,"还能咋办,以前咋办现在就咋办呗"。我问他那笔赔偿金还剩下多少,他面色有些凝重,说去掉那2万之后,现在不到20万了。

　　我劝他还是安安稳稳过日子,再搞些有的没的,钱花光了以后生计都成问题。郑勇却说他就不信这个邪,自己想整个女人就那么难。

　　"那你就正儿八经娶个媳妇!再跟我这儿胡闹,老子不打死你!"我真被郑勇激怒了,骂了他一句。郑勇可能有些害怕,没敢正眼看我,只是小声嘀咕了一句,"都被你们扫完了,我还能去哪儿弄……"

其实也不是没有女人关注郑勇，毕竟他手里有一笔钱，辖区的确有几个女人一直盯着他。但对郑勇来说，却不是一件好事。

张曼就是其中一个，1975年出生，当时还不到40岁，长相姣好，同样无业，却是一名吸毒成瘾人员。

张曼不知从什么途径得知，"色魔"郑勇手里有一笔钱，且非常喜欢搞女人，便主动投怀送抱，很快就和郑勇打得火热。张曼因吸毒是警方的常控人员，郑勇刚出狱是警方的重点人口，两人的交往自然逃不开警方视线。2014年6月份，张曼就在郑勇家中被我们抓住。

同事把张曼从床下拽出来时，郑勇竟然上前阻止。我赶忙把他扯到一旁，让他想清楚自己在干什么。

回到派出所，张曼交代自己每次接到郑勇电话就去他家，两人发生关系，郑勇一次给她100元钱报酬；轮到郑勇时，他则说自己和张曼在"谈朋友"，那些钱是给张曼的生活费。

公安局认定两人是卖淫嫖娼关系后，郑勇当即提出抗议，说他真的是在跟张曼谈恋爱。我说："张曼都承认她来你这儿就是为了拿到100块钱。你见过平时不联系，只在发生关系时付钱的男女朋友吗？"

郑勇依旧不满，嚷嚷着说他真把张曼当成女朋友，不然平时自己都去30元的"爹爹乐"，怎么会给张曼那么多钱？况且张曼每次来都喊自己"老公"，说自己是她的"唯一"。

我说"道友"的话你也信？别傻了，她靠做这行攒毒资，从你这儿拿钱走了再去别人那儿赚钱，也喊别人"老公"，也说别人是她的"唯一"。

郑勇还是不信，我就拿来张曼的笔录给他看，他看完之后，又开始叫骂起来。

5

郑勇已是辖区所有管理者的一块心病。

每个季度跟街道办工作人员开治安联席会议，都避不开郑勇的问题。街道办向我反映，郑勇周边邻居对他意见很大，尤其是女性邻居，生怕郑勇对她们做出什么事，晚上都不敢出门，希望居委会和派出所能想办法解决。

我问居委会那边打算怎么解决？居委会干事说他们也没有办法，只能协调郑勇母子的房东在房租到期后收回房子，不让郑勇母子继续居住。"他们母子不是在别处有房子嘛，让他们回自己家住去。"

我想起郑勇那间十几平的小房子，实在不适宜母子居住。有意帮他说句话，便说："郑勇的户籍地在我这儿，换地儿也换不出我的管区，到时候那边的居委会也还得找我麻烦。要不咱还是想想看有没有什么别的办法吧，就当是帮我个忙。"

居委会干事虽不情愿，但也不好直接拒绝我，转而问我有啥办法。我说眼下没啥好办法，郑勇犯了事警察可以抓他去坐牢，但刑期满了就必须放他出来。"他干的那些事也不够在监狱里蹲一辈子的，到点儿还是得回归社会。不过，你们如果发现郑勇再有什么不法行为可以主动举报，算是我们一起管控他。"

听我这么说，居委会干事连忙给我说了很多有关郑勇的"情况"——比如，有居民反映，郑勇经常在没有灯的楼道里蹲着，盯着上下楼的人看，吓得女业主不敢独自回家；还有人反映，郑勇经常趁人不备钻进小广场边公共厕所的女隔间里，不知道在里面干什么，吓得人不敢如厕；还有女性邻居反映，夜里下班回家路上总会看到郑勇，一边冲她笑一边用手在裤裆里鼓捣……

实际上，这些情况我们以前都有所耳闻，甚至有一次，我亲自撞见郑勇往女厕所里跑。那次我把他从女厕所隔间里拎出来，问他没长眼睛还是不识字，郑勇只说自己内急看错了。

这些行为的确已经很出格了，我担心这样下去会出大事，但上述行为依然也只是道德层面的问题，没有构成违法犯罪，派出所也没法立即对他采取措施。我也只能跟居委会干事说，告诉辖区居民，以后再遇到郑勇有类似行径，赶紧打电话给我，我去收拾他。

居委会干事也只好点头说好。

会议最后，我试着问参会的工作人员，方不方便帮郑勇讨个老婆，"郑勇一直说想讨个老婆，也许有了老婆他就好了"。

大伙先是一愣，然后纷纷哂笑着摆手表示无能为力。一位熟悉郑勇的街道办工作人员还跟我讲了有关他讨老婆的往事。

其实，1996年出事前，郑勇有过一个女朋友，但出事后，女朋友就和他分手了。郑勇对那个女孩的感情很复杂，精神正常时，说当年是自己提出的分手，因为车祸成了废人，不能耽误人家；但精神异常时，他又吼叫着说那个女的"不是人"，他是因为救她才遭遇车祸，结果出事之后却被她抛弃。

往事无以深究，我只能开玩笑说，郑勇出事之后肇事方不是赔了他一笔钱吗？那个年代，30多万按说也是笔不小的数额，就没有谁因为那笔钱愿意跟郑勇过日子？

"郑勇刚出事的时候，那30来万还真算笔钱，他也还年轻，要么花钱治病，要么趁早娶个媳妇。但那时候他既不忍心治病把钱全花了，也没下定决心娶媳妇。现在可好，这笔钱在手里一个劲儿贬值，那时候还能买套不小的房子，现在能干啥？"街道办干事有些无奈。

干事接着说，早些年郑勇母亲也找过街道办下属的婚介所，想给儿子说个媳妇，但相亲的人一看郑勇情况便摇头。郑勇本身的精神状况和身体状况常年不佳，需要长期服药却没有稳定收入来源，母子俩都没有固定住房，手头那笔钱够用到什么时候？本地一般女性根本看不上郑勇，偶尔有外地条件有限的女性愿意同郑勇交往，郑勇又怀疑对方的企图。

但这确实也怪不得郑勇。2003年，郑勇经婚介所介绍交往过一个陕西籍的刘姓妇女。刘姓妇女离异后在本地打工,带着一个孩子。了解情况后说自己愿意跟郑勇过日子,郑勇也接受了那个孩子。之后母子俩在郑勇家住了一年半,但两人却始终没有结婚。

后来郑勇说,那个女的是个骗子,压根不想跟他结婚,因为他提了多次去领结婚证,女人都不肯,反而在一年半的时间里花了郑勇8万多块,大部分用来给那个小孩治病。后来郑勇把刘姓妇女母子都赶出了家门,又来婚介所闹了一场。从此之后,再也没人敢给他介绍对象了。

"唉,他抱着剩下的那笔赔偿款作为最后的救命稻草。但说句实在的,现在能跟他结婚过日子的,哪个是看上他的人,还不都是看上他手里那点钱?心肠好的想着那笔钱作为保障,跟他凑合过日子,心肠坏的想着花完他那笔钱再去找下家。别看郑勇伤了脑袋,但这事儿门儿清,他能同意?"

干事又叹了口气,说这眼下郑勇再想娶媳妇有些不太现实,不如拿这笔钱作为保障,走一步看一步。"女人,估计这辈子和郑勇无缘了……"干事最后说。

我叹了口气,为郑勇唏嘘,但也确实再想不出更好的办法。

6

千防万防,郑勇剩下的20万赔偿金最终也没能留住。

2014年10月份的一天，郑勇母亲颤颤巍巍地来到派出所说要求助，值班民警赶忙问她出了什么事。她说了半天，值班民警才明白，郑勇被人"下了套"——说是自己遇到个"发财"机会，把家里的钱全拿走了，现在人也不见了。

警情转到我这里，我赶紧打电话联系郑勇。电话接通了，我问他在哪儿，他磨叽了半天，才跟我说自己在辖区一家酒店的客房里。我问他去那里做什么，他说见网友。我接着问他见网友带那么多钱做什么，他又支支吾吾不肯说。

我觉得事情没那么简单，叫上一位同事赶去了郑勇说的那家酒店。进入客房时，郑勇在打电话。站了一会儿，我隐约听到电话那端一个操广东口音的男子在跟郑勇讲"转账"的事情。自觉情况不妙，强行夺过郑勇的手机，想跟对方通话，对方却挂断了电话。

郑勇被我夺了手机，气得大吼大叫，他控制不住自己的情绪，抡起客房的板凳就要跟我动手。我和同事把他控制在地板上，过了很久郑勇才平静下来。

没多久，郑勇的手机又响了，我接起来"喂"了一声，对方听到我的声音就又把电话挂了。郑勇挣扎着上来抢电话，又被同事一把按住。我问他到底怎么回事，打电话的人是谁，郑勇就气呼呼地朝我吼，说自己要发财了，也要有女人了，不要阻止他"过上好日子"。

看郑勇情绪激动，同事一边按着他一边劝他说，我们怀疑他遇到了电信诈骗,好好告诉我们到底自己遇到了什么"好事",如果真是被我们"搅黄了",之后我们负责赔给他。

郑勇这才稍微平静一些,跟我们说,自己被一个"富商老婆"看上了,他已经给对方买了机票,两人马上就要见面了。"富商老婆"让他开好房,之后两人"共度春宵"。

这话一出,我的心就凉了半截。

再问下去,郑勇口中的"富商老婆"自称"王莉",时年31岁,嫁给一名港商,后来丈夫因车祸失去生育能力,现百亿资产无人继承。她找"郑勇"是为了发生关系后怀孕,事成之后不用郑勇养小孩,还付给郑勇300万"答谢款"。

电话是通过一个陌生号码直接打给郑勇的,郑勇想都没想便信了。又按照电话里告知的联系方式联系了"王莉",说对方的声音很好听,"骨头都发酥"。"王莉"嗲嗲地告诉郑勇,只要给她打钱买张机票,她马上飞到郑勇这里。

郑勇怀着万分激动的心情,给"王莉"转去了3000块的"机票钱",之后便是大家都很熟悉的套路,先是"公证员"打电话来索要"公证费",后是"律师"打电话来索要"保证金","重金求子"的电信诈骗就这样被郑勇照单全收了。

在被我们强行带回派出所的路上,郑勇一直在不断地挣扎叫骂。同事开车,我在后排按着他,一路都不消停。同事自嘲说,以前都是抓捕嫌疑人,这还是头一次"抓捕"受害人。

那次郑勇是真的很生气,在派出所也没停下叫骂。当然,他气的不是自己被"重金求子"骗去了巨款,而是我和同事搅黄了他的"好事"。

郑勇说,那个"王莉"跟他说过,"富商"失去生育能力之后,自己也很"寂寞",如果郑勇"有诚意",她以后可以与郑勇保持"稳定的两性关系"。郑勇当然愿意了,为了显示自己的"诚意",还特意给"王莉"打去了8000块钱。

再往后,随着案情不断展开,我才知道,其实在我和同事找到郑勇之前,他已经通过银行向对方转去了6万多块。听到这个数字,郑勇母亲在派出所大厅哭了起来。

郑勇自始至终不认为自己被骗了,我和同事给他解释了很久,他依旧不信。那起案子我们也立案侦查了,但难度很大。郑勇极不配合,每次叫他来派出所了解情况,他一见面就让我和同事先赔他300万损失。

这种想法也直接导致了郑勇第二次被骗。

与第一次被骗经过如出一辙。2015年4月,郑勇第二次遭遇"重金求子"。这次郑勇带着所有的钱跑去了邻县,他的老母亲没能及时发现端倪。等到郑勇无论如何都联系不上那个"嫁给失去生育能力的港商、29岁美少妇陈静"时,他手里的那笔车祸补偿款已经被骗得一干二净了。

"13.5872万",这个数字我至今还记得。当时我和同事们都恨得咬牙切齿——万恶的骗子,连最后72块钱零头都没给郑勇留下。

更可恶的是，骗子似乎知道警方已经有了"阻骗平台"，即便后来郑勇已经无钱可汇，他们还是编出一幕接一幕的故事继续拖延剧情。等到郑勇意识到自己被骗报警时，他最后一笔汇款时间已过去了4天半，警方的"阻骗平台"也失去了效用。

郑勇在派出所哭天抢地，说那些钱是自己的"老婆本""续命钱"，后半辈子全指望那些钱活着，他要杀了那帮骗他的人。我和同事劝不住他，只能站在一旁先由他发泄。过了很长时间，教导员听到嘶吼声过来查看，看到是郑勇，就叹了口气，轻轻说句"把他从地上扶起来"便走了。

这一次，郑勇是真的一无所有了。

他又回到街上，把电麻木停在十字路口边"趴活"。他的脾气和生意依旧很差，人们还是不愿坐他的车，我也仍然时常看到他就着白开水啃馒头。

那段时间，郑勇不时来派出所找我，询问"重金求子"案的侦办情况。他每次来都要与我争吵一番，嫌警方动作慢，一直没有给他追回被骗的钱。开始我还跟他解释一番，后来发现解释不通，便不再理他，等他说累了自己离开。

"重金求子"的案子我们确实一直在查，但郑勇的那笔钱已经被汇去了马来西亚。能否追回、何时追回，谁也说不清楚。

尾声

2017年底，郑勇死了。死因不明，听说是得了什么突发疾病。

那时我已经离开派出所，同事告诉我消息后，我忙问郑勇死后他母亲怎么办？同事说街道办协调送她去了养老院。养老院给郑勇母亲做了优惠，优惠后的价格靠那个十几平方米的小临街房租金基本可以负担。

对郑勇母亲来说，这也算是个相对可以接受的结局。

我心下感慨，郑勇也确实可怜，想了半辈子女人，为女人受了重伤（据他说），因女人蹲了监狱，被女人骗光钱财，结果临了还是一个人走的。

同事也叹了口气，说这就是命，还能怎么办呢？

不过同事也跟我说了一个传闻，他说郑勇死之前只有一句遗言，要个纸扎的女人和自己一同下葬。他说在这边没讨到老婆，到那边不能再没老婆。我问他从哪儿听来的，同事说传闻嘛，谁知道哪儿来的。

走不出惩戒期的少年犯

前言

2010年6月的一天，晚上10点左右，17岁的高中生袁谷立与同学郑强、杨晓云三人因上网费用耗尽，被网吧老板赶到了大街上。他们决定去附近的小区"搞点钱"，钻进楼道，原本打算偷辆电瓶车卖掉，却发现谁也不会开电动车锁。三人正沮丧时，一名刚下晚班的中年女工走进楼道，少年们临时起意，决定打劫这名女工。袁谷立手持一字改锥，郑强拿着挂在钥匙上的折叠水果刀，杨晓云则从楼道里随手捡起了一根木棍，他们将女工逼到墙角，用从电影里学到的"狠话"抢走了女工的手提包——里面仅有21.6元现金和一部价值300元的手机。三人失望透顶，拿着打劫来的现金去了小区隔壁的消夜摊，一人点了一份炒粉，边吃边商量着去哪儿把手机卖了。女工一回家就报了警，警察循迹而至，仅用半个小时，便将他们按倒在了消夜摊上。当家长们赶到派出所时，三个少年正痛哭着坐在讯问室里等着做嫌疑人笔录。袁谷立的父亲、年过半百的采油工人老袁，走上前来，扬手便狠狠给了儿子一记耳光。家长们都恳求警察看在涉案金额只有21.6元的分上给孩子们"一次机会"，他们回去一定好生教育。但依据《刑法》规定，涉案金额并不是抢劫案能否成立的必要条件，三人涉嫌"持械抢劫"，依律应当从重处罚。最终，在家长们的不断致歉和主动赔偿下，受害女工谅解了三个少年。加上案发时三人年龄皆未满18周岁，还是在校学生，法院在量刑时予以了从轻处罚：袁谷立、郑强被判处有期徒刑1年，缓刑3年；杨晓云被判处有期徒刑1年，缓刑2年。

1

2013年7月，袁谷立和郑强缓刑期满，因期间没有再次犯罪，法院最终决定撤销执行为期1年的实刑。按照规定，两人会前来派出所报到，由我给他们建立《重点人口管理档案》——一年前，同案的杨晓云已在建档后远赴深圳打工了。

我先见到了袁谷立。第一次见面，我甚至不太相信，这个和我差不多高，戴着眼镜的腼腆少年，会是个刚刚刑满的抢劫犯。

19岁的袁谷立端端正正地坐在办公桌前的椅子上，一板一眼地回答着我的问题。我让他把当年的案情复述一遍，他花了将近一个小时，才事无巨细地讲完。

我又按程序问了他一些诸如"是否认识到自己的罪行""是否接受党和政府的教育改造"之类的问题。最后，问到他今后的打算时，袁谷立说自己还想上学。

袁谷立犯案前就读于市三中，3年前一落案，就被学校开除了学籍。他说，本来自己学习成绩还可以，这几年也没有放下功课，自己一直坚持在家学习。

我不知道他说的是真是假，但还想上学，总归是件好事，于是便鼓励他不要自暴自弃，之后有什么想法也可以跟我交流。

就在袁谷立下楼拍登记照的间隙，老袁低声问我，他儿子这种情况，还有没有可能回去继续完成学业？老袁又补充说，袁谷立是家族里这一辈中唯一的男孩，从小就被寄予厚望，虽然之前走了弯路，但毕竟年纪尚小，还想谋个前程。

此前我没有遇到过类似情况，只能建议老袁先去三中咨询一下。老袁说他早就去问过了，学校说当年的事情太过恶劣，现在也不同意接收。

"那其他学校呢？"我问老袁。

老袁叹了口气，说能问的都问过了，没有学校愿收。他求我去学校帮袁谷立"说句好话"，也许学校会看在派出所的情面上，对袁谷立网开一面。

我不知道这事儿是否在自己的职权范围之内，但看父子俩如此诚恳，也为了之后方便"重点人口"的管理，便答应了下来。

我解释说自己去也只能帮忙咨询，最终结果确实没法保证。即便如此，老袁还是一再向我道谢。

袁谷立登记完好一段日子了，同案的郑强也没来派出所。

郑强有个姑姑在本地，是他唯一的亲戚。我找到她询问郑强的去向，她就像躲瘟神一样，一听到侄子的名字便直晃脑袋，说自己不知道。

一天在辖区网吧做例行检查时，我偶然发现了郑强。我问他为什么不来派出所登记，郑强说忘了。我把他拉回派出所教育了一番，问他今后打算干什么，他说"无事可做"。

"和你同案的袁谷立打算上学，你有没有类似想法？"本着上级对未成年案犯要求的"管理与教育并举"的原则，我还是多问了一句。

郑强脸上写满了轻蔑："上个屁学，犯事之前就不想上了，现在好不容易自由了，还去找那麻烦干啥？学出来有个鸟用？"

我叹了口气，说不想上学也没事，只要好生待着，别干违法乱纪的事情，按时回来找我就行。郑强一边应付地点点头，一边从口袋里拿出打火机要点烟。我瞪了他一眼，把香烟从他嘴里夺了下来。

2

我一心惦记着袁谷立读书的事，半个月之后便去了趟三中。校领导热情地接待了我，却对袁谷立回校读书一事坚决不允。

校领导跟我讲了学校的难处——毕竟"持械抢劫"影响恶劣，案发当年，学校的宿舍管理员、班主任、级部主任和分管校领导都受到了相应处分，他们三人的班主任，直接被调离了教育系统。

现在让袁谷立回来读书，学校既无法向在校学生和家长交代——没人愿意自己的孩子和"刑满释放人员"做同学；也无法向当年被他们牵连的老师们交代——老师们档案里的处分尚在，涉事学生却回校读书了，实在说不过去；再者说，袁谷立当年被开除了学籍，现在入学也不符合高中生学籍管理的相关程序。

校领导看上去也非常为难，建议我："要不让他去私立学校问一下？"

等到11月的季度谈话，我没有像惯常那样把袁谷立叫到派出所，而是专门去了他家一趟。一来想看看袁谷立在家的真实状况，二来也反馈一下帮他联系学校的结果。

我到的时候，袁谷立正在餐桌上做题，见我来了，赶忙站起来打招呼。我拿起习题集，是一本文科数学的《五年高考三年模拟》，顺手翻了翻，大概做了一半。袁谷立说自己一直在家里复习，准备参加明年的高考。

我鼓励他继续加油，随后又私下里给老袁转告了之前去三中咨询的情况，建议他去找找那些私立高中，看能不能把儿子塞进去，哪怕多花些钱。

老袁一直抽着烟，听我说完，长叹了一口气，说他已经想到会是这样的结果了。他已经在重庆找到了一所私立学校，但因离家太远，还在犹豫。

我说，袁谷立是本地户口，能在重庆参加高考吗？老袁说，学校说按规定是不行，但只要老袁愿意出10万块的"建校费"，他们有路子，可以帮忙操作。

我劝老袁，这事儿得再想想，现在"高考移民"查得严，没听说过花10万就能搞定的。省内也有不少私立学校和"复读学校"，没必要去那么远。

老袁说行不行的还是试一下吧，帮忙办事的是自己一个朋友，"办不成的话钱能退"。

半个月后，老袁给我打电话，说儿子去重庆了，问我之后的"季度谈话"怎么办。我告诉他可以改成电话访谈。聊了一会儿，老袁一直支支吾吾地不肯挂电话。好半天才怯怯地问我，以后给袁谷立打电话时能不能提前先发个短信。他说自己之所以舍近求远把儿子送去重庆，主要也是考虑那里没有人知道袁谷立犯过事。

我答应了。

之后的几次"重点人口谈话"，袁谷立的精神状态一直都不错。他说自己与同学和老师相处得都挺好，虽然落下了很多功课，但一直在努力跟进。他还说，自己已经有了心仪的大学，以后还要考研究生。

"一定全力以赴！"袁谷立在电话里坚定地对我说。

相比袁谷立，郑强则一直"行踪诡秘"，极少按时来派出所找我。给他打电话，他总说自己忙，我问他忙啥，他就含含糊糊的。

偶然一次机会，我又在辖区的一家饭店遇见了郑强。他不知什么时候把自己身上文得花里胡哨的，正和一帮"社会人"在包厢里吆五喝六。席上还有几张我熟悉的面孔，全是辖区里的不安分分子。

我把郑强叫出来，问他为什么一直躲着我。他推脱说自己是在忙"工作"。我指了指屋里，问那就是你的"工作"？郑强打着哈哈说，都是朋友，凑在一起吃饭聊天而已。

我看郑强一脸无所谓的样子，心里来气，于是搭着他的肩膀回了屋里，说："上季度重点人口谈话你还没做，你平时那么忙，咱俩见一面不容易，要不今天就在这儿把季度谈话做了吧。"

屋里的人都不说话了。很快，一个40多岁、貌似"大哥"的男人站起来，瞪着我，一脸凶相。旁边马上有人拉住他，还有人立刻摆出一副热情的面孔："李警官，今天怎么有空儿……"一听此言，"大哥"一抹脸上的不快，还从兜里掏出烟递给我。

我把烟接过来,放在桌上,打开录音,跟众人说:"你们先聊着,我和郑强谈个话。"

所有人都面面相觑,谁也不说话,反倒是那个"大哥"一脸假笑地接了茬:"李警官,按说这个重点人口谈话,不能在公共场所做吧,重点人口也是有隐私权的……"

我笑了笑,说:"你还知道这个,看来也是同道中人?姓甚名谁告诉我。"说完,我便把警官证扔在桌子上。

"大哥"愣了一下,很不情愿地把信息告诉了我。我在警务通查了一下,果然,也是公安网上挂了号的。我问他跑到我辖区来干什么,他就讪笑着说:"朋友聚会而已。"

我看了看桌上另外几个人,又拍拍郑强,"下次我再找不到他的时候,还烦劳各位给我传个话,不然我得亲自去找你们要人。"一众人都连连点头。

谈话当然不会在这里进行,警告的目的达到了,我便起身离开。郑强出门"送"我,我点了点他,说年纪轻轻,别总给自己"挖坑"。

郑强就抱怨起来,说,不就是上次谈话没去派出所嘛,"又没干什么违法乱纪的事情,至于这么整我吗?"

我说你知道就好,下次季度谈话再找不到人,就不是今天这么简单了。

郑强听罢,没再说话。

3

2014年7月,我和袁谷立谈话时问起他的高考成绩。袁谷立非常不好意思,说自己最终还是没能在重庆本地参加高考,临考试前回了本市。可两地的高考试卷不太一样,最终只考了300多分,没能上得了大学。

我扭头问老袁,之前花的钱呢?老袁一脸怒气,说自己被那个"朋友"骗了。

我说这明显属于诈骗性质,有没有报警?老袁摇摇头,直说"算了算了"。我再问,老袁却不知有什么顾虑,不再接茬儿。

我叹了口气,问袁谷立之后有什么打算。袁谷立没说话,老袁却接话说:"不考大学了,让他学点技术,之后能找个工作养活自己。"他说已给儿子在本地一家有名的厨师培训机构报了名,过段时间就去上学。

我问为何不让袁谷立再考一年,老袁的神情便满是沮丧,说,就算考上了大学又能怎么样,"他可是戴罪之身,以后还有可能翻身吗?"

我不太明白他的意思,老袁就失望地看了儿子一眼,说等会儿跟我说。

等我把袁谷立打发出去后,老袁点了支烟,狠狠吸了一口,才说,这些年其实他一直在四处打听,想问问看之前那个缓刑判决会给儿子的前途带来什么影响。本来他曾乐观地认为，只要儿子在缓刑期内好好表现，不被收监执行实刑，以后也不再惹事，时间一长人们便会忘了。

但，现实却让他一次又一次陷入绝望。这起刑事案件几乎让儿子"前途尽墨"——无论是升学、当兵、就业、考公、提干，都有一个"无违法犯罪记录"的门槛拦在前面。"就算考上大学，他以后也考不了编制、当不了兵、进不了国企，稍微好点的工作单位都不会要他，还不是得四处打工？与其那样，还不如学个手艺算了。"

我嘴上虽然劝着老袁，但自知这也没什么别的办法。

老袁转而又问我，之前和袁谷立同案的另外两个孩子现在是什么情况。我说杨晓云一直在深圳打工，还算老实。但郑强那家伙不太省心，去了一家"小额贷款公司"，说是当"业务员"，但应该就是在"收账"。身边交往的也都是些杂七杂八的人，我最近打算再"敲打敲打"他。

老袁马上接话，说这个郑强真不是什么好东西。当年，袁谷立其实根本就不缺钱，就是因为郑强的拉拢和威胁，袁谷立才勉强答应去帮郑强和杨晓云"站场"。结果却落到了现在这步田地，算是被郑强害了。

我没有接老袁的话，之前的案子判都判了，该说的也都跟法官说过了，现在再提没太大意义。我也只能跟老袁说，以后注意，让袁谷立别跟郑强走得太近，断了联系最好。

老袁使劲点头,说儿子早和郑强他们"划清界限"了。

那段时间,我一天到晚都得紧紧盯着郑强。

上次在饭店的"警告"似乎对郑强的效果十分有限。他还在收账,常带着两个"小弟"开着辆斯柯达在辖区里转悠。我问他车子哪来的,他就说"公司"给他配的。

我按照车牌联系到车主,车主在电话里说,车是被郑强一伙"顶掉"的——他之前打牌输了钱,临时从郑强所在的贷款公司借了4000块,这十几万的车子便被郑强等人开走"抵押"了,到现在也不还他。

车主又跟我抱怨了一通他被"黑社会"威胁的经历。我让他来派出所报案,他口头答应了,但最终也没有来。

那段时间,常有人反映郑强等人上门"收账"时泼油漆、砸玻璃,还威胁要"卸人胳膊"。我不胜其烦,找郑强出来问他想干什么,他就对那些事情矢口否认。我暂时没有证据,只能警告他"记着自己现在的身份"。

郑强嘴上答应着,转头,该干什么还干什么。

那时的郑强俨然已成了混子圈里的"后起之秀",他不但毫不忌讳自己过去的经历,反而将其当成自己的"光荣历史"。据说道上的混子们还挺"尊重"他,年纪轻轻的,就已有年龄大他一轮的混子喊他"强哥"了。

有一次,一位夜市摊主悄悄告诉我,郑强常带着一伙"兄弟"在他的摊上吃霸王餐。一群人招摇吵闹,故意光着膀子露出文身,吓得其他客人都不敢光顾。我让他下次遇到就打电话报警,"寻衅滋事办的就是他们这号人"。

摊主点头说好,但之后从没打过电话。隔了段时间我问他,是不是郑强一伙不去了。摊主却摆摆手说:算了,在街面上做生意不容易,见谁都得点头哈腰。听说郑强以前坐过牢,心狠手辣,自己不想得罪他。

郑强的"名声"越来越大。领导让我加强对他的管控力度,可我也不太可能放下手头的工作专门去盯郑强一伙。思来想去,只剩郑强的姑姑了。

我找到她,希望她能够帮忙管教一下这个侄子。但郑强姑姑却说自己和郑强没有关系,"以前上学时还回来睡个觉,把我家权当宾馆。现在混社会了,再不回来了"。

我也去找过居委会和街道办事处,他们也说郑强"生性顽劣",从小就是有名的坏孩子。居委会的治安干事和郑强姑姑住一个大院,跟我列举了一堆郑强从七八岁开始犯下的"劣迹",什么往厕所里扔鞭炮、偷邻居的自行车……但当我问能不能帮忙看管时,那位40多岁的女干事脑袋摇得像拨浪鼓:"管不了管不了,他这号人谁敢管?"

说完,女干事大概也觉得刚刚自己表现得有些不合适,找补说,她可以帮忙关注一下袁谷立。我笑了笑,说袁谷立就不用您劳神了。

4

2015年4月,袁谷立从厨师学校学成归来,老袁又开始四处打听给儿子找工作。

本地小饭店大多是家庭作坊式经营,没人愿意雇袁谷立;想去工厂里的食堂,也被厂领导婉言拒绝了。最后好不容易有熟人在辖区给袁谷立找了一家有些规模的酒店,谈好实习3个月,月薪1300元,3个月后视实习情况转正。老袁高兴坏了。

没想到才过了半年,我便接到报警电话,说袁谷立跟人打架了。

打架的地方就是袁谷立上班的酒店,对方是酒店的一名主管。我赶去时,当事人正坐在酒店大厅的沙发上,用餐巾纸捂着脑袋,身边站着几个酒店保安和工作人员。老袁也在现场,和儿子坐在酒店门口的台阶上,身边放着一个编织袋,里面是袁谷立的工装和一些生活杂物。

双方情绪都非常激动。我看了看那名主管头上的伤,有一点发红,也不太严重。问他要不要去医院治疗,主管说要去,便跟着同事去了医院。我则带老袁父子和另外两名"目击证人"回了派出所。

袁谷立解释说,打架有两个原因:一是酒店主管一直拖着不给他"转正",也不退给他"实习押金";二是主管骂他是"人渣",他实在受不了,才动的手。我让他具体讲一下,不想袁谷立一时竟泣不成声，一句完整的话都说不出来了。

接下来的事情是老袁给我讲的。

按说袁谷立到7月就该结束实习了，但那位主管非说袁谷立属于"两劳释放人员"，能不能转正，他们领导还要"研究"——这一"研究"，便又过去了快3个月。

袁谷立每天正常上班，和正式员工干一样的工作，但每月依旧领着1300元的实习工资。父子俩商量了一下，觉得与其这样拖下去，不如再寻个新工作。

入职时，袁谷立按照酒店主管的要求，缴纳了3000元的"实习押金"。当时那位主管也承诺，如果实习期满后酒店不聘用，会将这笔钱全部退还。可当袁谷立提出离职时，主管却说，酒店并没有决定不聘用袁谷立，现在他要走，属于主动离职，3000块不退了。

袁谷立很生气，打电话告诉父亲。老袁觉得酒店确实坑人，也担心儿子在酒店和人起冲突，劝了两句就急匆匆往酒店赶。没想到还在路上，就听说儿子和那位主管打起来了。

袁谷立后来也说，那位主管一直揪着自己以前被判过刑不放。刚开始说话还算委婉，后来两人越说越急，主管就骂他是"人渣""垃圾""婊子养的"，还问他之前酒店夜里丢东西的事情是不是也是他干的。随后，双方便动了手。

一同来派出所的另外两名酒店员工说，其实酒店根本不存在"实习押金"一说，一直都是那位主管自己收的。大家都交过，但转正之后也都退了，这次也是故意找碴儿难为袁谷立。

我说既然酒店不存在"实习押金"一说，主管收钱这事儿其他领导知道吗？一名员工就说，主管是老板的亲戚，知不知道有什么所谓？随后又说，袁谷立这几个月工作一直很认真，也从不跟其他员工计较什么。

"既然袁谷立这么老实，你们主管为什么还要特别针对他？"我又问。

另外一名员工就说，估计也就是看袁谷立老实巴交，又对自己被判过刑的事讳莫如深，觉得他是个"软柿子"，即便受了欺负也不敢来硬的，所以才这么算计他的。

酒店主管的伤情并无大碍。来到派出所后，却张口就跟老袁要 5000 块钱的"医药费"和"精神损失费"，否则就要让袁谷立"坐牢"。

我看着他有些来气，说，你先解释一下之前那笔"实习押金"的事。酒店主管也很硬气，说是酒店的规定。我让他把规定拿出来，他拿不出来，直言说自己是老板的亲戚，可以让老板"马上制定制度"。

"我不管你定什么制度，既然之前没制度你就敢收钱，什么性质你自己想想。"

等我说完，酒店主管出去打了几个电话。回来再跟我说话时，语气明显软了下来。

很快,他就把"实习押金"如数退给了袁谷立,打架一事也没再追究。倒是老袁执意要塞给酒店主管2000块钱"买营养品"。等酒店主管走了,我问老袁为啥要这样做,他说就算是"封口费"吧,"让他别在外面乱说"。

老袁主动要给钱,我也没办法,只能问他之后什么打算。

老袁又叹气,说袁谷立"学也上了,习也实了",在外面打工既受人欺负,也不是个长法。他打算再从家里拿点钱出来,让袁谷立在附近租个门面房,开个小饭店,自己干算了。"早上、中午煮个面,晚上卖个消夜,成本没多少,就算赔也赔不了多少钱。"

5

2015年年底,老袁又来找我,说他看到一处不错的门面房,是我辖区内某单位的公产。本来同意租给他了,但后来对方听说是给袁谷立开店用,又拒绝了。

我去了那家单位,负责后勤的王科长直言不讳地说,单位领导有交代,必须审核租客的情况,"不能把房子租给那些来路不明或者有劣迹的人"。我解释说,袁谷立虽然是"两劳释放人员",但平时行为还是不错的,他爸给他租房真就是为了开个小吃店赚生活,没有其他想法。

可王科长还是一直摆手。最后大概被我说急了,义正词严地来了句:"他租房你们派出所能出担保吗?能出担保我马上租给他。"

我也急了,原本想发火,后来想想还是算了,只能摆摆手告辞。

回去派出所我才知道,王科长之所以这样,一方面是公家原因——领导确实让他不要把门面房租给那些"捞偏门"的;另一方面,则是他自家的原因——门面房隔壁开着间网吧,老板是王科长的嫂子。她一听说"抢劫犯"袁谷立要在隔壁的门面开店,连夜赶去了小叔子家,强烈反对小叔子把房子租给老袁。

老袁得知情况后也深表无奈,说儿子就想本本分分地谋个生计,怎么这么困难。现在连租个房子都被人歧视,"这不是把人往死里逼吗?"

我劝他别把这事儿想得这么极端:"我们这里毕竟是个小地方,圈子窄,人也单纯,对判过刑的人接受度很低,这个你得理解,也得接受。"

老袁就不住地叹气。

袁谷立在本地开店的设想最终没能实现,最后,在武汉汉阳的一家美食城找到了工作。我去武汉办事时见过他一面,他请我吃了顿饭,说是自己亲手做的,算是之前对我帮助他的感谢。

聊起过往,袁谷立说,这些年自己真没想到路会那么难走。之前被判刑时,他以为自己只要改过自新,就可以被社会接纳。

没想到后面努力想恢复正常生活，却处处碰壁。

我说，这有外界因素，也给你自己长个教训，毕竟，不是每个错误都是一句"对不起我错了"就能弥补的。他连连点头。

袁谷立问我杨晓云和郑强在做什么。我说杨晓云的母亲病了，他辞去了深圳的工作回了家，想在本地找份工作，情况和你之前差不多；至于郑强，他也跟之前没啥太大变化，"你一定要离他远点，不要和他再有瓜葛"。

袁谷立说自己早就跟郑强断了联系，之前郑强的确找过他，他没搭理。

我一下警惕了起来，问郑强找你干啥？袁谷立说也没啥，就是让他跟着去"跑业务"，但他拒绝了。

我说你做得对，郑强跑的断不是什么好"业务"。

没过多久，郑强主动来到派出所，上交了一份"特种行业申请表"给我。

我看了一眼营业地址，差点以为自己眼花了——当初，那间王科长无论如何都不肯租给老袁的门面房，眼下竟租给了郑强。

我问郑强要开什么"特种行业"，他就指着申请表说"寄卖行"。我问他开寄卖行干啥？他就含糊其词，"为了赚钱呗，还能干啥？"

我忍不住爆了粗口，说你开寄卖行想干啥我能不知道？"在我这儿开寄卖行的有一个说一个，除了收赃就是放贷，没有一家开过3年的。最后老板不是跑了就是被警察抓了,你想要哪个结局?"

郑强却露出一脸无辜的神色,说自己按程序规定来申请开业,我为啥又要为难他呢?我万般无奈给他盖了章,警告他之后在我辖区开店老实一点,别让我逮到尾巴。

郑强前脚一走,我后脚便去了王科长那里。王科长一改上次那般假正经的样子,推说自己并不知道郑强的情况,稀里糊涂地把房子租了,现在也十分后悔。我说那你可以把房子收回来,不然万一郑强在你这儿租房子干一些违法乱纪的事情,派出所可没法给你出"担保"。

王科长就说合同都签了,现在毁约是要给郑强"违约金"的。况且法律既没有规定郑强不能开寄卖行,也没规定他不能把房子租给郑强。"咱不能把两劳释放人员谋生的路断了不是,那不是逼着他们'重操旧业'吗?"

这话让我十分恶心,便把之前老衰打算租房时他嫂子强烈反对的事情跟他挑明了,问他,这次是当年的同案犯郑强来租了,你嫂子怎么不反对了?

王科长被我说得满脸通红,憋了半天,冒出一句:"郑强这号人,咱都犯不上为了公家的事情跟他'结仇'不是?"

我听他话中有话,问他是不是在租房子的事情上受到了郑强的威胁。"如果是的话你跟我说,我现在就带你回派出所取笔录材料。"

王科长又连连摆手，说："没必要没必要。"

事后我才知道，得知郑强要在自己隔壁开店时，王科长的嫂子又去找了小叔子，王科长最初也不同意。但不久后的一天，王科长家的玻璃半夜忽然被人敲了，他嫂子开的网吧大门上也被人泼了红油漆。白天营业时，还平白无故地多了几个小混子，坐在网吧里占着机器却不上网。直到王科长同意把门面房租给郑强之后，一切才恢复了正常。

自始至终，王科长和他嫂子都没报过警。我又去找了王科长的嫂子，说起之前网吧被人骚扰的事情。她也压低了声音说，"八成就是隔壁干的。"

我坚持拉她去派出所报案，她却像王科长一样连连摆手，说自己就想安安稳稳开个网吧，"干啥去跟抢劫犯一般见识"。

后记

2016年底，我离开社区民警岗位，带继任社区民警去居委会交接工作。提到社区内两劳释放人员的教育管控问题，居委会治安干事和王科长又一次提起郑强一伙的"恶劣行径"，要求派出所加强管控。

我起先没有表态，继任同事就问郑强的寄卖行所用房产的归属。王科长磨叽了半天，才说是自己单位的公产。同事说租期差不多到了，你把房子收回来就行。王科长却跟同事说，"警察的办法多，能不能你们想个办法？"

同事只能说回去商量一下，之后给他答复。

同事又问我，跟郑强同案的袁谷立和杨晓云的情况怎么样，我说他俩都还好。王科长就插嘴说："那为啥郑强总是惹事？警察做事就应该因人而异，对特殊的人应该采取一些特殊的手段！"

我点点头，说："没错，因人而异是对的，见人下菜就有问题了。"

王科长之后再也没说话。

一对成功父母养出的疯孩子

1

2014年11月的一天，姜艳跑来派出所求助。她在值班室里哭得很伤心，说自己被"精神病"儿子打出家门，亟须警察帮助。

我在警综平台上查了当事人的档案，姜艳的儿子名叫刘进，时年30岁，并非辖区在册的精神病患者。我问姜艳具体是怎么回事。她说刘进老大不小了，"既不上班也不找对象，整天在家打游戏。今天我就说了他几句，没想到他竟然抡起凳子就打我！"

说完，她把外套脱了下来，右肩和双臂部位几处明显伤痕清晰可见。

"你确定儿子有精神病吗？"

姜艳被我问得有些蒙。我解释说，平台上暂时没有刘进患病的相关记录，如果确定他有精神疾病，我们会按照《精神病人处置措施》协助她送医，如果不能确定，就先按"一般程序"处置。

姜艳沉默片刻，说儿子脾气一直十分古怪，以前也去医院精神科看过，只是一直没确诊。

于是，我便招呼同事，带好装备，和姜艳一起去了刘进的住处，按"一般程序"出了警。

走上3楼，我上前敲门。开门的是一位青年，干瘦身材，戴副眼镜，长相与刘进留在警综平台上的照片一致。保险起见，我还是退后了一步，一手按在腰间的单警装备上，另一只手和他隔开安全距离，让他说出自己的姓名。

青年一脸诧异，说自己叫刘进，问我找他啥事。我看他神色正常，不似精神病人发病，便问他是不是刚才动手打了人？刘进顿了顿，点头说是。

刘进的房间是一套40平方米左右的旧公房，一室一厅。客厅堆满了旧书、成捆的衣服、几样残破的生活用具，还有一台落满灰尘的电脑主机，几个脏兮兮的纸箱里面都是乱七八糟的杂物。屋子看起来像搬家后还没来得及收拾的样子，但从灰尘和污渍看，又似乎是很久之前就搬进了这里。

我让刘进讲讲殴打他母亲姜艳的事由。刘进说，今天母亲来拿东西，进门看见他在打电脑游戏，二话不说就上来扇他耳光。他气不过，就拿起凳子和母亲对打起来——他讲话的语气和表达方式的确与正常人相异，但似乎也到不了精神病人的地步。

在我和刘进沟通的过程中，姜艳不断打断儿子说话，指责儿子，咄咄逼人，一句一个"你爹把你教坏了"。我插话问姜艳"你家这是啥情况"，她没好气地说："离了。"

鉴于他们的母子关系，姜艳又是受害方，一开始我们并没有制止。但我们很快就发现，再这样下去，可能两人又要打架了。

同事示意我先把姜艳带出去。我还没来得及开口，那边的刘进就冒出一句"你个老不死的"，抄起了桌子上的烟灰缸径直向姜艳头上砸来。他的动作实在太突然，我只能一把推开姜艳，让烟灰缸砸到我肩膀上，烟灰和烟蒂落了一身。

看没有砸到母亲，刘进回手又去拿桌上的玻璃杯。同事一边阻拦一边大声呵止。我赶紧趁机把姜艳推出房间，让她先去派出所等我们。

2

回到派出所，同事把刘进带进了讯问室，我则带着早一步回来的姜艳去二楼办公室。此时姜艳身边陪着一位中年男子，自我介绍说是刘进的舅舅，名叫姜涛。

"警官，你都看到了，这像一个儿子该对母亲做的事吗？"一进屋，姜艳就愤怒地向我抱怨。我给她倒了杯水，安慰说："你儿子可能真是精神状态不太好。"

"何止是精神不太好，就是精神病！"紧接着，姜艳就相继用了"暴力狂""灭绝人性""丧尽天良""猪狗不如"等词汇来形容儿子。和在刘进家时一样，她每指责一句儿子，后面都要加上一句"就像他那个该死的爹一样"。骂到末了，又加了一句："他现在这副鬼样子，就是拜他那婊子养的爹所赐！"

我只能等姜艳发泄够了，让她再详细讲讲儿子的情况。

姜艳说，刘进之前也上过大学，但大二便因沉迷网游退了学。后来又送他出国留学，去了一年便回来了。此后就一直赋闲在家，至今已有十多年的光景了。他也找过工作，但都没做长，不是嫌累就是嫌离家远，还有的纯粹是因为他不喜欢，便直接离了职。如今，他每天除了打游戏就是看色情电影，整日把自己关在家里不出门。

今天，姜艳来刘进住处取东西。一进门又见儿子在卧室里闷头打游戏，顿时怒火中烧。说了儿子几句，没想到儿子竟然跟她顶起嘴来。姜艳更生气了，随手从床上抄起个东西就要"教育"儿子，不想儿子反手就朝她抡起了板凳。

我问姜艳刘进有没有结婚，姜艳更生气了，"嚯"地从椅子上站起来说，不提结婚她还不生气，几年前她曾给儿子介绍过一个女朋友，各方面条件都很好，都要谈婚论嫁了，却被刘进父亲强行拆散。

然后，姜艳话题一转，从刘进读幼儿园时讲起，开始细数前夫在育儿方面的过失和其他方面的各种"混账行为"。直到她讲到他们当年为儿子上高中应该选择寄宿还是走读而吵架时，我打断了她——时间已经过去一个多小时了，我劝她先别说没用的，今天主要处理刘进打她的事。

姜艳有些不满，沉默一会儿，冒出一句："刘进是我生的，他打我，我不跟他计较，但今天这事肯定是他爹指使的，这是'雇凶'！你们要把他抓起来！"

我一下愣住了，怕自己听错，让姜艳又说了一遍，姜艳的语气比第一次更加坚决。

讯问室里，刘进在同事的教育下很快认识到自己的错误。他答应给母亲认错，并保证今后不再发生类似事件。

但姜艳却一直不依不饶，强烈要求我们把她的前夫叫来。我给刘进父亲打了电话，但对方在电话里说了一句"这事儿和我无关"，便直接挂了。刘进也否认当天和母亲发生冲突是"受人指使"。

我和同事商量了一番，觉得没有必要将此事扩大化，劝姜艳就到此为止。姜艳却说，今天前夫不来跟她"讲个明白"，这事儿就不能算完。

一直僵持到傍晚，陪同而来的姜涛首先沉不住气了。之前还帮自己妹妹说话的他改了口："算了吧，没必要节外生枝……"

见姜涛这么说，姜艳一下哭了起来，说哥哥"胳膊肘往外拐"。姜涛后来又劝了几句，看没效果，便叹了口气，自行离开了。

那天，这对母子在派出所一直耗到晚上 10 点。临走时，姜艳终于在《调解协议书》上签了字，气呼呼地说"这事儿没完"，一定要去"找他爹算账"。签完字后也没理儿子，径直离开了派出所。

3

没想到，时隔一个月不到，我又见到了刘进。

2014 年 12 月中旬，刘进因殴打他人又进了派出所。这次的受害者，正是他的父亲——57 岁的某公司老板刘平。

我们出警赶到现场时，刘进已被小区保安控制着蹲在停车场边，120 先一步将刘平送去了医院。我们在现场了解情况，目击者称，刚才看见刘平先下了楼，几分钟后刘进也从楼道里跑出来，手里握着一把餐刀。两人在楼下停车场前争吵了一会儿，刘进便对着刘平挥舞起手中的餐刀，刘平在混乱中被划伤了。

我把刘进带回派出所。他脸上也有伤，但并不严重，说不用去医院。我问他这又是怎么回事，刘进说，今天父亲进屋后，二话不说就打他，打完之后还不解气，又砸了电脑，之后扭头就走。刘进越想越气，从厨房里抄起一把餐刀就追了出去。

赶去医院了解情况的同事打电话回来说，刘平的羽绒服被划开了几道口子，较为严重的伤口在面颊左侧，长达 5 厘米，差点伤及颈动脉。但同事又说，刘平非常难交流，面对询问，只是翻来覆去哀叹:"儿子白养了,跟老子动刀了。"

在医院包扎完毕后,刘平在同事的陪同下来到派出所,情绪依旧十分激动:"不用扯别的,把姜艳抓来就行了!刘进这次肯定是受姜艳指使的!"

我诧异地看着他,想起3周前姜艳也跟我说过类似的话,便问他:"今天又关姜艳什么事?"

刘平说,半个月前,前妻跑去自己公司闹事,"硬说是我指使刘进打她,非要我'给个说法'"。闹了好半天,最后还是被保安架出去的。之后,姜艳又去了刘平父母那里,生生把家里80多岁的老爷子闹进了医院。

"冤有头债有主,前妻跟你闹,你冲儿子发什么火?"我再问,刘平就不答话了,只是摆摆手说这事先不谈,把姜艳"抓"来再说。

由于这次动了刀,稳妥起见,同事打电话通知了姜艳。姜艳嘴上答应要来,但却一直没见人,最后还是姜涛来的派出所。

我问他姜艳怎么没来:"上次不是她一定要见前夫吗?怎么这次反而'不方便'了?"

姜涛说"算了算了",来了两人肯定要打架,自己很清楚妹妹一家的事情,可以代为处理。

本以为刘平与前妻的关系如此,与自己"前大舅哥"的关系应该也不会好。但没想到,两人见面之后不仅没有剑拔弩张,反而很客气。刘平还从兜里掏出烟,给姜涛点上。两人在派出所大厅外小声说了几句,刘平走回派出所大厅,跟等着给他做材料的民警说:"这事儿算了吧。"

大家都很意外,问怎么就算了。刘平还是摆摆手,说爷俩之间的事情,说多了也是丢人,不追究了。我在一旁插话:"那你可想好了,这事儿今天说不追究了,之后再追究可就不算数了。上次姜艳从派出所走了跑去闹你,我们可不希望类似的事情发生第二次。"

刘平啐了一口:"警察放心,我才不会像那个疯女人一样。"

签完《调解协议书》,刘平连儿子的面也没见,便打车离开了派出所。

等送刘平上车后,姜涛又折回来,说要带刘进回家。同事这才把刘进从讯问室里带出来。不料,刘进一看见舅舅,竟像个孩子一样,当着所有人的面哭了起来。

姜涛搂着外甥往外走。眼看两人即将走出派出所,同事把他们叫住了:"这次处理完了不代表不会发生下次。他们家到底是什么情况,我们需要心里有个数。"

姜涛想了想,说先把外甥送回家,抽空再来。

看着他们离开的背影,我问同事,派出所天天发生这种事,有必要再专门让他来一趟吗?同事叹了口气,说自己当了30多年警察,很多大案子在发生之前都有征兆,"早发现早解决,省得之后酿成大祸"。

4

原以为姜涛说"抽空再来"只是一句托词,不想他很快就回到了派出所,说自己正好也遇到点为难的事,既然今天警察问了,他也不妨讲讲,"看看警察有什么办法没有"。

姜涛告诉我们,之前刘进和父母闹矛盾,从家里搬了出来,这些年一直住在自己的老房子里,日常起居基本全靠他这个舅舅照应。原本,他以为外甥只是暂时"躲个清净",不想在自己的老房子里一住就是四五年。姜艳和刘平离婚前还偶尔管管儿子,后来离了婚,似乎都把儿子给忘了。

我问他是不是担心房租之类的。姜涛摇摇头,说这几年刘平不时会给他转一些钱,付房租绰绰有余,刘进的日常开销也基本由姜艳负担。可自打刘进住在他的房子里后,眼见着情况越来越差,如今已经到了跟他爹妈舞刀弄枪的地步。"我和老婆都担心之后再发生别的事情,所以不想让他住了……"

"这事儿你得跟姜艳和刘平商量,商量不成恐怕要去法院打官司,警察估计帮不上你什么。"

听我这么说,姜涛无奈地点了点头,说自己之前也问过,可姜艳和刘平都不愿把儿子接到自己家,而且俩人只要坐在一起就要吵架,根本没法谈。他又不好强行赶外甥走,心里总感觉这孩子落到今天这地步怪可怜的。

我有些不解:"刘进30多岁的人了,怎么还要你来照应?他父母都健在,即便照应也轮不到你这做舅舅的啊?"

姜涛苦笑一声,说道理是这么个道理,但现实有时却不讲道理。外甥从小就跟自己亲,现在这副样子,他也实在看不下去。之前刘进也去医院查过了,医生说只是心理有点问题,还到不了"精神病"的程度。但说没病吧,刘进现在的情况又不能说是个正常人——"正常孩子怎么会跟父母抡板凳动刀子呢?"

我问:"刘进是从小就这样,还是后来受到什么事情刺激的?"

姜涛说,应该是后天原因导致的。刘进小时候成绩一直不错,十来岁时跟他去北京出差,还说长大以后要到北京读大学。可刘进究竟是什么时候出现异常的,姜涛也说不清楚。他只记得刘进上高中时,因姜艳和刘平工作忙,在自己家住过一段时间。当时他只觉得外甥胆小、腼腆、不会跟人交朋友,还教育外甥"要有男子汉的样子"。后来刘进考上大学去了外地。姜涛也是在刘进大二退学的时候,才知道外甥出了问题。之后刘进出国留学,但没待多久便回来了,说是适应不了国外的生活环境。回国后,就从家里搬出来,一直住在自己的老房子里。

同事接过话茬,说现在看来,刘进和他父母之间已经不单是"闹了点矛盾"了,"还有,你妹妹和刘平之间到底有什么深仇大恨,明明是一家人,却弄得像仇人一样?"

姜涛叹了口气："还能为啥？相互置气，拿儿子当枪使呗！多少年了一直是这样，不然刘进也不可能变成现在这副样子……如今这样，全是拜他父母所赐啊。"

5

姜涛家兄弟姐妹四个，姜艳是老小。她和刘平1983年结婚，2010年离婚，刘进是他们的独子。这对共同生活了27年的夫妻，如今即便离婚了，仍旧时不时相互找碴儿。

姜涛说，自己和刘平是中学好友，这么多年关系一直不错，刘平与姜艳的结合也是自己撮合的。那时两家老爷子都是市里机关单位的领导，门当户对，刘平与自己又有同窗之谊，姜涛觉得两人本应是天作之合。谁料结果却是如此，姜涛也挺后悔。

至于两人现在闹到这个地步，姜涛说，直接原因应该还是妹妹气不过前夫娶了新妻子这事儿。"按说我妹妹真没必要为这事儿置气，但关键是，刘平离婚的第三天，便娶了一个跟儿子刘进年龄相仿的女人，还带着招摇过市，这的确让姜艳非常生气。"

我接话说，看来刘平这家伙不地道，明摆着之前就有"相好"。

姜涛说，姜艳早就知道刘平在外面有情人，离婚时刘平也承认"婚姻中存在过错"，从而少分了很多财产。真正让姜艳生气的是，离婚是她主动提的，对外的说辞也是"刘平不是个好东西，是我甩了刘平"。结果刘平一离婚就新婚，这摆明是在说姜艳是"被丈夫抛弃的黄脸婆"。她要"争回这口气",才一直纠缠着刘平不放。

我说:"既然不想一起过了,还管谁抛弃了谁干啥?人活一辈子好多面子要争,干吗要在这种事上相互不放过?"

姜涛说,他也这么劝过妹妹,但是没用,因为姜艳和刘平一起生活的大半辈子里,一直都在互相"争气"。

姜艳是姜家最小的女儿,刘平是刘家最小的儿子,两人从小都是各自家里最受宠爱的那个。

新婚后,两个人先是争谁父亲的"能量大"——两家老爷子都是正处级退休的,没什么太大差距;后来,又争谁"能力强"——姜艳在单位里算是主要领导,刘平下海做生意赚了不少钱,两人又是打了个平手;再后来,争的就是"谁教育孩子的方法对"——如今看来,两人算是全失败了。

假如争的都是类似问题也还好说,但平日里,两人连"家里买什么物件""晚饭吃什么菜""串门买什么礼品"都要一争高下,这日子便没法过下去了。

"离婚"其实很早就被两人挂在嘴边了。十几年前的一个深夜,姜涛接到妹妹的电话,说跟刘平过不下去了,要离婚。姜涛急匆匆赶到妹妹家里,了解情况后才得知,两人竟是为了当时刘进作业中的一道初中数学题产生了矛盾。

是什么数学题姜涛早记不清了,但他清楚地记得,那天夜里，姜艳和刘平两人在他面前花了整整两个小时，细数了之前争执的全过程。在两人冗长的叙述中，姜涛忽然意识到，这两人的矛盾症结，根本不在于一件事孰是孰非，而在于这件事应该"谁说了算"——"说到底，他俩争的是家中的'话语权'。对错不重要，关键是'听谁的'。开始还就事论事，后来便纯粹是'对人不对事'了。"

"既然两口子把日子过成这样，干吗不早离婚？"同事问。

"也不是没提过，但最终拖了那么久才离，一方面是双方亲人的劝阻，老人们认为两人之间并没有原则性问题，只是些鸡毛蒜皮的小事，没必要上纲上线到离婚的地步；另一方面，两人一直没离成婚，还有一个令人啼笑皆非的原因……"

姜涛说，以前妹妹提出离婚时，妹夫不同意，过一阵子，妹夫提出离婚，但妹妹又不同意。姜涛一开始也没搞明白，后来才知道，连离婚这件事情，他们也在争"谁先提的"这个点。"刘平那边我没亲口问过，但姜艳跟我说过，'刘平说离婚我就得跟他离婚，那不成了我被他甩了？那样不行，要离婚也得是我来提！'"

说完，姜涛自己都笑了。

6

姜涛说，"覆巢之下岂有完卵"，在这样的家庭中，孩子就是活受罪。"走到今天这步，也是妹妹一家……"他可能想说"咎由自取"，最终还是没说出口。

既然夫妻二人要争夺"话语权"，那就肯定有输赢。赢的一方沾沾自喜，输的一方就会去找孩子的碴儿。

刘进读高中时，姜艳忙着单位的晋升，刘平忙着生意。刘进便在姜涛家住了一年多，也给姜涛讲了很多自家的事。

刘进说，自己从小就怕父母吵架，但又怕父母不吵架：一吵架，吵输的一方便要在自己身上撒气；可不吵架，两人就"铆足了劲"在自己身上找做得不好的地方，好借此向对方"开火"。

让姜涛震惊的是，妹妹和妹夫总会把对彼此的不满告诉刘进——比如姜艳怀疑刘平和公司前台姑娘有不正当关系却又抓不住证据时，就会直接当着刘进的面说："你爹是个混蛋，在外面搞破鞋。"刘平和姜艳吵架输了，就对儿子刘进说："你妈这个婊子养的，干别的不行，就是那张嘴好使。"

姜涛给姜艳打过电话，让她以后不要在孩子面前说这种事情。姜艳却说，自己不说刘平，难保刘平不说自己——那样的话，儿子就跟刘平成了"同伙"，自己不就成了"孤家寡人"了？

姜涛虽然感觉妹妹不可理喻，但自己却很难干涉。只能告诉外甥，好好学习，不要掺和父母之间的矛盾。

日积月累，刘进的性格问题就越来越明显了。

2003年，刘进考入省内一所高校的工商管理专业。入学当年就因与舍友发生冲突被辅导员请了家长。刘平和姜艳都说没时间去处理,又请姜涛代劳。

姜涛原以为只是简单的同学矛盾,到了学校后才知道,原来是整个宿舍的人殴打刘进一个。姜涛很生气,质问辅导员为什么会发生这种事情。辅导员先是给姜涛道歉,说自己工作没有做到位,然后又把宿舍其他几名同学的谈话记录交给姜涛——原来,刘进挨打的原因是"挑拨同学关系"。

"打个比方,同学张三和李四在宿舍发生点口角,刘进便悄悄跟张三说,李四在背后说你坏话,然后又去跟李四说,张三看你不顺眼,准备搞你。大家都是同学,原本也没啥矛盾,聚在一起一通气,结果发现都是刘进在背后使的坏。次数多了,不揍他才怪……"姜涛有些无奈。

他问刘进为什么要做这些事,刘进说是担心宿舍同学吵架,就把矛盾引到自己身上。姜涛啼笑皆非,问他为什么会这样想。刘进却说,"从小到大,我爸妈不就是这个样子吗?"

辅导员帮刘进换了宿舍,姜涛也教育刘进好好学习,遇到事情多跟辅导员交流。但仅仅过了几个月,刘进就又被整个宿舍的同学打了。

这一次,姜涛和姜艳、刘平一同去了学校。

"那次他倒没挑拨同学之间的关系,而是当了'内奸'。他平时独来独往,从不和同宿舍同学说话。但宿舍里的同学,谁把女朋友带回寝室,谁用了大功率电器,谁夜里跑出去上网,谁在宿舍浏览非法网站,甚至打扑克、下象棋,他都在一个小本子上一一记录下来交给了辅导员,后来不知怎么被人发现,又挨了一顿打。"

姜涛跟辅导员吵,怪他不该让刘进去做这些事。辅导员一脸无辜,说自己真没派刘进去做"内奸",建议家长带刘进去看一下心理医生。

那天返程的路上,刘平一直在讽刺姜艳,说他早说了,儿子高中毕业就去国外念书,钱都准备好了,都是听了姜艳的话,非要留在国内读大学,不然哪有这么多问题。最后,刘平的一句"不会教育孩子就别教"彻底激怒了姜艳,她歇斯底里地冲刘平怒吼,半路就下了车。

大学的辅导员后来曾专门找过他们,说刘进只是性格上有些缺陷,完全可以通过心理医生的调节和集体生活的锻炼来治愈。相对而言,国外陌生的环境不利于刘进性格的转变,更何况刘进自己也想继续留在学校。"他自己也说,除了不会跟人打交道外,没有别的问题。"

但刘平却不依不饶,他说儿子不会与人相处不要紧,反正国外留学生活相比国内大学生活更独立一些,"不会跟人打交道,那就不必跟人打交道了"。

在这个问题上,姜艳最终没有争过丈夫。姜涛说:"后来他们又吵了好几次,最后的结果是,让刘进退学,按照刘平的设想去国外念书。结果刘进在国外也只待了一年就回来了。他们两口子也没跟我说原因，但我也大概能猜到，估计还是没法跟人相处。"

7

2006年，刘进回了国，家庭矛盾随即激化。

姜艳开始觉得自己在儿子上大学的事上丢了面子，但等儿子从国外回来了，她又觉得自己找回了一些面子，开始频繁地用刘平先前讽刺自己的话"回敬"他。刘平则把全部的火气都撒在了儿子身上，他动不动就对刘进拳脚相加，骂他"不争气""没出息""让你爸我抬不起头来"。

刘进几次来找姜涛求救，说自己快被父亲打死了。姜涛无奈，去妹妹家想调和一下父子关系。但去了之后，才发现妹妹和妹夫之间的关系才是最需要"调和"的："挖苦、讽刺、指桑骂槐甚至人身攻击，他们家全有。都是一家人，有些话，我都想象不出他们怎么能说得出口。"

姜涛放弃了原来的想法，问外甥打算怎么办。刘进说自己不想在家里住了，想换个清净的地方，问他能不能把那套空着的老房子"借"给自己。

姜涛征求了妹妹妹夫的意见，两人倒是没有明确表示反对，刘平转身还甩给姜涛5000块钱，说是儿子的一部分房租，之后不够了再来找他拿。姜涛没收，瞪了妹夫一眼，便带外甥走了。

此后，刘进就一直住在姜涛的老房子里。独自居住后，刘进的性格变得更加孤僻怪异，除了把自己关在家里打游戏外，再也没做过别的事情。姜艳找人给刘进安排工作，刘进不去，刘平让儿子来自己公司上班，刘进去了几天，也不愿再出门了。

2010年底，姜艳和刘平两个争斗了半辈子的"冤家"终于离了婚。能让他们走成这一步，还是因为儿子刘进。

这一年，姜艳和刘平开始张罗着给已经26岁的儿子介绍一门亲事，而在这个问题上，两人一如既往，达不成一致。

那时姜艳已经是市里一家国企的主要领导，刘平的生意一年也能有百八十万的纯收入。姜艳一心想给刘进找个各方面都和自家相配的姑娘，刘平则觉得应从儿子的实际情况出发，找一个能接受儿子现状、愿意跟他过日子的姑娘。

夫妻俩又吵了起来。姜艳说，儿子现在已经是这种状态，不找个有能力、能够帮扶他的好妻子，这个家就完了；刘平则认为，就儿子现在这种状态，家庭条件差不多的好姑娘肯定看不上，更没人会"帮扶他"。与其找一个娶进门之后"吃干抹净"甩手就走的，不如找一个实实在在能跟他过下去的。

在这个问题上，姜涛是赞同妹夫的。姜涛说，妹妹最初相中的那个姑娘是位研究生，名牌大学毕业，分到姜艳单位上班。老家虽然不是本地的，但据说条件也挺不错。碍于姜艳是自己的领导，姑娘答应跟刘进处一下，但后来得知刘进本人的情况后，坚决分了手。

姜艳为此还挺生气,在工作中故意给那个姑娘穿小鞋,姑娘就直接裸辞回了老家。听说后来照样找到一份挺不错的工作。

后面再给刘进介绍对象时,姜艳便刻意隐瞒起刘进的真实情况,对外宣称刘进"在国内读了大学,还在国外留过学"。她相中的第二个姑娘,是公司所在集团另一家分公司,与自己同级别的领导的女儿,女孩当时也在姜艳的手下工作。为保险起见,姜艳先是和对方父母取得了联系,对方也表示支持。

第二个姑娘与刘进见过一面,当时并没有感觉到异常。姜艳很高兴,以为这件事终于能够按照自己的"节奏"进行了。但没想到,刘平得知后却强烈反对,不但找机会给姑娘讲了自己儿子的真实情况,还直接打电话告知了姑娘的父母。

"刘平那回做得对。放任姜艳这样搞下去,不但儿子的婚结不成,她和对方父母也会反目成仇——她这是明摆着坑人家姑娘啊!"姜涛说。女孩自然与刘进分道扬镳,对方父母则认为刘平是个"懂事理的实在人",而姜艳却是个"坏了心肠"的女人。

这件事情最终成了压垮姜艳和刘平婚姻的最后一根稻草——姜艳说,此事未成,完全就是刘平怕自己在儿子婚姻问题上"做了主"。如果说以前两口子还只是在有些事上"达不成共识",那么在儿子找对象这件事上,丈夫根本是"存心使坏"。

姜艳和刘平重提离婚。这一次,除了双方老人依旧反对以外,其他亲属均表示赞同。

8

"其实从本心里说，姜艳和刘平两个人都是能人。"姜涛说。妹妹是公司里唯一做到主要领导位置的女性，工作能力强，拿到的各类荣誉数不胜数，风评极高；妹夫从小成绩优异，当年辞职下海，从白手起家做到身家不菲。两个人在外人眼里都是"成功者"，但凡有一个人能在家里让一步，生活就不会沦为现在这般田地，外甥也更不至于如此。

"三十大几的人了，不结婚也没工作，整天窝在屋里玩游戏不说……"姜涛顿了顿，说前段时间，自己还在刘进的手机上发现了一些图片，似乎全是他在公共场所偷拍的女性不雅照片。他担心外甥暗地里做些非法的事情，跟刘平和姜艳说了，可谁也不愿管。

刘平再婚后，和小媳妇日子过得有声有色。每次姜涛跟他讲刘进的事情，刘平唯一会做的，就是给姜涛转账。"嘴上说自己生意忙，实际就是想花钱买个清净。"

姜艳说自己的义务就是把刘进养到成年，现在刘进早已年满18周岁，"是死是活由他自己"。姜涛让妹妹把外甥接回家去，姜艳却说，自己住在单位家属院里，周围都是多年的老同事老下属，自己"精明强干"了半辈子，现在"丢不起这个人"。按年龄，姜艳也快退休了。她说自己退休后打算去海南养老，反正已经在那边买了房子，合适的话再找个老伴，带着刘进"不方便"。

姜涛斥责妹妹"甩坨子",姜艳却说,刘进的情况是刘平一手造成的。他现在过得逍遥自在,凭什么让自己来背这个黑锅?又说姜涛,"不想管的话就不要再管刘进的事情"。

我问姜涛之后怎么打算,姜涛说,虽然俗话说"娘舅亲",但舅舅毕竟不是父母,很多事情他也不好做刘进的主。

我听出了他的话外音,问:"那刘进自己怎么想呢?对之后的生活有没有什么打算?"

"他还能有什么打算?这些年,他差不多已经是个废人了。"

2015年春节前,在姜涛的要求下,我向上级汇报了刘进的情况。派出所和居委会决定组织刘平、姜艳和姜涛三人针对刘进的事情见面开一次座谈会。但协调再三,座谈会最终还是流产——刘平和姜艳都拒绝参加,理由很直白:这是他们的家事,不想让太多人知道,更不想为此惊动派出所和居委会。

姜涛很生气:"既不愿谈,也不解决问题,都怕打扰了自己眼前的好日子,这他娘的也太自私了吧!"姜涛的妻子更愤怒,说姜艳和刘平这次要是再不给个说法,她就收回那套老房子,把刘进赶到街上去。

还是经过姜涛的反复努力,才终于通过"家庭会议"的方式,把姜艳、刘平拉到了一起。经过一番讨价还价,姜艳和刘平都希望以高于市场租金的价格租下姜涛那套老房子。但姜涛妻子坚决不同意——她说,这两人是摆明了让丈夫继续照顾刘进,

"想得美!"

刘平后来在市里另租了处房子,好歹算是安置了儿子。至于看心理医生、找工作之类的事情,姜涛说他已经不想再管了,也没再问过了:"我就是个当舅舅的,亲爹亲妈都是那个态度,我还能做啥?爱咋地咋地吧。"

再往后,我偶尔还会在街上看到闲逛的刘进。

被榨干的养子，被抛弃的女婿

1

2014年7月，我第一次见到王安平。

那天午饭后，他便站在派出所门口吸烟，一根接着一根。等我们注意到他时，派出所门口的烟灰缸里已经堆满烟蒂。

直到傍晚，王安平还在派出所门口待着，领导让我把他叫进来，问问到底有什么事，别是来"盯梢"的。

走到门口，王安平还在那里蹲着，问他也不搭话，站起来就径直走远了。我转身回了值班室，过了没一会儿，又见他推门走了回来，说自己怀疑妻子在外面"有情况"，想请警察帮他"调查"一下。

此前我们也偶尔会遇到类似"诉求"，但很少像他这样直截了当。我叹了口气，重新打量了他一番：20多岁的样子，长得挺精神，花T恤配牛仔裤，算个潮人。

我告诉王安平，警方的技术手段只能用于重大刑事案件的侦办，不能用来调查他妻子是否有外遇。如果打算离婚，可以聘请律师，有些事情律师会处理。

王安平面色沮丧，恳求一番无果后，只好悻悻离开。

两个月后，我又见到了王安平。他来派出所报案，称自己被公共厕所里贴的小广告骗了钱。

王安平说，之前来求助警方"调查"妻子外遇被拒后，一直不甘心，后来无意中在一间公共厕所的墙上看到一张"复制电话卡，调查婚外情"的广告。电话拨过去，对方要他先打8000元的"设备费"和6000元的"保证金"。

钱打过去了，对方不但没把他想要的妻子手机通话记录和微信聊天记录发给他，反而又向他继续索要1万元的"风险金"。王安平意识到自己上了当，想要回之前的1.4万元时，对方就把他拉黑了。

王安平的遭遇着实让我有些哭笑不得，便说他：你这是何必呢？过不下去就离婚，费这些干戈做什么。王安平却十分苦恼，跟我说了很多妻子刘欣的"反常状况"。

临走时我劝他："两口子过日子，能过就过，不能过就离。"王安平却说，离婚他可以接受，但就是不想被蒙在鼓里。

"既然离婚都可以接受了，还要查什么呢？"我脱口而出。但说完后又觉得有些不妥，问他是不是在考虑离婚财产分割比例的问题——现行婚姻法规定，有过错一方需要在离婚分割财产时给予无过错方一定补偿——"如果是那样，就赶紧找个打离婚官司的律师，他们会给你相关的建议，不要自己瞎琢磨。"

王安平不置可否，我也不好再多说什么。

2

被诈骗的案子还没侦破，我就又与王安平见面了。

2014年12月的一天，派出所接到报案，称王安平殴打他人。我和同事出警赶到现场时，受伤人员已被送往医院治疗，王安平则蹲在案发居民楼的门口，身边站着几个围观群众，七嘴八舌地说着什么。

被打的人是王安平的岳父，我问蹲在地上的王安平怎么回事，他沉默不语，好像还在气头上。我拍了拍他肩膀，说在这儿不愿说算了，反正也要去派出所，回去说吧。

回到所里，在医院了解伤者情况的同事打来电话，受害人伤情不重，两处软组织挫伤而已，轻微伤，没有大碍。

"你征求一下他的意见，看同不同意调解？毕竟两人是亲戚，同意调解的话我这边按调解程序走。"我问同事。

同事顿了顿，却说："你先按一般程序走吧，眼下受害人情绪激动，喊打喊杀的，还坚持要住院，估计一时半会儿不会同意调解。"

我只好按照一般程序去找王安平做笔录。

王安平说，对方叫刘良可，65 岁，身份有些特殊——既是他的"父亲"，也是他的"岳父"。

这话乍一听有些令人费解，我让王安平解释一下：你们也不是一个姓，他怎么就成了你的"父亲"？既然是父亲，又怎么成了"岳父"？

王安平告诉我，刘良可不是他的亲生父亲，而是养父。自己从小在刘家长大，23 岁那年在刘良可的建议下，娶了刘良可的小女儿刘欣，又成了刘良可的"女婿"。

这样的关系的确有点复杂，可我也只是基于眼下两人的关系进一步询问：既然你们是"亲上加亲"，这次为何闹到这般田地？

王安平说，问题还是出在他和妻子身上。

王安平的妻子刘欣，时年 28 岁，在市里一家商场工作，与王安平结婚 4 年。几个月前，她向王安平提出离婚。

这些年，王安平一直在外地做厨师，每年回家的时间很短。刚结婚时，两人的关系还挺好的，他在外打工，妻子还时常打个电话、发个视频以示挂念。

但从 2013 年年底开始，妻子对王安平的态度变得冷淡起来——没有了日常的问候电话，王安平发视频连线过去，要么不接，要么含含糊糊说几句便匆忙挂掉。

王安平起初以为可能是因为自己一直忙于赚钱，对妻子的关心不够。2014年春节过后，他没有像往年一样立刻赶往外地打工，想在家里多待一个月陪陪刘欣。不料，此举却引来了妻子的极大不满。王安平说，他在家的那一个多月里，刘欣先是天天催他赶紧出去上班，看他不走，便冲他发起了脾气。

几次争吵过后，王安平赌气前往北京投奔同乡。

一次喝酒时，王安平心中苦闷，便把过年时自己与妻子吵架的事情讲给了同乡。他原本只是想找个人倾诉一下，没想到，同乡却告诉他，刘欣在老家"有情况"了，很多人都知道，只是大家都瞒着王安平而已。

同乡说，刘欣的"情况"是一家连锁美容院老板，30多岁，据说很有钱。自己之前也几次看到过刘欣与那个老板出双入对。

王安平不太相信，说妻子与美容院工作人员走得近很正常，因为她的脸上从小便有一块很大的胎记，这些年来一直在治病。那个美容院老板自己也认识，以前是一家大整形外科医院的主刀医生，在胎记治疗方面很不错。刘欣与他走得近，应该就是为了治病的事。

那位同乡便没再说什么，王安平也没再多想。

然而，2014年6月，王安平突然接到妻子电话让他回家一趟。王安平以为家中有事，急匆匆赶回去后，却被刘欣告知，要与他离婚。

王安平一时不知所措,反复询问妻子想离婚的原因,但刘欣却什么也不说。王安平无奈去找刘良可,想让他出面帮忙劝一劝,没想到刘良可的态度也很奇怪,还对王安平说:"现在讲婚姻自由,长辈也不能干涉不是?"

王安平晕头转向地离开刘良可家,思来想去,觉得之前那个老乡给自己说的事情可能是真的。可美容店老板找不到,派出所的警察也不"帮忙",这才有了被公共厕所里的小广告骗了钱这一出。

3

那天,我问王安平,离婚的原因找到没有?

王安平点点头,说刘欣后来终于承认了,自己爱上了美容店老板。美容店老板说要跟她结婚,所以刘欣得先跟王安平离婚。

"你是什么打算呢?"我问他。

王安平沉默许久,说自己之前也想开了,论各方面条件,自己确实比那个美容店老板差太多,"留得住人也留不住心,离就离吧"。

我叹了口气:"那为什么还跟刘良可动手呢?"

王安平说,自己之前打工攒下的所有的钱都在刘良可那里,共有12万,原本是打算用来和刘欣在城里买房付首付的。现在房子还没买,两人却走不下去了,他就想着把钱拿回来。一来离婚以后自己也不打算再回这个家了；二来这笔钱都是自己赚的，以后的生活还要用。但刘良可却不同意，说那笔钱都用来给刘欣治病了。王安平就和刘良可争辩，说刘欣这些年的医疗费都是自己另付的，家里的钱一分都没动。

刘良可也急了，说虽然没买房没治病，但钱就是不能还给王安平——因为王安平自打3岁起就一直生活在刘家，"吃了那么多年饭，总要交点伙食费吧……"

王安平没想到刘良可会说出这样的话来。一番沉默后，他决定退一步，说自己在外打工这些年，所有的钱都寄回了家，现在离婚身无分文，希望刘良可看在养父子一场的分上，给他6万，剩下的6万自己也不要了。

刘良可脸色有些缓和，说这样也可以，但是那6万块钱不在自己手上，被刘欣拿走了，让他去找刘欣要。王安平同意了，要刘良可打电话跟刘欣说明此事，但刘良可却不肯，说自己反正是同意给他6万块钱的，"但能不能（从刘欣那里）要来，就全看你的本事了"。

王安平跟刘良可吵了起来，很快两人便动了手。

看来事情的根源就是6万块钱，那处理起来倒是简单了。我问王安平是不是要回钱来这事儿就算完了？王安平点点头，说"完了"。

我让王安平给刘欣打电话，把人叫来派出所一趟，这事儿毕竟因她而起。另外，事实判定我也不能只听王安平一个人说。

但是王安平的手机打不通刘欣的电话,"对方不在服务区"。我用自己的手机打,一下就接通了,但我表明身份之后,刚说了两句对方便把电话挂了。我再打过去,先是"不方便接听",连打几遍,竟然也成了"对方不在服务区"。

我自嘲道:"这下完犊子了,我也被拉进黑名单了。"

王安平也苦笑:"你是警察都联系不上她,我现在更是找不见她的踪影,不然也不会直接去找刘良可。"

"这事儿你也不用着急,你俩离婚,财产问题谈不拢可以走法律程序,是你的终归是你的,不是她的她也留不下。"我告诉王安平,今天先处理他和刘良可打架的事情,之后去找个律师就好,我可以帮他介绍。

王安平点点头。

去医院"验伤"的刘良可直到傍晚才回到派出所。

我问陪同前去的同事怎么这么久,同事有些生气,说刘良可闹了一下午,非要让医院给他办住院。

我要过医院出具的诊断证明,确实只有两处软组织挫伤,并无大碍。抬头看了刘良可一眼,心里嘀咕了一句"真他娘过分",便把他带去了办公室。

办公室里,我主动提出了导致两人动手打架的那笔钱,没想到刘良可竟然发起了火。他质问我:"警察也管要债吗?"

我有些生气,强忍着说:"钱的事儿我不管,但那笔钱是你俩这次发生冲突的根源，不解决了以后还得闹。"

刘良可却说，那些都是自己的"家事"，不用警察来管。今天就事论事，他养了王安平十几年，还把女儿嫁给他，现在王安平却"恩将仇报"打了他，必须要王安平坐牢。

我说这事儿得有法律依据，还得结合你的伤情。没承想，这句话又惹火了刘良可，他说今天在医院"验伤"时警察就跟医生合起伙来"糊弄"他，不让他住院，这次如果警察不把王安平抓进监狱去，他就睡在派出所。

我有点压不住脾气，一下站了起来，说："你睡一个试试……"话还没说完，就被旁边的同事拦住了。他怕我跟当事人吵起来，赶忙把我劝出了办公室。

4

回到了王安平所在的讯问室，辅警正在给他办理其他手续。

王安平问我，这次我们会怎么处理他，我说得看刘良可的诉求，愿意谅解的话，你俩直接走人，毕竟是一家人；同意调解的话，你赔他医药费，给他道个歉，你也确实动手打了他；不愿谅解也不同意调解的话，估计你就只能被拘留几天了。

王安平神情沮丧，坐在那里没再说话。我担心他有思想负担，还劝他说想开点："爱情这种事情强求不来，大家好聚好散算了，没了爱情还有亲情嘛。"

没想到这一句话却戳到了王安平的痛处："还有个屁的亲情。"

我自觉言语失当，赶紧找补，说以后日子还长，"你有手艺能赚钱，还怕找不到好姑娘嘛"。不想王安平的情绪却突然失控了，伏在讯问椅的小桌板上，哽咽着说了句"我只是想有个家"，然后竟大哭了起来。

等过了好久，王安平才平静下来。我问他，你跟刘良可一家到底是咋回事儿，能给我说说吗？我到现在还有些迷糊。王安平想了想，同意了。

1990年，王安平的生父在外出打工时失联，村里人都说他在外地傍上了"富婆"，不要王安平母子了。生母咽不下这口气，去外地寻找丈夫，暂时将王安平交给刘良可的前妻，也是王家的远房亲戚照看。

不料生母一去就再没有回来。最初几年还有书信寄到，偶尔夹带几张钞票作为王安平的"生活费"，后来渐渐音讯全无，王安平成了一个"弃儿"。

此后，王安平一直生活在刘良可家。最初几年，刘良可对他还算好，但在生母彻底失联后，刘良可对他的态度也渐渐发生了变化——其实这也怪不得刘良可，毕竟多一个人就要多一张嘴，刘家的经济条件也不好，王安平又不是刘良可的亲骨肉，心里有意见是必然的。

好在那时刘良可的前妻很喜欢王安平，她在世时，王安平一直喊她"六姨"。六姨自己没有生育男孩，一直把王安平视为己出。

可惜六姨去世得早，后来刘良可续弦，继任妻子对他的三个女儿尚且看不顺眼，对于王安平这个与刘家毫无血缘关系的拖油瓶更是没个好脸，多次劝刘良可把王安平"丢掉"。刘良可虽碍于亡妻的面子并没有将王安平怎么样，但也不怎么待见他，平时吃的用的都捡最便宜的买，能不在王安平身上花钱就尽量不花。

如此坎坷的经历和复杂的家庭环境让王安平性格很早熟，他从小就明白自己的处境，为了不被"丢掉"，待人接物总是小心翼翼的，很会看人脸色。在家里，对刘良可夫妇的要求也是言听计从。

王安平说，结婚前，他一直喊刘良可"姨丈"。小学时，学校老师知道他的情况，想帮他做点什么。一次家访，班主任老师鼓励王安平喊刘良可"爸"，王安平叫了，刘良可当时没说什么，但等老师走后王安平再喊，刘良可却直接说："我不是你爸，你爸现在不知去向，等他哪天回来了，把我养你这些年的钱还给我，你爷俩哪儿来的回哪儿去。"从那之后，王安平再没敢喊出"爸"这个字。

初中毕业，王安平成绩不错，本想继续读高中，但就因刘良可说了一句"幺妹治病需要钱"，他便主动放弃了读书的想法。

16岁外出打工前,刘良可只对王安平说了句:"以后赚钱了,别忘了在刘家吃过这么多年的饭。"此后,王安平便将自己生活必要开支以外的钱,全都寄给了刘良可。

5

再往后,王安平与刘欣结婚一事,也是在刘良可的撺掇下完成的。

刘欣比王安平年长一岁,是刘良可最小的女儿,也是最让家里发愁的女儿。刘欣的两个姐姐相貌都不错,刘欣本身长得也挺好,只是因为脸上天生有一块巨大的暗红色胎记,便使得她的人生道路走得有些曲折。

童年时期,那块胎记给刘欣带来了无数嘲讽和中伤。小学毕业后,她便不再上学。刘良可带她去过几次医院,得知治疗费用不菲后,也就打消了这个念头。

王安平这些年一直长期在外,先后在宜昌、荆门、武汉、石家庄、沈阳、北京等地的饭店工作,从洗菜工一直做到能独自掌勺的厨师。2009年过年时,刘良可把王安平单独叫到了屋里,问他对自己的终身大事有什么打算。王安平有些害羞,推说自己还年轻,想先赚钱,还没考虑过结婚的事情,也没有女朋友。

刘良可又问他,这些年自己对他怎么样,王安平只能说好。刘良可倒是实在,"嘿嘿"笑了笑,说其实也不怎么好。王安平也不好多说什么，只好也陪着嘿嘿笑。

而后，刘良可又语重心长地对王安平说，他之前对王安平之所以"有所保留"，是一直觉得王安平终究不是自己的亲儿子，有朝一日找到了亲生父母的下落，还是会离这个家而去，到时自己不过是"竹篮打水一场空"，所以希望王安平不要怪他。

听刘良可这么说，王安平忙说，自己从小在刘家长大，对亲生父母已完全没有印象，刘良可就是自己的亲爹。即便真的有天亲生父母找上门来，自己也不会跟他们相认。

刘良可欣慰地点点头，但转瞬又是一脸愁容，不住地唉声叹气，搞得王安平也不知所措起来。但又不好多问，只能陪着刘良可在屋里干坐着。过了好久，刘良可终于开了口，说自己确实遇见了一件烦心事——就是刘欣的婚事。

刘欣时年23岁，周边年龄相仿的女孩子已纷纷结婚生子。刘欣的两个姐姐也都在20岁出头就出嫁了，大女儿的老公是市里开饭店的，家境颇丰；二女儿读过大专，老公是邻市的公务员；只有刘欣，因为脸上那片胎记，一直没有对象，甚至连说媒的都不曾上过门。

刘良可四处托人给刘欣介绍对象，但大家看到刘欣的相貌之后纷纷表示，难度确实挺大。

"那时候，一般正常人家的男孩子都不同意和她处对象，有些年纪大的，家庭情况不好，或是身体有残疾的人家倒是同意，但刘良可又不愿意，刘欣的婚事就一直拖着。"王安平说。

2008年秋天，有人找到刘良可说要给刘欣介绍一门亲事。小伙子34岁，车祸导致一条腿有残疾，一直没结婚，但读过技校，在市里开了一家手机维修铺子，前些年还在城里买了一套两居室的小房子。

两家孩子见了面，对方表示可以接受刘欣的情况，刘良可也觉得男方家的经济条件还行，但不太能接受对方残疾这件事。刘良可说，女儿虽然脸上有块胎记，但年纪比对方小十几岁，这样嫁过去有些亏，思来想去，便向对方提出了20万的彩礼钱。双方就为这笔彩礼钱闹崩了。

这件事终于让刘良可认识到，像前面两个女儿那样给刘欣找一个理想婆家的难度确实有点大了。

那天，刘良可兜了几个圈子，终于给王安平亮出了底牌——王安平与刘欣年纪相仿，又从小一起长大，感情不错，也不会介意刘欣的相貌，因此，自己希望王安平与刘欣结婚。

王安平当时吃了一惊，赶忙推辞，说自己从小就把刘欣当姐姐看待，从来没有动过这方面的想法。

刘良可很失望："没想到你也嫌弃你姐。"

其实王安平心里并非完全不能接受刘欣，只是刘良可乍一提，他一时有些难以接受。想来自己打小跟刘欣的关系确实不错，但总归有着姐弟之名，在一个屋檐下长大，在外人看来，岂不是有些荒唐？

但最终让王安平下定决心的，还是刘良可的一句话——"你毕竟姓王不姓刘，咱们之间还是隔着一层纱的。你真要和你欣姐结了婚，咱就成了正儿八经的一家人……"

王安平思来想去，决定捅破这层"纱"。至于原因，后来王安平告诉我，这么多年过去，他太想有个名正言顺的"家"了。

2009年7月，王安平与刘欣结了婚，婚后的日子过得不错，王安平依旧在外地饭店打工，妻子刘欣在家中操持家务。令王安平尤其高兴的是，结婚后他四处打听，得知刘欣脸上的胎记并非治不好，只是治疗费用颇高。考虑一番后，他决定给刘欣治病。

从那一年开始，王安平一共花了七八万，钱到位了，治疗效果也就有了保障。这几年刘欣脸上的胎记明显消退了不少，不仔细看，根本看不出来了。

只是令王安平没想到的是，胎记治得差不多了，刘欣的心却跟着那个给她治病的美容店老板跑了。而自己与"养父"刘良可，也走到了拳脚相加的地步。

6

我很同情王安平的遭遇，但眼下能做的，也只是处理他跟刘良可打架一事。

我劝王安平想开一点，"大丈夫何患无妻"，没必要跟刘家人较劲。至于那笔钱，也不是一笔很大的数目，有赚钱的手艺，没必要太在乎。要是真放不下，可以找律师处理，自己不要冲动，如今也不是一个靠拳头就能解决问题的时代了。

王安平也点点头，说打架这事儿处理完了自己就去找律师。

等到晚上9点多，给刘良可做材料的同事终于从楼上办公室下来了。我问他情况怎么样，同事苦笑着说，刘良可简直就是个老"财迷"。说着，他把笔录材料递给我，让我自己看。

笔录其实也没太多内容，除了当天王安平和他打架的情节外，刘良可只提了几句钱的事情。他承认王安平之前确实在他那儿放了一些钱，前后大概12万，但这笔钱他都给了女儿刘欣，所以这笔钱王安平应该找刘欣要。

我笑了笑，问同事打架这事儿刘良可想怎么处理？同事说法条讲过了，刘良可说，只要王安平不要那笔钱了，打架这事儿一笔勾销；如果王安平要钱，那他就追究到底，不谅解不和解，只求拘留王安平。

我说刘良可还真是净想好事，拘留几天换6万块钱，这事儿王安平能愿意？他拿了人家钱还给人家就是了，闹这些做什么？同事说刘良可心里其实另有盘算，只是没法体现在笔录材料里而已——刘良可也知道自己理亏，但又确实不想从自己身上"割肉"。再一想，刘欣之所以跟王安平离婚，是因为那个美容店老板答应娶她，既然这样，这笔钱就应当那个美容店老板来出。一来免了自己"割肉"，二来也让新女婿证明一下自己的"诚意"。

我说那王安平这边呢？刘良可就不念这些年跟王安平之间的情义？同事摇了摇头，说刘良可想得也挺"通透"，他说王安平终究是外人，迟早有一天会走掉的，他之前管吃管住这么多年，也算待王安平不薄了，"人往高处走水往低处流"，王安平也没必要为这事儿恨他。

说完这些话，同事拍了拍我的胳膊，说他俩这事儿就这样吧，"处理完该咱处理的事情，其他的咱也别多问了"。

最后，王安平没有同意刘良可提出的要求，坚持索要那6万块钱。我们又劝了刘良可一番，看实在说不动，也只好按照相关法律走完了程序。

离开派出所前，王安平说这事儿没完。我只能劝他先别冲动："按我之前和你说的，去找下律师吧。"

转过年的1月，律师朋友突然打电话给我，让我最近注意一下王安平的情况："他这事，有些麻烦了。我怕他想不开走极端，还是有必要给你提个醒的。"

我忙问怎么了。朋友告诉我，王安平找到他之后，讲了整个事情的来龙去脉和自己的利益诉求。起初，律师也就当成一件普通的离婚官司来办，可调查后才发现，王安平与刘欣当年根本没有领过结婚证。

我吃了一惊，问他有没有搞错？律师说他特意查了几遍，后来王安平也承认了，说当时两人只是摆了酒席，并没有去民政局领证——因为刘良可告诉他,当年他是被刘家领养的孩子,与刘欣属于"近亲属",因此暂时拿不了结婚证,需要之后"解除领养关系"才行。

我问律师这话有依据吗?

"有个屁的依据!"律师也愤愤不平,"法律规定的禁止结婚条目限制的是'血亲',王安平与刘欣本就不是,所以也不存在'解除领养才能结婚'的问题。刘良可这样说,不知是什么目的。"

而因为两人没领过结婚证,法律上也就不是夫妻,根本不存在什么可以分割的共同财产。我退了一步,问王安平放在刘良可那里的那笔钱呢?算赠予,还是出借?

律师却说,"什么都没法算",一来王安平早就拿不出转账记录之类的证据了,二来其中还有7万多是以现金形式交给刘良可的,现在根本没法证明。

我感觉情况不妙,又退了一步,问那笔钱能不能未来算作刘良可的遗产?"毕竟领养子女与婚生子女在财产继承方面享有同等权利,刘良可百年之后,王安平也能通过继承遗产挽回一点损失。"

律师却冷笑了一声,说王安平就别想了。"刘良可当年根本没有给他办理过《收养证》,从法律层面上来说,两人从来就没有任何关系。"

我登时愣在了那里。

"王安平又去美容院找过刘欣和那个老板,钱没要到,反而挨了那人一顿打。他最后一次在我这儿时说,他必须要到那笔钱,那是他最后的尊严和希望了,否则就要杀了刘良可全家!"律师在电话里对我说。

我问他,当时王安平这话听起来是气话还是要玩真的?电话那边安静了片刻:"真不像是说气话……"

"情况告诉你了,怎么处理你看着办吧。"挂电话前,律师朋友对我说。

7

我把王安平的情况通报给了上级,所领导经讨论认定此事的确存在风险,立刻安排人手进行接触。

我也想去找王安平,但却再也找不到人了。他从律师那里走后,便凭空消失了一般,电话没人接,去住处找,邻居说已经很久没见他回来了。朋友们都不知道王安平去了哪里,我发了很多条短信试图开导他,也如石沉大海一样。

我和同事去找刘良可,劝他斟酌一下,没必要把事情搞到这种程度。然而刘良可却一脸怨气,说自己抚养了王安平这么多年,留个十几万算什么?"想当初家里那么困难……"

我说现在离婚与存款这两件事凑一起了,我们也是怕王安平想不开。

刘良可却说:"我还想不开呢!养了他这么久,不该回报一下吗?"

我气不打一处来。同事还耐着性子,劝刘良可换个角度想一想:"单从钱上论,王安平把打工挣来的钱都放在你这里,是把你当亲爹看待。你女儿新找的那个美容店老板,他能做到吗?"

刘良可听了却有些不屑一顾,说"新女婿"很有钱,单是武汉的房子就有3套,还开了连锁美容院,"王安平那点钱算什么?"同事也有点生气,说:"你既然看不上就赶紧还给他算了!"刘良可却又打着哈哈说:"想要钱的话就去让那个美容店老板给。"

这边说不通,我们又去找了刘欣,费了一番周折才见到了本人。同事劝她看在与王安平往日的情分上,把钱还了算了。刘欣却说,钱都在父亲手中,他并没有给过自己,但她同意再去找"未婚夫"商量。但没多久,刘欣就告诉我们,美容院老板一听"要钱"二字,便连连摆手,说最近生意周转不过来,没那么多现金,况且这事儿跟他自己也无关。

我问同事怎么办,同事想了半天,说没办法了,如实汇报吧。

那天汇报完,我问领导能否使用技术手段把王安平找出来,领导没有同意。因为技术手段只能用在已发生的重大刑事案件上,王安平目前的情况明显不符合规定。

领导也很无奈:"能做的我们都做了,即便王安平真的要对刘良可一家做些什么，在他动手之前，我们真的做不了什么。"

2015年3月18日中午，公安局指挥中心接到刘良可的报警电话，称女儿刘欣在城南租住的一单位家属楼房屋内被人杀害。

接到出警指令的那一刻，我便在心中隐约锁定了凶手。很快，警方通过技术手段找到了王安平在本市的另一处住所，并从屋内找到了王安平留下的遗书。

遗书中，王安平详细讲述了自己这场失败的婚姻以及对刘良可一家的愤恨，并说杀死刘欣之后，下一个目标就是刘良可。

公安局组建了案件专班，派出一组民警24小时保护刘良可夫妇，以防连环杀人案的发生。刘良可也终于意识到事态的严重，他将存有12万块钱的银行卡摆到保护他的民警面前，歇斯底里地吼着："我把钱还给他，他把女儿还给我，我们就此两清！"

民警把银行卡塞回刘良可手中，劝他节哀。

我则跟随专班另一组民警全力搜捕王安平。我们在王安平有可能藏匿的几个地点不停地翻找。一个深夜的搜查间隙，我和同事坐在警车里取暖，我点着一支烟，递给同事，问他对这事儿怎么看。同事深吸了一口烟，话到嘴边却又咽了回去。

"唉，没啥可说的，咱的任务是抓人、破案，仅此而已！"过了好久，同事嘬了一口烟，把脸扭向车窗外。

王安平早已扔掉了手机，技术手段在他身上未能奏效。好在公安局发出了协查通告，不久就有了反馈。

最后一个见过王安平的人是邻县的一名船夫，他说3月19日下午，自己曾载着一名身高体形与王安平相似的男子渡了江，但从衣着来看，又不像是潜逃的杀人犯——因为那名男子穿着崭新的衣服，满脸幸福地对他说自己要渡江回家，去看望多年未见的爸妈。

我和同事按照船夫说的路线也渡了江，对岸却是一望无垠的油菜花田。

2015年3月20日傍晚，王安平的尸体在江南岸的一处油菜花田中被发现，身边扔着一个剧毒农药空瓶，经法医解剖后判定，王安平系服毒自杀身亡。

被毒虫男友拖下水的女大学生

1

2013年6月的一次辖区住宿业例行检查中,我和同事在连锁酒店客房,将刚吸食完麻果的常小斌和一个女孩堵个正着。

常小斌时年29岁,此前多次因吸毒被抓,是辖区派出所的"常客"。我和同事清理现场的间隙,他蹲在地上,不知从哪里摸出一支香烟叼在嘴里。由于打火机早已被同事没收,他拍了拍我的腿,让我把打火机借给他用。我瞪了他一眼,将他嘴里叼着的烟夺下来,喝令他老实蹲着,常小斌这才不情愿地把双手交叉放在脖子后面。

与常小斌一同被抓的女孩倒是面孔很生,年龄看起来不大,戴副眼镜,满脸惶恐。我问她认不认识我,她怯生生地摇了摇头。客房角落里放着一个行李箱,看颜色应该是女孩的。我以为她是从外地过来的，要过身份证，发现竟然是本地人，名叫王洁，时年20岁。

带着两人返回派出所的路上，我问王洁为何带着行李箱，她支吾了半天，才说自己刚从学校放暑假回来。我问她在哪个学校读书，才知道她还是我的校友。

在派出所的讯问室里，王洁对我说，她和常小斌是3个月前通过网络游戏认识的，得知彼此是同乡之后就见了面，很快就发展成男女朋友关系。

我问她知不知道今天为什么被带到派出所，她说知道，因为吸麻果。我又问她从什么时候开始吸的，她想了想，说两个多月前。

"是不是跟常小斌成为男女朋友之后才开始吸的？"

王洁沉默了半晌，缓缓地点点头，说，自己第一次吸食麻果是在一家网吧后面，那天她和常小斌一起通宵打游戏，到了凌晨实在困得熬不住了，想回家。常小斌就拉住她，拿出一颗绿色药片，用矿泉水瓶做了个简易吸壶，让她吸一口"提提神"，王洁吸了一口感觉很恶心，常小斌就说没关系，接着吸两口就好了。

吸了几口后，王洁果真感觉精神很振奋，就问常小斌这是什么东西，常小斌说是醒酒药，王洁也没多想。

从那之后，两人通宵打游戏时经常偷偷跑到网吧外面"提神"。

起初，王洁也怀疑过，上网去搜，有网友说那是麻果，但常小斌矢口否认,说麻果是"红色感冒药"一样的片剂,而自己拿来的是"绿色五角星",完全不一样。末了还补充说,他们俩是男女朋友关系,他不会害王洁,让王洁别多想。

可这谎言很快就不攻自破了——没多久,常小斌手里的"绿色五角星"就变成了"红色感冒药"。面对王洁的一再质问,常小斌只是轻描淡写地说了句"害怕你就别玩了撒"。

但那个时候,王洁已经离不开麻果了——"不吸的时候,就感觉生活很灰暗,什么都不想做。每天早上醒来,唯一的期盼就是能吸上一口。"

我问王洁这些麻果从哪里来的?王洁说,最初是常小斌给她的,后来常小斌说自己钱不够,王洁就提出自己去买,但常小斌又说,这种东西只卖给熟客。所以此后很长一段时间,都是王洁把钱给常小斌,让常小斌去买。

这两个月,王洁前后一共给过常小斌9000多块钱。我问王洁知不知道常小斌找谁买的,王洁摇头说不知道。我又问她,你一个在校学生哪儿来的这么多钱?王洁低下头,说都是家里给的。

2

王洁的家境在本市属于中等偏上。父亲在省城做生意,据说规模不小,母亲是本地某企业的中层干部。

做完笔录后,我联系了王洁的父母,二人听到女儿因吸毒被抓,十分震惊,没多久就赶来了。

一进派出所,王洁父亲就大呼着问女儿在哪。我把案情简要叙述了一遍,两人都不信。王洁父亲甚至一度非常愤怒,说女儿虽然平时有些贪玩,但学习成绩很不错,高考上的是一本。一旁的辅警就说:"吸毒这事儿跟学习成绩没啥关系,学习成绩代表不了道德品行。"

王洁父亲一下就急了,指着辅警骂道:"你把话说清楚,哪个道德品行不端?!"

我赶紧上前把辅警拉到一旁,又转身递过王洁的笔录和尿检报告说:"先不扯道德品行的事,吸毒这事儿已经查实了,你先看看吧。"

王洁父亲还想争论,被一旁的妻子拦住了,让他赶紧看材料。王洁父亲这才低下头站在值班台前看起来,王洁母亲也一个劲儿地伸过头来想看,但她个头不高,看不到丈夫手中的材料内容,只得不断催问:"到底怎么了?"

半晌,王洁父亲一言不发地将材料递给妻子,伸手从裤兜里掏了根烟,摸了半天没找到火机。我正准备把自己的打火机递给他,他却猛地把烟摔在地上,吼道:"她人呢?看我不打死她!"

他摔烟的动作实在过猛,以至于胳膊落下时,直接把值班台上的电脑显示器碰到了地上。

王洁父亲做了 20 多年生意,社会阅历丰富。办公室里,他耷拉着脑袋向我道歉，说自己刚才情绪失控了，不小心摔坏了电脑，之后会赔偿。我说电脑是小事，掉地上捡起来就好，但孩子出了问题，可就不是捡起来这么简单了。

王洁父亲叹了口气，神情沮丧地说，自己这些年也认识一些吸毒的，"一个个活得不人不鬼，哪天死了都没人知道"。平日见到了自己都躲着走，没想到如今，女儿竟和他们沦为一类。

我劝他也看开一点，毕竟王洁年纪还小，又是大学生，可能只是一时走错了路，只要及时干预，还有挽回余地。

王洁父亲又问我当下情况应该如何干预，我想起王洁给常小斌的那些钱，就问王洁父亲每月给女儿多少生活费。王洁父亲说，家里不想让女儿在外为钱发愁，所以经济上从没限制过，"只要她开口就给"。

"我们两口子起早贪黑，不就为了让孩子过得舒服一点，平时都忙，没空儿管她，这不就想在钱上弥补一下……"王洁母亲在一旁说。

"疼孩子归疼孩子，也不能只在钱上疼，你看你两口子给的钱她都干啥用了？"我指着笔录说。王洁父亲这才懊恼起来，说从下月开始，王洁生活费就减半。

我劝夫妻二人趁着暑假带王洁出去走走，暂时离开现在的环境，等两个月后学校开学了，再看看有没有别的办法："吸毒的人只要离开了原环境，无处获得毒品，戒毒就算成功了一大半了。"

夫妻二人连连点头,说等派出所处理完了,就马上带王洁出去,开学前再来麻烦我。

最后,王洁父亲似乎犹豫很久,才开口问我,那个和他女儿一同被抓的男的是干什么的。

我这才意识到自己先前忘了交代了,赶紧给他介绍了一下常小斌的情况,又特意提醒王洁父母,务必劝女儿和常小斌赶紧分手。"那家伙年纪虽不大,却是个'老毒么子',王洁吸毒和他脱不开关系。"

王洁父亲闻言,立马站起来要下楼找常小斌算账。我拦住他说:"人现在在派出所,教育惩罚得我们来做,看好自己的女儿才是你们该做的。"

我费了好大劲儿,王洁父亲才作罢。临了咬牙切齿地甩下一句:"放在10年前,老子让他死到江里去……"

3

王洁因吸食毒品被处治安拘留3天。得知结果后,王洁父母恳求我说,女儿属于初犯,能否不送拘留?我说按照《治安管理处罚法》不能不拘,但可以在拘留所给她协调一个单独的监室。

警车行驶在去拘留所的路上,我忍不住又劝王洁:"吸麻果的人最终都逃不过一个'疯'字,你是大学生又这么年轻,人生路还长,不要误了自己。"

王洁问我："麻果很难戒吗？"

"你刚开始碰，现在想戒还不难，时间长了，恐怕就不好戒了。这次破例给你安排了个单独监室，也是看在你还有救。出来之后不要再碰了，别让爸妈失望。"

王洁眼圈红了，使劲点头说自己一定吸取教训，绝不再碰毒品。

"你以后也别再跟常小斌打交道了，回头把他的联系方式全删了，也不要再见面了。他这人已经废了，和你要朋友就是图你家有钱能供他吸毒。"我又继续劝她，可王洁却没做任何反应。我以为她没听清，又重复了一遍。王洁使劲咬咬嘴唇，顿了一会儿，反问我："我不能帮常小斌戒毒吗？"

我心里一下凉了半截："知不知道常小斌以前被我们抓过多少次？他要想戒毒早就戒了，警察都没办法的事你能有办法？别瞎想了，管好自己才是眼下最重要的，明白吗？"

王洁这才点点头说"好的"。我也看不出她是真的明白还是应付我。

回到派出所，我发现羁押常小斌的那间讯问室依旧亮着灯。推门进去，才知道常小斌还在跟同事们僵持。

入监3个多小时了，常小斌先是拒绝尿检，大吵大闹说自己尿不出来，也不喝水，折腾了1个多小时，才被民警强行拖去医院抽了血，化验结果自然是甲基安非他命阳性反应。

面对化验结果，常小斌依旧百般狡辩。先说是因为王洁吸毒时自己闻到了烟气，又说自己是吃了某种治病的药物，最后实在推诿不掉，索性借口"心脏疼"趴在讯问椅的小桌板上耍起了赖。

常小斌本人确实患有较严重的先天性心脏病，不然以他的情况，早就被送去强制隔离戒毒了。我上前敲了敲桌板，说："你别跟这儿装蒜，真犯了病我现在给你打120。"

常小斌不接话。我横跨一步站到他面前，他就使劲把头偏向一侧。我明白他的意思，常小斌很清楚，我身后墙上有讯问室同步录音录像系统，他努力把脸露出来，是担心我挡住摄像头之后"收拾"他。

我笑了，说你别担心，然后拖了张椅子坐在他身边。

《治安管理处罚法》中对吸食毒品的认定需要"本人交代"和"检测阳性"两个必要条件。常小斌认为只要他不交代，单凭检测报告，我们也不足以把他送进拘留所。

又僵持了一会儿，同事把我叫出去，说能不能让王洁回来做次辨认。我说常小斌有吸毒前科，现场又有吸毒工具，检测结果也是阳性，直接搞"零口供"不行吗？

同事有些犹豫，说，保险起见，最好还是找个同案犯来指认一下。

在拘留所监室再次见到王洁，我本以为她会积极配合，不承想,她却怎么都不愿意出面指认。

我以为王洁是担心之后遭到常小斌报复,便向她保证,指认一事绝不会让常小斌知道。但王洁依旧坚持不去。我有些冒火,拘留所同事劝我还是算了,"估计小姑娘没经历过这种事,心里害怕"。我也只好作罢。

好在之后,法制科结合常小斌吸毒屡教不改的前科,给他裁定了拘留。在送常小斌去拘留所前,我看到警务平台上半个月前还有他一次"社区戒毒"记录,便问组卷同事,这次能否送他去"强制戒毒"。

同事叹了口气,说估计没戏。"按说上次被抓就该送'强戒',但因为他有心脏病,体检不合格,强戒所不收。"

我说,再跟强戒所交涉一下吧,这种情况放在外面就是个定时炸弹:"要么哪天把自己吸死,要么在外面为非作歹。送去'强戒'对大家都好。"

同事却说,这种情况,他不吸毒都随时会有生命危险,拘留所收监都提心吊胆。不过还好是一个局的兄弟单位,还有的商量。强戒所那边也不是不收,但让他先治好病才行。

"那这事儿可就难办了——要送'强戒'得先治病,要治病得先戒毒,他要戒得了毒还用得着送'强戒'?"

同事也无奈地笑了。

我又问,这种情况除了拘留还有别的办法处置吗?

同事摇了摇头:"我们能做的也就是给他(拘留)拉满15

天，放出来再吸就再抓呗，还能咋办？"

4

听说自己被裁了15天拘留后，常小斌非常不满。送拘留所的路上，在后座喋喋不休，说警察故意整他，别人吸毒被抓都是三五天，凭什么拘他半个月。

开车的同事说："常小斌你闭上嘴吧，按道理你这早就该送'强戒'，拘留15天算是便宜你了！"常小斌却嘟囔了一句："有本事你送啊……"

所里但凡是和常小斌打过交道的民警，没人不恨他。

其实他的身世也很悲惨：7岁那年父亲因卖假药被抓，判了无期，至今仍在坐牢；父亲进去后，他母亲就不知去向了，从小由奶奶抚养。

他奶奶在世时就管不住他。13岁那年，常小斌因偷自行车被抓，但由于尚未成年，并没有受到惩罚；后来奶奶去世，常小斌勉强读完初中，便成了街面上的混子。

我不知道常小斌是什么时候开始吸毒的，据他自己说是18岁那年在外地跟一个收账"大哥"学的。后来"大哥"惹出了人命案被抓，常小斌失去了靠山，只能在街上瞎混。

第一次抓常小斌时，我还有些可怜他的身世，觉得有必要帮他一下。但后来却发现，他的可恶之处在于，不但自己不戒毒，还常年引诱别人吸毒。

常小斌天生有一副好皮囊，很像台湾某位当红明星，颇受女孩子喜欢。那些年，我至少见过他三任女友，年龄、行业各异，但却都有一个共同点——吸毒。同事说，常小斌追女孩只有一个标准——"有钱"，或者"肯为他花钱"——他打着"谈朋友"的名义，实际就是在找"长期毒票"。

而让女孩心甘情愿地为他提供毒资，最好的办法就是让女孩也染上毒品。

4年前，一位30岁出头的服装店女老板因贩毒被抓。交代说自己原本做服装生意收入不错，一次偶然的机会认识了常小斌，两人"处朋友"后就被他拉入毒窟。

往后两年里，女老板因吸毒耗资过大，被家人发现后，断了她的经济来源。没多久，女老板就发展到以贩养吸的地步。被抓后，女老板清楚自己案子的分量，对未来已不抱任何希望了，只是后悔一件事，就是"没能把常小斌那个混蛋圈进来"。

那次，常小斌并没有参与贩毒，最终只因"教唆吸毒"被判了一年。出狱后，他不但没有悔改，反而更"聪明"了——从那以后，他和后面两任"女朋友"被抓了，警方连"引诱、教唆、欺骗他人吸毒"的证据也难以固定了。

那些受害的女孩，有的仍在吸毒，有的至今还蹲在强戒所，有的为戒毒远走他乡，而常小斌却依然优哉游哉地混在街上，寻找着新的猎物。

"吸毒的人玩'圈子',离开了'圈子'就没处搞毒品了,常小斌压根就没想过戒毒,对拘留也习以为常了。除非哪天他犯心脏病死了,不然还真不知道有啥办法能弄他。"同事说。

5

2013年8月底,王洁父母来派出所找我,说一家人刚从海南回来。之前两个月他们把女儿看得很紧,王洁也没再碰过毒品。眼看就要开学了,女儿一个人在武汉读书,他们不太放心,问我该怎么办。

王洁父亲强调说,女儿跟他说,常小斌之前去过她学校,清楚她在哪个学院、哪间寝室。他担心常小斌还会去武汉找王洁。"那些吸毒的人,就像狗皮膏药一样甩不掉。"

这也是我所担心的,但眼下也没什么好办法。寻思半天,只能说这段时间先两头分工:"我看住常小斌,只要他一吸毒我就抓人,你们看住女儿,千万不能再让她跟常小斌联系。"

王洁临去学校前,我专门去了一趟她家,带去了很多有关戒毒的资料,又与王洁谈了两个多小时。目的只有一个,就是劝她之后千万要跟常小斌断了联系,坚决不要再碰毒品了。

王洁说这两个月她自己已经想通了,吸毒是条不归路,之后一定不再碰。

我试探着问王洁,这段时间有没有再去想过"那东西"?王洁沉默了一会儿,说开始时想过,但都忍住了,后来慢慢也就不想了。

我很欣慰,说你碰那东西的时间短,瘾小,想戒还来得及,"一定坚持住啊!"

王洁使劲儿点头。

那天,王洁一家都很开心,她父亲拿出珍藏多年的好酒要与我同饮,母亲拿出之前在香港买的奢侈品钱包要我"一定留个纪念"。

我拒绝了"纪念品",但陪王洁父亲喝了两杯。临走时,又反复嘱咐他们千万盯好女儿,第一次戒毒最重要,戒掉就戒掉了,复吸的话无论对她身体还是心理都会产生非常严重的影响,再想戒就难了。

王洁父母连连称是。

王洁走后,我和同事就"贴"上了常小斌,隔三岔五找他来做尿检。大多数时候他的尿检都会呈现阳性反应,半年时间,常小斌被拘留了十几次。

常小斌对此表示极度不满,每次都说,又不是他一个人吸毒,为什么我们总盯着他搞。我说你吸毒就搞你,没那么多为什么,自己干过什么自己心里清楚。常小斌又说,那他供其他吸毒人员出来,"你去抓他们,放过我行不?"

我说你供吧。

于是，常小斌一连供了十几个"道友"，我们就把人都抓回来做尿检，大部分都是阳性反应。当然，也还是没放过常小斌。

直到 2014 年春节前后，常小斌又一次被我们抓到。走到派出所门口，他扑通一声跪在地上，问我怎么才肯放过他。我说放过你很简单，戒了不就行了？你才不到 30 岁，还有心脏病，作死也不是这么个作法。

常小斌咬着牙说好，他一定戒毒。我说光是戒毒不行，还得离开本地，不然你戒不掉。常小斌还是咬着牙说好，自己马上就走，以后再也不回来。我说你现在不能走，至少这次拘留完了，我再找你几次，尿检不能呈阳性，到时我就不搞你了。

之后，常小斌坚持了大概 3 个月，其间我找他做过 4 次尿检，都没发现吸毒嫌疑，便降低了对他的管控力度。

等到 2014 年 4 月的一天，我又找常小斌给他做尿检，结果依旧是阴性。我说，这段时间你做得不错，一定要坚持下去。常小斌笑着说，自己想去外地待段时间。我有些警觉，问他去做什么，他说去打工赚点钱，再去武汉治病。

我想了想也同意了，心脏病手术的费用确实不是个小数字，而我们这种小地方，打工也赚不到什么钱。那天我还问常小斌要不要帮他联系一下医院，常小斌说暂时不用。

我就这样信了他。

6

听到常小斌离开本地的消息，同事有喜有忧。喜的是终于送走了这尊"瘟神"，忧的是王洁还在武汉读书，常小斌会不会去找她？

我给王洁父亲打电话，把常小斌的行踪讲了一下，又问王洁最近怎么样。王洁父亲听完，语气有些担忧，他说妻子年前在单位办了内退，现在租住在女儿学校附近陪读。王洁不住宿舍，每天回家吃饭休息，一直没什么问题。

我悬着的心这才算是放了下来，回头对同事说事情已经过去大半年了，应该不会有问题。但同事脸上依旧带着担忧，说，我们走一步看一步吧。

没承想，同事一语成谶。

2014年4月底的一个深夜，王洁父亲忽然给我打电话。电话刚接起来，他就在另一端几乎是嘶吼着，说王洁竟然深夜偷偷在房间里吸毒！我愣了一下，让他把事情说清楚。

王洁父亲说，最近妻子向他反映，晚上起夜路过女儿房间时，总感觉门缝里隐隐传出一股香气，"特别厚重的那种"。有时早上看到女儿，也觉得她精神十分亢奋，不像刚睡醒的样子。

一次趁王洁去上课，王洁母亲进女儿房间翻查，竟在床下找到两个打火机——王洁并不吸烟，这个发现让王洁父亲非常担忧，找了个借口来出租屋住了三晚。前两晚一切都正常，直到第三天晚上，王洁母亲起夜时又闻到那股香气。王洁父亲敲门，女儿不开，他一脚把门踹开，只看到惊慌失措的女儿和一堆还没来得及藏好的吸毒工具。

"你能确定她是在吸毒吗？"

"矿泉水瓶上插了两根吸管，床上扔着半张锡纸，满屋子麻果香气，说话颠三倒四，不是吸毒是干啥？！"

我一时愣在备勤室的床上。王洁父亲问我现在该怎么办，我狠了狠心说："你赶快报警吧，她这些东西肯定有来源，让当地警察去查。"

电话那边又是一阵沉默。过了良久，王洁父亲几乎哽咽着说："如果报警的话，女儿岂不是完了……"

那一次，王洁父母最终没有选择报警。后来王洁出事，她父亲几次在我面前捶胸顿足，后悔当初没有听我的。

王洁告诉他们，麻果是常小斌给的，常小斌去武汉之后，第一件事就是找了王洁。

王洁父亲说，女儿其实在2014年1月就和常小斌恢复了联系。虽然王洁换了手机号码、删了QQ，但常小斌通过游戏账号给她写了近百条留言，全都是自己如何思念、如何后悔、如何希望王洁能够与自己重修旧好一类的话。

王洁本就放不下常小斌，经他一番哀求，又把新的手机号码告诉了他。

寒假过后，常小斌就开始不时去学校找王洁，两人谈情说爱之余，自然重新吸上了麻果——至于购买毒品所用的钱，王洁说是找同学借了一些，又从学校电线杆上贴的贷款小广告上贷了一些，总共一万多块。

听了这番话，我简直五雷轰顶——2014年王洁放寒假前后，我每次找常小斌做尿检结果都是阴性的，他明明也一直在本地待着，怎么就神不知鬼不觉跑去了武汉，还跟王洁一起吸起来了呢？

我想找常小斌核实，可他却一直躲在武汉，压根儿不敢回来。后来同事说，这事唯一的解释就是，常小斌早就摸清了尿检规律。"你给他做完尿检后马上去武汉找王洁吸毒，尿液中毒品含量消失前不让你找到就是了。"

我算了一下时间，又想起那段时间自己确实有时找不到常小斌，方才知道自己上了当。

此事之后，王洁父母没收了女儿所有的通信工具，又跟学校请了长假，直接把王洁送进了武汉一家自愿戒毒的医院。王洁父母不敢惊动当地警方，又耻于跟朋友谈及女儿的事情，只能继续和我联系，询问各类事情。

王洁父亲完全放下了生意，和妻子一起，全时段关注女儿的治疗状况。他苍老得很明显，以前一丝不苟的头发，现在乱糟糟地塌在头上，人也消瘦了很多。他说这段时间自己严重失眠，一闭眼就是女儿吸毒时的样子。

王洁母亲则不断自责，怪自己没有看好女儿，又让常小斌钻了空子。

我就说我也有责任，那段时间天天盯着常小斌，还是上了他的当。

7

后来，我去过那家医院一次，王洁的状态还好。全封闭式的治疗环境，虽然价格不菲，但据说治疗效果极佳。

我问王洁，你究竟看上了常小斌什么？

王洁说，常小斌有两个方面让自己割舍不下。

一是长得帅。平心而论，一米八三的身高配上那张明星脸，的确非常符合王洁的审美标准，她最初同意常小斌的追求，很大程度上也是因为这副好皮囊。

二是那种"无微不至的体贴"——王洁告诉我，从小父母就一直很忙，打她记事起父亲便在武汉做生意。母亲也是一个事业心很强的人，后来当上企业领导，工作更摆在最前面。多年来他们一家人很少有机会聚在一起，她自己也没有机会和父母交流，内心其实很孤独。

长期以来，王洁父母能做的，也只是不断在经济上补偿她：

中学时，她的吃穿用度便是同学中最好的，手里始终有4位数的零花钱，读大学后，除了每月不定期的生活费外，父亲还给了她一张信用卡，需要钱就直接刷卡，不用跟父亲说。

常小斌的出现恰好弥补了王洁心里的缺憾，王洁说，如果没有吸毒的事，常小斌就是自己心目中的"Mr. Right"。大多数时候，只要王洁一个电话，常小斌便会出现在她面前，即便是在武汉读书的日子里，常小斌也经常去找她。在校园里与高大帅气的常小斌走在一起，王洁常常能收获无数同学们羡慕的目光。加上常小斌的巧言令色，就连索要金钱购买麻果一事，都被说成是"不想让王洁冒险"，反而让王洁觉得，那是常小斌对自己温柔体贴。

但同事对王洁认为常小斌在"保护她"的说法却嗤之以鼻。

他说，如果王洁直接跟卖麻果的人搭上线，常小斌就会担心自己很可能被"上家"甩掉，只有王洁离不开麻果，又只能通过常小斌获得毒品，王洁才会服服帖帖和他在一起。

一次，王洁父亲喝了酒问我："真就拿常小斌没有办法吗？"

我叹了口气，告诉他警察对付常小斌这种人只有两种办法：一是不停地拘留，只要能找到人，随时抓他回来做尿检，发现阳性反应就扔进拘留所。这个办法我之前用了，但还是被他钻了空子；二是追究刑事责任或送"强戒"，但就像之前和同事说的，他有心脏病，过不了体检，监狱给他办"保外就医"，强戒所也一直要求他"先治病"。

王洁父亲拍着桌子,说放在十几年前,常小斌这样的人渣早就不知死过多少回了。我以为他说的是气话,笑了笑没接,但王洁父亲却悄悄问我,当年自己混社会时在外有几个"朋友",回去"教训"一下常小斌,我能不能装作看不见?

我吃了一惊,赶紧告诉王洁父亲,在我这里,只有"看得见"和"看不见"两个选项,不存在什么"装作看不见",看见了我肯定要管。我劝他不要冲动,女儿已然如此,不要再把自己搭进去。

他没有说话,只是一直恨恨地用指甲划着桌面。

2014年9月,我回武汉的母校参加聚会,午饭喝了点酒,散席之后在校园闲逛。在王洁就读的学院教学楼附近,一眼就看见了常小斌。

那时王洁还在医院封闭治疗,她的通信工具也被父母没收,估计常小斌找不到王洁,自己又断了毒资,忍不住就跑到学校来守株待兔。

我在自己辖区蹲了常小斌几个月不见人影,没想到在这里撞见了他。常小斌也看到了我,愣了一下,转身就跑。

他没跑几步就被我抓住按在地上,我问他来学校做什么,他说自己来闲逛的,我说武汉这么大,怎么那么巧就"逛"到这了?他还嘴硬,说就是这么巧,学校是开放的,没规定他不能来。我又问，那你见了我跑什么？他却回答不出来。

周围很快就有学生围观，常小斌嚷嚷说"这是武汉，你没有执法权"。我说："你他娘的还知道'执法权'？老子今天在这儿用不着执法权，就是想收拾你！"

常小斌面露恐惧地说："打人犯法，这么多人都看着呢。"我抬头看了看围观人群，有人指指点点，远处学校保安也正往这边跑。想了想，掏出手机对常小斌说："你打电话报警吧，就说有人打你，周围就都是你的证人。"

常小斌瞬间软了下来，赶紧说："没必要没必要，又没真打。"

"没真打也是威胁要打。"我说完，就替他打了110。

那个下午，我和常小斌被110带去了辖区派出所。经过一番解释，常小斌尿检后被拘留。我则被当地民警说了几句，送出了派出所。

去地铁站的路上，我问送我的民警：你们这儿遇到的情况多，经验也丰富，对付常小斌这种人有没有啥好办法？

那位民警苦笑了一声，说自己手底下类似这样的"老毒么子"有十来个，为了搞毒资非偷即骗，自己也天天愁得要命，"恨不得把他们统统扔到江里去喂鱼"。

8

2014年底，王洁出院。她没有继续在武汉读书，而是办理了休学手续后回到了本市。王洁父母说，他们准备送女儿出国读书，有些事惹不起但躲得起，他们不信常小斌还能追到国外去。

这也未尝不是一个办法。但我还是有些担忧，国外环境也很复杂，况且王洁档案里有吸毒前科，到时候签证不一定好办。王洁父亲则说，他们已经联系了留学中介，"不管花多少钱，一定要出去！"

我很自责，但也没有其他办法，只能叮嘱他们在女儿出国前多加注意，一有情况及时跟我联系。

王洁父亲问我，常小斌那杂碎这会儿在哪儿？我说最近几个月一直没找到他，可能躲起来了，也可能还在武汉。

2015年2月，我见了王洁一面，离上次见面又是大半年过去了。她状态看起来挺不错，正在按照中介要求整理各种出国资料。

那天在她家我刻意不提毒品的事情，只是劝她保重。出去了是好事，读完本科再读个硕士博士，最好能留在那边，以后有机会再把父母都接过去。

王洁连连点头，说自己当年高中毕业后就想出去读大学，父母还不肯。我笑着说："你这也算是因祸得福，圆了自己的留学梦啊。"

临别时，王洁送我到楼下。考虑许久，我还是跟王洁多说了两句。我说国外有好人也有坏人，出去之后可千万要时刻警醒，不要重蹈覆辙。

王洁坚定地说，自己这次是真的戒掉了，如果再碰，她就去死。至于常小斌，王洁说自己已经彻底和他断了，不但手机号码、微信、QQ等联系方式删了，连游戏账号也注销掉了。

我想王洁出国后，两人也不可能再有实质联系了，于是也说了声好，便跟她道了别。

王洁原定出国时间是2015年6月，可就在临出国前几天，她又因与常小斌在本市城南一家快捷酒店钟点房内吸食毒品被抓了。

那天两人退房后，酒店服务员打扫卫生时发现了丢在垃圾桶里的吸壶、锡纸以及被严重烫坏的床单。

酒店报了警，警察一看东西便明白了大概，通过酒店大堂监控找到了两人。经过尿检，两人尿液均呈现甲基安非他命阳性反应。

案子是兄弟单位办的，后来我看了两人的笔录材料。两人交代，王洁出国前，常小斌提出"最后再见一面"，王洁答应了，两人便在城南一家快捷酒店开了房。我问兄弟单位同事，有没有问出常小斌之前躲在哪里？此前我担心他还在骚扰王洁，这几个月一直在找他，可怎么也找不到。

同事说，问了，常小斌一直躲在邻市，他女朋友那里。

我觉得非常不可思议——常小斌又交新女朋友了？同事说，是邻市一个30多岁的女的，也是一个吸毒人员，后来在邻市警方的配合下一并抓了。

我说常小斌有了新女朋友,还去找王洁做什么?同事说,那天常小斌被抓时身上带着两万元巨款,他说是王洁给的……

我没再继续问,我不知道自己还能做什么,只知道王洁之前又对我撒了谎。

出事后,王洁父母也没有再联系我。我有些"庆幸",因为自己也不知道还能再跟他们说些什么。

最后一次见到王洁,是她结束拘留后来警务室办理社区戒毒手续。那天我按照程序召集了社区和居委会的一干工作人员,在了解了王洁的情况之后,所有人都叹息说:"这姑娘算是废了……"

那天,王洁父亲陪女儿一起来警务室,见了我,也没有打招呼,只是木然地陪女儿办理着各种手续。

一切按部就班地进行着。最后,王洁父亲提出女儿之前办理了出国留学手续,本来近期就要走了,现在出了这事儿,不知该怎么办。社区干事告诉他,王洁办了社区戒毒,要定期来社区报到,出国读书的事情必须要推迟了。两人机械地点着头,父亲面无表情,女儿也目光呆滞。

9

2015年6月22日，夏至，王洁离家出走。

临走时，她给父母留下了一张字条，说所有的一切都是自己的错，对不起父母的养育之恩，对于戒毒一事她自己已然绝望，让他们不要再找她了，好好安度晚年。

王洁父母立刻报了警，可人海茫茫，王洁音讯全无。

我潜意识里觉得常小斌与这事儿铁定脱不了干系，开始四处找他，可常小斌却又一次跑了。那时，他得知了王洁离家出走的消息，又从"道友"那里获悉我和同事正在掘地三尺四处找他，连特情和耳目们也在四处打听他的去向。

常小斌一开始还对"道友"说，自己只不过就是吸吸毒，大不了拘留一下，我们才不敢把他怎么样，但一个"道友"劝他，还是先"避一避"，"那个警察放话了，要把你塞回娘胎里……"

我很快就抓住了那个给常小斌传话的"道友"，让他把常小斌给我找出来。那人的确帮我找了一段时间，后来看确实找不到，自己也吓得连夜跑去了外地。

常小斌就这么失踪了，我再也没在街面上看到他，警务平台上找不到有关他的后续信息，兄弟单位的同事也没见过他。后来我每次抓到曾与他关系密切的吸毒人员，都会向他们打听常小斌的去向，但所有人都说不知道。

同事也觉得奇怪，他说像常小斌这样的吸毒人员，不到万不得已,绝对不会离开自己生活的圈子,不然没有地方搞毒品,比杀了他还难受。

我说现在的问题就是不知道他跑哪儿去了,我倒不怕他真的"人间蒸发",只是担心他又在别的什么地方祸害其他人。

同事说这个真没办法。"不过说实话,他也是真可怜,真要是出点什么事,都没个来给他报案的。"

后记

2016年初,我听到一个传言:

半年前的某个深夜,常小斌在国道上独自行走,被一辆黑色轿车拦住。车上下来3个人,将常小斌塞入车中。之后轿车便绝尘而去,不知去向,常小斌也再没有了音讯。

我顺着传言一路查到根,也没有找到。但也就是自那时起,我确实再也没见过常小斌了。

消失的孩子

前言

2013年10月，上级指令我去参与一起刑事案件的侦办工作，探组探长是张武警官。此前我俩也在同一个班，平时他管刑侦，我搞治安和社区，彼此很熟悉。

接到命令后，我便去问张武案件的情况。张武告诉我，那是一起陈年旧案，现在有了点新情况，所里刑侦人手不够，才把我调了过来。

案件发生于11年前，2002年3月15日18时许，机械厂小区居民孔强匆匆赶到南关派出所报案，称自己6岁的独生子孔爱立遭人绑架，请派出所立刻派人跟进。孔强说，当天上午9时许，孔爱立出门玩耍，直到午饭时都没有回家。孔强夫妇出门寻找未果，却在自家门口停放的奥迪轿车雨刷器下发现一封勒索信，上面用蓝黑色钢笔写着：

"你儿子在我手上，32万保平安。莫报警，否则收尸。"

孔强夫妇吓坏了。

孔强要马上报警，但妻子杨梅不同意，说勒索信上都写了，报警会害了儿子。两人争论了许久，直到傍晚时分，孔强才下决心报了警。

绑架案情事关重大，派出所立即上报到市局。市局经研究后很快排除了恶作剧的可能，指令南关派出所将案件移交至市局刑侦支队处置。支队接手后成立专班，将案件名称定为"3·15绑架案"，并马上安排人员着手侦查。

张武当年28岁，是南关派出所的民警，事发不久前因能力突出被借调至市局刑侦支队三大队。"3·15绑架案"案发后，他也作为刑侦骨干进了专班工作。

1

我们所在的城市位于中部省份的老工业基地，上世纪60年代因三线建设兴起，整个城市犹如一个巨型工厂。居民几乎都是国企职工，言谈举止间也严格遵循着厂矿企业的各种规章制度。

城里的外来无业人口很少，本市有家有业的职工也很少会涉嫌这类案件。张武说，他都记不清在"3·15绑架案"之前发生的绑架案是在什么年代了。

那时候的公安机关不像现在，没有DQB（"大情报"，公安局移动警务系统）平台，没有"四侦一化"（网侦、刑侦、技侦、视侦和公安信息化），甚至社会街道上的视频监控都少得可怜。发案后，民警能做的只有搜集资料和走访排查。

被绑架的孔爱立是南关派出所辖区某小学一年级的学生；其父孔强32岁，原市机械厂职工，几年前辞职下海经商，案发时在省城做服装批发生意；母亲杨梅30岁，是市某单位的财务人员。

孔强算是同龄人中的佼佼者，1998年机械厂改制，他本不在企业"建议买断"人员名单中，但他想趁年轻出去闯闯，便主动辞去了公职。后来孔强一年里大部分时间都在省城忙生意，节假日才回家。他原打算让妻子一起辞职，一家人都去省城生活，但杨梅在机关工作，还是干部编制，多有不舍，夫妻二人只好两地分居。

张武在走访中得知，孔强夫妇平时为人和善，不曾与人结仇。双方父母以前也都是国企职工，安分守己了大半辈子，从没听说有过什么仇家。

据孔强以前的同事、朋友和邻居反映，孔强为人热情，朋友多，以前在机械厂上班时，经常邀请大家去他家做客，平时朋友间有什么事情，他也都会尽心尽力地帮忙，没听说他和谁结过梁子。当然，大家也都说孔强比较有钱，不说别的，光是那辆奥迪就值些钱——要知道，当时机械厂领导的座驾才是一辆桑塔纳

2000。

孔强也承认自己的确是赶上了好时候，加上省城亲戚帮衬，这几年做生意赚了些钱。也是为了谈生意方便，才买了这辆车，但很少开回家来，一直在省城店里放着。至于原因，孔强解释说机械厂效益一直不好，宿舍区住的大多是原来机械厂的职工，经济条件可想而知。那个年代私家车还是比较扎眼的物件，孔强不想显得太招摇。这次把车开回来，本是要接家里一个亲戚去省城治病，没想到才回来没几天，儿子就出事了。

2

经过专案组的研判分析，绑架的疑点主要集中在以下几个方面：

首先就是那封勒索信的内容——勒索信字迹工整，写作之人硬笔书法很不错。从遣词造句的简练文风来看，应该也具有一定的文化程度；

其次，勒索信所用纸张尺寸约为64开，上有红色横线，像是某些单位发放的工作记录本，不排除绑匪有正式工作的嫌疑；

再次，绑匪虽然提到"32万保平安"，却没有告诉孔强夫妇如何交付这笔赎金，这说明之后绑匪很可能还会联系孔强；

最后，就是那笔"32万"的赎金——以往绑架案中很少遇到这样"具体"的赎金数额，"要么十万八万，要么三五十万，要

32万是啥意思？"张武说。更为可疑的是，根据警方调查，当时孔强家中的定活期存款总额正好就是32.6万，绑匪提出的这一数额，不知是不是巧合？

此外，孔强也提供了一条线索：中午他出去寻找儿子，去了几个平时经常与孔爱立一起玩耍的孩子家。其中一个孩子说，大概在上午11点，看到孔爱立与一个"瘦瘦的叔叔"走在一起，但孩子没记住那个"叔叔"长什么样子。

基于上述疑点，警方将侦查视线大致锁定在"男性，偏瘦，有一定文化水平，可能有正式工作单位，与孔家关系较密切"的范围内。随后，一路人马开始排查可疑人员，另外一路人马紧跟着孔强夫妇，等待绑匪再度现身。

2002年3月17日，孔爱立失踪的第三天，绑匪果然再度"联系"了孔强夫妇。那天夜里，绑匪把勒索信绑在石头上，砸碎窗玻璃投进杨梅办公室内。次日，杨梅的同事发现勒索信后交给了警方，上面依旧只有一句话：

"敢报警，嫌儿子命长？速销案，置钱于兴业路垃圾站。"

警方吃了一惊，赶紧向孔强核实还有哪些人知道他报警的事情。孔强说事发之后，除了自己和妻子外，只有父母和岳父母知道情况，但这是有关儿子生命安全的大事，自己家人绝不可能在外声张。

"警察这边有纪律，涉案即涉密，没人对外说起绑架案的情况,孔强那边也说没泄露过消息——这样事情就蹊跷了,绑匪怎么知道他两口子报案了呢?"张武说。

更奇怪的事情还在后面。

3

第二封勒索信上,绑匪明知孔强报警,但依旧给出了收钱地点——兴业路垃圾站。此地距离主城区较远,旁边是省道和国道的交会处,交通便利,确实是个收赎金的好地点。警方计划让孔强按照绑匪要求放置赎金,然后在垃圾站附近部署好埋伏,一旦有人"收钱",就地实施抓捕。

张武把那时的情况称为"守株待兔",但不料"株"种好了,"兔"却一直没有来——警方在周边进行了周密的部署,孔强夫妇也凑齐了赎金放在兴业路垃圾场内,但所有人全神贯注守候了5天,并没有人前去"收款",反倒是那包现金差点被垃圾站的工作人员当作垃圾处理掉。

事实上,绑架案中出现这种情况很正常。警方也并未气馁,依旧一边继续调查孔爱立的去向,一边等待绑匪再次发声。

然而,绑匪自此之后却销声匿迹了。

到了2002年4月初,案发过去半个月了,孔强夫妇再没收到来自绑匪的信息,民警也未能锁定绑匪身份。被绑架的幼童孔爱立,更如凭空消失了一般。

"怎么会这样?"我问张武。他说当时所有人都很蒙,大家以前也没遇到过这种情况,谁也搞不清楚究竟是怎么回事。

"你们当时都排查了哪些人?"

张武说,市里几乎所有有嫌疑的都排查了。中小学教师,机关事业单位工作人员,企业从事行政、文字工作的职工,甚至一批实习大学生,统统都被纳入了排查范围。

警方着重排查了那些从事过或正在从事文字、教学等工作的人群,甚至采集了他们所有人的文字笔迹用作"文检"。但最终,所有被调查的人员都被排除了作案嫌疑,有的没有作案时间,有的没有作案动机,有的笔迹不符……后来,警方只得将孔爱立的照片印了几万份,贴满大街小巷,目的只有一个:悬赏寻找那些"3·15"案发之后见过孔爱立的目击者。

到2002年4月中旬,案发已接近1个月,关于绑匪的线索依旧一无所获。警方这边倒是接待了不少前来提供线索的热心群众,有的说在公园见过"一个女人带着孔爱立玩碰碰车",有的说在菜场见到"一个老头带着孔爱立买菜",还有的说"××村的刘瘸子家突然多了一个男孩,像极了孔爱立",甚至有人说,自己在北京出差时见过孔爱立……

但经过警方核实,这些线索全是假的。

孔强夫妇犹如热锅上的蚂蚁,两人终日以泪洗面,甚至开始后悔,当初就不该报警。

杨梅没日没夜地与孔强吵架，怪他之前不顾绑匪威胁非要选择报警，如果当初把那笔钱给了绑匪，或许儿子早就回来了，"钱没了可以再赚，儿子没了，就什么都没了！"

孔强也完全放下了省城的生意，天天蹲在公安局询问儿子的消息。专案组只能一再解释说，正在全力以赴调查，但涉及具体的侦查细节，又没法跟孔强详说，只能眼睁睁地看着他由期待变得焦躁，慢慢地又变得愤怒异常。

私下里，孔强自己也想了很多办法，他通过朋友从省城找来了"私家侦探"和各种"大师""仙人"，希望通过这些途径找到儿子。但钱花了不少，最终却发现那些人大多都是来趁火打劫的。

"能找的地方全找了，能查的人也全查了，后来排查范围也不再限于'高中以上文化程度，有一定文字功底'，觉得哪个可疑就查哪个。辖区那些有过犯罪前科的、吸毒的、赌博的更是全被拎出来筛了一遍，连那些在银行贷过款、做生意欠着钱的人都没放过，最后就差一家家去搜人了……"张武说。

但一切似乎都是无用功。

专案组请来省厅专家支援，省厅专家看过案情后，都说"3·15绑架案"不容乐观：一般绑匪绑架人质后，都会急于跟人质亲属联系，他们要的是钱。但这次绑匪却失联了，情况十分诡异。省厅专家说，通常情况下，绑匪不可能供养人质长达一个月，大家都要做好心理准备，绑匪不再联系孔强夫妇，那么孔爱立的去向可能有两种：一是已经死亡，二是被拐卖去了外地。

无论哪种情况，都是孔家人难以接受的。

4

"那起案子最终破了没有？"我问张武，他点点头，说破了。我又问是怎么破的，张武神情有些许骄傲，点了支烟说："那事儿还挺有戏剧性。"

2002年5月中旬，"3·15绑架案"已发案两个月了。警方虽然调配了海量的人员、物资和设备，又有上级专家和兄弟单位的协助，但依旧迟迟未果。侦查手段用尽，再耗下去也是浪费人力和时间。儿童节前夕，公安局经过慎重考虑，准备解散专案组，所有民警返回原工作岗位，案件交回南关派出所，由派出所负责继续跟进线索。

"专案组解散那天，我们通知了孔强两口子，但没好意思明说，只是告诉他以后再问案子直接去南关派出所，不用再来局里了。孔强两口子也没说啥，可能心里面也认了。杨梅还向我们致谢，说我们辛苦了，搞得我们心里既难受又难堪。"

没想到，专案组解散仅仅5天之后，案情就峰回路转了。

"2002年6月6日，市劳动技术学校发生了一起盗窃案，库房里存放的一批教学设备被盗了，案值挺高。我接到上级命令，去劳动技术学校出现场……"张武回忆说。

那天，张武进入了劳动技术学校的库房，看完现场准备离开时，目光一下被库房的东墙吸引住了。东墙上有一整块墨绿色的黑板，黑板上画着一张过时的板报，是用白色油墨写成的，大致内容是"迎接新世纪"。看板报绘制的时间，应该是在1999年底。而书写板报的字体，张武实在觉得似曾相识。

那两个月，张武反反复复看着两封勒索信不知道多少遍，每一个字都印在了脑子里，"我当时第一眼就觉得黑板报上的字体与勒索信上很像，但具体哪里像，我又说不出来，我毕竟不是专业搞文检的，也拿不定主意……"张武说。

张武给黑板报拍了张照片，叫住了之前接待他的学校保卫处处长，问他这张板报是怎么回事。保卫处处长说这库房以前是学校礼堂，两年前学校新建了多功能礼堂后，旧礼堂便成了现在的库房。这张板报因为是用油墨写的，也擦不掉，就没再管它。

张武问他是否记得这张板报是谁写的，处长说不知道，但可以去帮张武打听。

很快，保卫处处长的消息就问回来了。画黑板报的是学校一名姓刘的青年教师，两年前，他按照学校领导的要求，为一场全校范围内的演讲比赛画下了这张板报。

张武让保卫处处长把刘老师约出来聊聊。保卫处处长此前在绑架案中也配合过警方工作，明白张武的目的，便说："这个人你们查过了，文字材料也交过，后来你们说没有问题。"

张武这才想起来，之前为文检部门"取样"时的确找过劳动技术学校，采集过几位青年教师的笔迹资料，其中也包括这个刘老师，确实没查出什么来。

但张武还是觉得应该和这个刘老师见一面，因为黑板报上的字迹实在令他生疑。保卫处处长只得给教务处打了电话，教务处反馈说刘老师这会儿应该正在上课，他们会通知刘老师的，让张武先去刘老师办公室等一会儿。

张武和保卫处处长一起去了刘老师办公室，当时办公室没人。张武坐在刘老师的办公桌旁，打量着他摆在桌上的东西。看上去刘老师是教语文的，张武从书立里拿起一个软皮本，里面密密麻麻写着字。张武左看右看，觉得跟勒索信上的字迹实在不像——非但不像，简直是判若两人——笔记本上的字体相当潦草，乍一看就像一丛乱草。

他翻开扉页看了一眼，确实是刘老师的名字。张武又抽出几个本子，有用完的教案本、会议记录本，打开看，也都是这样的"乱草"。

张武实在想不通，转头把笔记本递给保卫处处长，"你确定写黑板报的是这个刘老师吗？"处长接过笔记本看了又看，可能也觉得不像，说自己还要再问问。

保卫处处长又打了一圈电话，还是说应该就是刘老师，但又不好确定。毕竟过去几年了，没人确切记得那时候究竟是谁画过这么一张黑板报，只是那段时间这个刘老师在团委工作，办黑板报之类的事情确实归他负责。

张武说那咱就先等他下课吧,问一句,也不是什么麻烦事。

5

刘老师名叫刘小明,时年31岁,未婚,1994年毕业于省内某知名师范大学中文系,毕业当年分配至本市劳动技术学校担任语文教师。

张武跟我说的时候,我心中一惊:这个刘小明是我所在派出所辖区内的"重点人口",早年因绑架罪被判入狱,一年前服刑期满。此前我看他的档案时,还有些好奇,一名在编教师,怎么会去做这种事情?我也曾在季度访谈时问过他,当时,刘小明只是简单地对我说,自己当年就想搞点"快钱",才误入歧途的。然后话锋一转,只说感谢这些年党和政府对他的教育,他已经认识到自己的错误,之后一定重新做人——没想到这个案子就是他做的。

张武说,那天他心里也充满了疑问,计划了很多种询问方式。他自认为,跟老师讲话不能像平时审犯人一样直来直去,应当想一个双方面子上都能接受的方式,毕竟自己也只是怀疑那张黑板报的字体而已。

但可惜的是,那天张武没能在办公室等到刘小明。下课铃响了,刘老师没有回来,上课铃又响了,还是不见刘老师的影子。

张武问保卫处处长有没有跟刘老师说清楚，处长也很纳闷，叫来了教务处老师。教务处老师说自己刚才是亲自去班里找的刘老师，话也说清楚了，"有位警官找你，在你办公室等"。

张武让教务处老师带自己去刘小明上课的教室，发现刘小明并不在那里。问学生，学生们说刘老师课才上了半截，就让大家自习，说自己家有急事便走了。

张武心里一惊，赶紧让保卫处处长联系门卫，门卫室说大概半小时前看到刘小明神色匆匆地出了校门，门卫向他打招呼，他都没搭理。

"刘小明跑了?!"我问张武。

张武点点头，说他不跑还好，说实话，那时自己只想找他了解黑板报的情况。但他跑了，就可疑了。

张武立即向上级汇报，上级一边派人寻找刘小明，一边指令张武在学校继续调查刘小明的详细情况。

"这一查，就真发现问题了。在几份刘小明入职时填写的档案文件中，我找到了与勒索信十分相似的字迹……"张武说。

那天下午，刘小明在市客运站被警方截获。面对询问，刘小明称自己并非逃跑，而是有急事要回老家。警方随即联系了刘小明老家亲属，揭穿了他的谎言，然后出示了相关文书，带刘小明回他住处进行搜查。

在刘小明住处，民警发现了那个64开的工作记录本，纸张与两封勒索信所用纸张相同。此外，又在刘小明住处床下角落发现半截断掉的手链，经孔强夫妇辨认，手链系孔爱立失踪时所戴。

刘小明再也无可抵赖了。

6

面对刘小明，警方讯问的首要焦点就是绑架孔爱立的动机。

身为教师，刘小明每月有固定收入，且他本人也没有吸毒、赌博等恶习。张武说，刘小明不是一个走投无路的人，按道理也没有"以绑架获取金钱"这种极端做法的动机，他搞不清楚刘小明铤而走险的原因。

刘小明给出的理由是，在外人看来自己学历高、工作稳定，但其实一直以来自己过得都很憋屈：毕业时，同班同学有的留在了省城，有的去了政府机关，还有的分到了著名初高中学校任教，而自己却来到了这个小城市。几年过去，其他同学都混得风生水起，自己却一直没什么起色。

刘小明谈过一次恋爱，但在结婚前夕和女朋友分了手。刘小明说他很喜欢那个姑娘，但姑娘父母就是嫌他没钱。刘小明深受打击，此后便开始四处寻找"搞钱"的路子。

他说自己也想过升职或调动工作，但苦于没有"背景"和"关系"，这条路一直很难走；又想做生意赚钱，但既无经验又无门路，不但赔光了存款，还被学校发现挨了处分，差点被开除公职。

2001年，刘小明参加大学同学聚会，昔日同窗衣着光鲜，在酒桌上侃侃而谈，刘小明却在一旁自惭形秽。有人酒后开了刘小明几句玩笑，他气得当场摔杯而去。

刘小明说，也就是从那时起，他决定"不惜一切代价要发财"。

至于为什么要绑架孔爱立，刘小明供述，自己也算是孔强一家的邻居。当年，劳动技术学校在校内给他分了一套单身公寓，但房子面积小不说，水电条件也不好。刘小明便在机械厂小区租了一套两居室，孔强家住3号楼1层，刘小明租住在4号楼3层。

平时下班后，刘小明经常在小区院里听打牌下棋的中老年人聊天，大家的话题常常会聊到孔强夫妇身上。作为机械厂小区开奥迪车的"名人"，无论孔强平常如何低调行事，在街坊邻居口中，他的财富都会被放大很多倍。

刘小明说自己心里很不舒服：一个初中毕业当了几年兵回来的工人，辞职之后随便搞点生意就能发财，还开着奥迪轿车耀武扬威，而自己这个堂堂名校大学生，却只能整日骑着破自行车，这不公平。对财富的向往，令他丧失理智，最终选择了绑架勒索。

而关于刘小明绑架孔爱立的经过，刘小明则交代，自己早就计划过绑架孔爱立，从其父孔强手里搞点钱花，只是一直没找到合适的机会。2002年3月15日上午,刘小明终于在小区路上遇到独自一人的孔爱立,机会难得,便实施了绑架。

他跟着孔爱立走了一段路,想找机会骗走孔爱立,但孔爱立年纪虽小却十分警惕,并没有上当。眼看他走到3号楼旁,刘小明心一横,直接将孔爱立挟持进了一旁的4号楼里。

"刘小明说他一直把孔爱立关在自己家里。想来我们当年也是可笑,所有人满世界找孔爱立,殊不知,他就被藏在离家直线距离不到30米的地方。这可能就叫'灯下黑'吧。"张武苦笑道。

"那他为什么没有去拿那笔赎金?"我问张武。

张武说,刘小明开始认为有钱人怕事,孔强不敢报警。但后来发现有警察进了孔强家,心中害怕,所以中途放弃了。

张武后来去过刘小明租住的地方,从厨房窗户确实能直接看到孔强家。

"那个被他绑架的孔爱立呢?"我接着问。张武咬了咬嘴唇,说,这就是警方关注的第四个问题。

张武说,那起案子最失败的地方,就在于孔爱立的去向——因为,即便警察最后抓住了刘小明,却依旧没能救回孔爱立。

刘小明认罪伊始,警方便不断质问他一个问题:孔爱立现在身在何处?刘小明交代,发现孔强报警后,他就把孔爱立放了,放人地点在市里一家商场门口。

他的说法明显有问题——6岁的孩子已经记事,刘小明怎么敢放心大胆地把他放走？这样做还不如直接去派出所投案。所有办案民警都不相信，但不管警方如何质问，到底是"放走了"还是"拐卖了""杀死了"？刘小明一直一口咬定说是"放走了"。

"这是个很棘手的问题，他说把人质放了，我们都不信，但想尽办法，也找不到其他证据。"张武叹了口气说。

至此，距离案发已经过去两个月了，即便当时刘小明真把孔爱立放在了商场门口，警方也没办法去找了。那时街面上还没有视频监控，民警也去商场了解过情况，连商场工作人员都觉得莫名其妙。

绑匪抓到了，但被绑幼童孔爱立的下落竟然成了谜。

7

得知绑匪被抓的消息，孔强一家马上找到公安局，相比于绑匪是谁、为什么要绑架孔爱立这些问题，他们更想知道的是孩子现在的情况。

孔强甚至说过，只要绑匪将儿子还给他们，他可以不再追究，但警方也只能实话实说——追究是必须要追究的，但问题是，现在刘小明一口咬定自己把孩子放了，现在人在哪里，是生是死，他也不知道。

闻此，孔家人的情绪又一次濒临崩溃。他们频繁找到公安局，要见刘小明，杨梅甚至哭晕在公安局刑侦支队的接待室里。

警方只能一边继续讯问刘小明,一边着手寻找孔爱立。

"当时啥办法都想了,按拐卖人口查,以前有过前科的一个都没放过,全都掀出来查一遍。近几年发过案的兄弟单位也都联系了,东北、新疆、广西、海南警方我们都试着做过串并案,没结果;按人口走失查,四处里布告,市里发完省里发,省里发完全国发,也没回音;后来又找各地的无名尸,只要见到年龄差不多的,也不管哪儿发现的,就跟人要DNA数据拿回来比对,也没比上……"张武说。

"最后结果呢?"我问张武。

他沉默了许久才告诉我,孔爱立活不见人、死不见尸,检察院退查3次,但警方还是没能找到证据。本着"疑罪从无"原则,刘小明杀人一事最终没有被认定。最终,经法院审判,刘小明只因绑架罪获刑11年,而孔爱立则按照失踪人口继续调查。

"刘小明入狱后,专案组曾向孔强夫妇承诺,虽然刘小明判了,但孩子一天没找到,侦查就不会结束。警方会接着查,一定给他们一个交代。"张武说。

但时间转眼过去,那个诺言却一直没能兑现。警方多次侦查均无功而返。在"3·15绑架案"发生后的第3年,孔强夫妇因感情破裂而离婚,从此两人再也没来问过孔爱立的事情。杨梅南下去了广东,孔强也在省城再婚了。

"2012年刘小明刑满释放,又恢复了自由,但孔家却分崩离析,孔爱立至今下落不明……"张武叹了口气,没再说下去。

"那，时隔 11 年，现在为什么又提起这起案子？"

8

张武没回答，却反问我："听了这么多，这起案子你有什么看法？"

"的确有个很明显的问题，刘小明最初提出的赎金数额是 32 万，而孔强家的存款正好就是这么多，难道只是巧合吗？"

"这确实是个问题。"张武说，当年他们也反复审问过刘小明，为什么会提出这个金额，但刘小明咬定只是他"随口要的"，并没有别的意思。

"那当年你们有没有再查一下，比如刘小明是否有同伙，而这个同伙恰好在银行工作、查过孔强家的存款？"

张武笑笑说，也查了，刘小明没有在银行工作的同伙。

"孔爱立的家人呢？他们跟刘小明有没有关系？"存款这种事情，外人不会知道得如此清楚，我想会不会是孔家某位亲属与刘小明认识，无意中透露了存款数。

张武说，当年案发时警方便找孔强夫妇问过这件事，两人都说从没跟外人说过自家的存款。后来刘小明归案，警方又问过孔强一家，夫妻俩都说从来就不认识刘小明。

我说，那看来就真是巧合了。但张武却摇摇头，说，是不是巧合，直到现在都不好说，因为后来他自己继续调查此案时，得到了不一样的答案。

"什么意思？案子后来你又查过？"我问。

张武点点头，说，虽然那时刘小明已被判决，但一方面，孔爱立没找到，他自己作为案件主办民警心里过意不去；另一方面，孔强后来仍旧常常找他打听情况，一来二去两人也算熟悉了。张武自己也为人父，于情于理，他都觉得自己有责任帮孔强把儿子找回来。

"你刚刚说的那个'不一样'的答案，又是什么意思？"我继续问张武。

"后来我才知道，孔强的老婆杨梅，是认识刘小明的。"

刘小明被判刑后，张武始终怀疑刘小明在孔爱立的去向问题上说了谎，便打算再去梳理一下他的作案动机和社会关系。

想起刘小明此前交代过他曾在2001年的那场同学聚会上被人嘲笑后决定要"不惜一切代价发财"，张武便重新去核实了那场聚会。没想到，在参加聚会的人口中，张武听到一个熟悉的名字——杨梅。

受访者告诉张武，刘小明和杨梅曾是大学同学，而且还谈过好几年的恋爱，临近毕业才分的手。刘小明所谓在聚会上"被嘲笑"，其实就是有人调侃刘小明，问他后不后悔当初跟杨梅分手。当时的场面一度十分尴尬，刘小明摔了杯子要走，大家还埋怨那个说醉话的同学"嘴上没把门的"。不过，大家也都知道刘小明的脾气，劝了两句，看他执意要走，就没再拦。

刘小明昔日的同窗们说，杨梅大学时是中文系最亮眼的女生，虽说成绩一般，但人长得漂亮又会来事，在学校颇受欢迎。追求她的男生很多，即便后来跟刘小明在一起，还会不时收到爱慕者的情书；而刘小明也是出类拔萃——当年，刘小明是以户籍所在县高考成绩第三名的身份进的大学，入学后就担任了学生会干部。大学四年，不仅成绩优异，学生会工作也做得相当出色。两人在一起，堪称当时师大中文系的"金童玉女"。杨梅与刘小明后来分手，源于一件事。

1993年冬天的一个清晨，有人撞见杨梅从一位中文系老师家中匆匆走出来。那位老师是杨梅打算报考硕士专业的研究生导师，妻子当时在国外工作。消息很快传到刘小明耳中，杨梅坚称自己和那位老师是清白的，刘小明却不信——因为此前同学间就有传闻，说杨梅与辅导她考研的老师关系十分亲近。

两人随后便分了手。第二年，杨梅并没能如愿考上研究生，毕业分配回了老家，而刘小明则被分进了省城某机关工作，随后便和大家失去了联系。两年后，有同学去省城机关办事，想顺路找找刘小明，却得知他当年根本没有留在原派遣单位，而是和别人交换，去了杨梅老家。

后来大家聊起来，有的说刘小明明珠暗投，就是为了去找杨梅；也有的说两人毕业前就已经分手，刘小明没有理由为杨梅放弃省城工作；还有人说，可能当年杨梅和那位老师的事本身就是一场误会，刘小明后悔了，又想去争取……

但两人之间究竟还发生了什么，大家都一概不知——因为杨梅毕业后很快就结了婚，而新郎并非刘小明。

9

张武说，这些消息是他综合了刘小明和杨梅当年多位同学的访谈笔记整理出来的。但最令他不解的是，"3·15绑架案"发生之后，杨梅自始至终都没跟警方透露过一丝她与刘小明之间的关系——这就非常不合常理了——按道理，至少在警察抓到刘小明时，杨梅应该把两人之间的关系说出来的。

对刘小明和杨梅的大学同学走访结束之后，张武立即去找了杨梅。杨梅给他的解释是：自己与刘小明只是大学情侣，且毕业后双方也没再有过任何联系，所以，之前两人的关系与儿子被绑架是两码事。杨梅还强调，丈夫孔强生性多疑，若是知道此事肯定会和自己吵架。儿子已经出事了，她不想再给夫妻关系留下阴影。

"这就是她隐瞒的原因？"我觉得杨梅的答案有些牵强——作为一位母亲，在儿子去向和陈年绯闻之间竟做出这种选择，动机与目的都无法让人理解。

张武却说，这起案子还有很多让人无法理解的地方：在与杨梅聊完后，他又去监狱问过刘小明。刘小明坚持说，自己在实施绑架时并没有考虑过之前与杨梅的关系，两人做情侣已是七八年前学生时代的事情，早就过去了。绑架孔爱立，纯粹是因为孔家有钱。

"那孔强知道妻子和绑匪间的关系吗？"

张武说，这又是另外一个让他生疑之处——当他把杨梅与刘小明过去的关系告诉孔强时，对方竟没做任何反应。

"他早就知道？！"我吃了一惊。

"他真要早知道的话，不做反应是正常的，但他嘴上告诉我的却是，之前他什么都不知道。说这话时，他和杨梅还没有离婚。"张武说，"两口子都怪兮兮的……"

后来更令张武感到蹊跷的，是孔强在与杨梅离婚后不久对张武提起的一件事。那时候，绑架案发已经3年多了。

孔强说，绑架案发第3天早上，杨梅从梦中哭醒，说自己梦到了儿子，梦中的孔爱立站在距离城区很远的白河大堤上，朝自己喊冷、喊饿、喊妈妈。杨梅哭了很久，还说要去白河大堤。孔强也陪她去了，两人在大堤上转了几圈，并未发现什么。孔强觉得妻子是思念儿子心切，还劝她想开点。

俗话说"母子连心"，杨梅做这样的梦也可以理解。我问张武："孔强跟你提起这个，是什么意思？"

"你记得我跟你说过吧，抓了刘小明之后，没找回孔爱立，孔强很着急，想了其他办法找儿子，还请了'私家侦探'和各路

'大师'，被骗了很多钱。"

我说记得。张武接着说："其实孔强雇来的'私家侦探'也不是啥都没做，而是帮他查到了一件事……"

那段时间，私家侦探跟踪了杨梅，发现她经常独自去白河大堤上转，有时还会带些东西，点心、玩具什么的。孔强问妻子为什么要做这些事，杨梅就说，自己之前梦到儿子在白河大堤上，所以每次想儿子了，就去大堤转转，希望能再和儿子在梦中相见。

孔强听了也表示理解，还主动陪妻子去了好几次。

但之后发生的事情孔强就不太理解了：直到离婚前的3年里，每逢节假日，妻子杨梅都要带着东西去白河大堤，而且多数时候都是背着孔强去的。当然，若是孔强非要跟她一起去，她也不拒绝。等到了大堤上，杨梅就把带去的水果、点心、玩具放在地上，念叨几句就走，也不多做停留。

张武后来也让孔强带他去过那段白河大堤，转了几圈，感觉很平常，跟普通的大堤也没什么不同。

一个失魂落魄的女人，拎着各种玩具点心站在大堤上，口中念念有词——这像极了上坟。"她觉得孔爱立死了？"我问张武。

张武说，那个场景下不好排除这种可能，但又有些不合常理——通常来说，当亲人失踪且不能确定是否死亡时，一般人都会坚信亲人还活着，这样才有继续找下去的信念，很少有人会这么快就认定亲人已去世并开始祭拜的——但这也很难说。

10

以此为节点回头看整个事件，似乎都是正常的，但又隐含着些许反常，让人心里不安。

"这些事情，你们侦办案件的时候，孔强为何不提？"我对此深表疑惑。

"孔强说，之所以办案时没告诉警方，是因为事情起因不过是杨梅的一个梦，紧要关头，谁会拿一个梦当真呢？况且他自己那段时间也经常梦到儿子。"

而后来他把这些讲给张武，是因为他与杨梅已经离了婚，心里多少怀着怨气——孔强跟张武说，"回头想想，自己与杨梅的结合其实很意外"，两人是通过朋友介绍认识的，从相识到结婚，前后不过两个月时间。

1994年10月，24岁的孔强认识了22岁的杨梅，一开始孔强觉得两个人"没戏"——杨梅很漂亮，大学毕业后就分配到机关单位财务部门工作，而自己只有初中学历，沾了退伍兵政策的光才进了机械厂上班。不论别的，单是两人间的学历差别，就让孔强觉得高攀不上。但介绍他们认识的朋友却说，杨梅对男方条件没什么要求。

见面之后，杨梅就对孔强表现出"非常明显的好感"：她说自己就是喜欢当过兵的男人，觉得"特别有安全感、有男人味"；而且孔强一家都是企业职工，有正式单位，身家清白，今后日子过得肯定放心；至于学历，杨梅说虽然自己读过大学，但对另一半的学历也没什么要求，"只要男方毛病少、要求少、能安稳过日子就行"。

杨梅的话都说到这个地步了，孔强觉得自己实在是捡了个大便宜，两个人看了几场电影、吃了几顿饭，便开始谈婚论嫁。两家父母本来都想让孩子"再处处看"，但杨梅却怀孕了……

那个年代，未婚先孕是件见不得人的大事，恰好当时又赶上机械厂分房子，只有结了婚的职工才有资格拿"分房指标"。情急之下，双方父母也都没再阻止，两人于当年年底就结了婚。

1995年底，孔爱立出生。孔家"三代同堂"，全家人都很高兴，但只有一个人例外——孔强。

不但不高兴，孔强反而时常觉得恼火，用他的话来说，结婚后不久，杨梅就仿佛换了一个人。她变得十分沉默，在家里甚至从来不主动和孔强说话。起初孔强还会主动找些话头，但杨梅不作声，后来孔强也跟着一起沉默，晚上两个人下班回家，经常悄无声息地过一晚上。

沉默的同时还有冷漠。结婚后，家里的大小事情杨梅都漠不关心。孔强说有一次自己工伤小腿骨折，住院期间杨梅只来过两次，出院后杨梅也从没问过他腿伤的事情，这让他很寒心。

为此，孔强向妻子发过很多次火，话说轻了杨梅不作声，话说急了杨梅也不和孔强吵架，只说自己平时上班带孩子很累，没有精力管其他。

"孔强说,他从没见过两口子有这样过日子的。在孔强面前,杨梅整天一副心怀怨气的样子,孔强问原因,她也不说,甚至有时候孔强憋不住了想和她吵架,她都懒得搭理。"张武说。

当然,这种情况只有在孔强与杨梅单独相处的时候才会出现,但凡家里有客人,哪怕是双方的父母在场,杨梅都会换一种面目示人。在外人面前,杨梅对孔强嘘寒问暖、百依百顺,还会不时向他撒个娇,但外人一走,杨梅马上就变回一张冷漠的脸。

"孔强说,这也是导致他'人缘好'的原因之一。他约人来家做客,为的就是不想看妻子那张冷脸,不承想,大家还以为他是热情好客。"

与对孔强的态度相反,杨梅的全部生活重心都放在儿子身上,孔爱立从小吃的用的都是市面上最好的。哪怕再贵,只要觉得儿子可能用得上的,杨梅都要不计代价地买回来。

母亲疼孩子很正常,但令孔强不满的是,杨梅似乎不太喜欢让他与儿子亲近。平时孔强多跟儿子待一会儿,杨梅便会找各种事情支开他,孔强想带儿子出去玩,杨梅也必须跟着,不然就不让去。

有一次,孔强带孔爱立去商场买了一个玩具,几天后玩具就不见了,孔强以为儿子玩丢了,也没当回事。但不久后,他又想带儿子去买玩具,孔爱立却不去了,孔强问原因,孔爱立就说,上次和爸爸一起买玩具后,妈妈回家打了他,说以后不准跟爸爸要东西。

孔强仔细一想，之前自己父母也给孔爱立买了很多衣服和玩具，也统统被杨梅以各种理由收了起来。这让孔强十分生气，和杨梅大吵了一架，还威胁杨梅说，再做这种事就和她离婚，但杨梅似乎并不在乎，也不多解释，只是告诉孔强，过不下去了离婚也无所谓，但儿子必须归她。

那场风波几乎让孔强和杨梅二人走到离婚边缘。之后不久，孔强就辞去机械厂的工作，到省城做生意了。与妻子相处时间少了，杨梅态度反而变好了，对孔强不仅不再像以前那么冷漠，反而会不时担心他。

"担心啥？担心他耐不住寂寞'扎乔子'（搞外遇）吗？"我笑着问张武。

没想到张武也笑了，说，可不就是这事儿，杨梅跟孔强说"男人有钱就变坏"，所以主动要求管账。

杨梅本身在单位也是做财务的，又是自己的妻子，孔强就把生意上的账目全部交给了杨梅。两人的相处就此回归正常，此后谁也没再提过离婚的事情，甚至连不愉快都没发生过，直到"3·15绑架案"发生。

11

我问张武，孔爱立的事情，孔强从始至终到底有没有怀疑过杨梅？张武说，孔强的态度确实有过两次转变。

第一次转变是在孔强离婚后。

此前，张武在将刘小明与杨梅之间的关系隐晦地告诉孔强后，很想问问孔强对此有什么看法，但那时的孔强却总是岔开话题，并同样隐晦地告诉张武，他非常信任自己的妻子。

可离婚后，孔强却一改往日的态度，主动给张武讲了一系列当年妻子的事情。他的话听起来像是简单的抱怨，但实际暗藏玄机，似乎总有意无意指向杨梅与儿子孔爱立出事之间的关系，但又不愿明说。

第二次转变是在孔强再婚之后。

2007年，孔强在省城再婚。从那之后，不管张武怎么问，他都对之前孔爱立、杨梅的事情绝口不提，要么说记不清了，要么三言两语应付过去。后来，他干脆跟张武说，他又结了婚，有了新的家庭，以前的事情就那样吧，有孔爱立的下落跟他说一声，没有下落就不要再联系他了。"事情总有过去的一天，我不能把上一段生活的阴影带到现在的生活之中，那对我现在的家庭不公平……"孔强当年这么说。

"孔强这话虽是没错，但孔爱立毕竟是他的亲儿子，即便再婚，他也不该如此'理智'的……"我感叹道。

张武说，当年孔强跟他说那段话时，他也这么觉得，但也不好说什么。

于是，张武又想去找杨梅，希望她能配合警方继续寻找孔爱立,但却一直没能再联系上人。杨梅家人说离婚一事令她深受打击,人已经去了广州,和家人也都没了联系。而对于孔强,杨梅家人似乎意见很大,都不愿多谈。

再后来,张武辗转找到杨梅的妹夫,从侧面了解了一些情况。杨梅妹夫说,孔爱立出事后,孔杨两家闹得不可开交,外人可能不知道,但两家老人还曾在私下场合拳脚相向。张武问原因,杨梅妹夫说事发时他还没娶杨梅妹妹,不知道具体情况,但就在他结婚后不久,孔强与杨梅办完了离婚手续。孔强又以生意缺钱为由,从杨梅父母手里借走了20万。这20万中有一部分钱是他的,老丈人当时只说"拿来用用",但后来孔强一直没还钱,老丈人也就没把钱还给他。他曾主动提出要去找孔强要钱,但老丈人不许。

"婚都离了,关系已经闹得这么僵,孔强还能从杨家借出这么多钱来,怕是背后有问题吧?"我说。

张武点点头,然后拉开抽屉,拿出一沓资料递给我:"你先看看这个吧。"

12

资料内容不多,我很快就看完了。

不久前,白河大堤整修,在现场挖出一些骨头。因为附近有村民的家族墓葬区,施工队与当地村民发生了冲突,惊动了辖区派出所和村委会。有村民说施工队挖了自家祖坟，要求赔偿损失，但施工队坚持说项目早就提前做过勘察，施工地点虽然距离墓葬区很近，但确实没有越界，村民是敲诈勒索。

为了确定施工队到底是不是错挖了村民的祖坟，辖区派出所请来了法医。法医看了骨头之后，说确实是人骨。当地村民就此对施工队提出赔偿要求。施工队怕耽误工期，答应花钱息事宁人，但不料有四户人家同时提出赔偿要求——如果四家都赔，数额是施工队不能接受的，因此要求法医对骸骨进行司法鉴定。

但鉴定结果却出乎人的意料——经鉴定，这些骨头属于同一个人，死亡时年龄五六岁，时间是在十多年前，但与提出申请的那四家没有任何血缘关系。

施工队的事情就这样过去了，但邻市警方觉得这些骸骨很可疑——现场既无墓碑，连棺椁都不曾发现，本地根本没有这样下葬的风俗。于是，他们在网上发出了骸骨协查及认领通告，并采集骸骨DNA上传数据库。

很快，DNA数据比中了一个人——刘小明。

刘小明入狱服刑期间采集过DNA，库里有现成数据，邻市警方马上通知了南关派出所。张武得到消息，觉得非常不可思议，因为据他所知，刘小明一直没结婚，更不可能有一个五六岁时死去的孩子。

张武一下联想到孔爱立，他赶忙把孔强2010年为寻找孩子留在"打拐DNA数据库"中的数据交给邻市警方比对，但比对并未成功。

"杨梅那边呢?"我问张武,印象中当年打拐DNA数据库需要采集失踪儿童父母双方的DNA数据,有孔强的,也就应当有杨梅的。

然而张武说,库里没有杨梅的数据,当年通知过她,但她一直没来。

没想到,时隔11年,事情竟然以这样的方式重新呈现在所有人面前。

"你得想个办法,把刘小明叫回来。"张武说。

我当即打电话约"重点人口"刘小明到派出所做季度谈话,但刘小明说他现在人在广州。我把情况告诉张武,张武说这次务必得让他回来,"但电话里不要提DNA这事,你俩之间有业务关系,你联系他不会让他起疑。想想办法,至少弄清楚他现在的真实位置……另外,广州大了,具体哪个地方一定要搞清楚。还有,你确定他跟你说的是真话吗?"

我说,这个他没必要骗我吧?张武却说,如果没猜错的话,他很可能跟杨梅在一起,因为此前据杨梅亲属说,杨梅也一直在广州。

2013年10月26日,刘小明被我"骗"回本市,他在派出所做完第四季度"重点人口"谈话笔录后,就被张武等人留在了办公室。张武拿出那份DNA资料放到刘小明面前的办公桌上,让他解释。

刘小明没法解释。那天,他直截了当地向警方承认,这个孩子就是当年被他绑架的孔爱立。当年他对警方说了谎,没有把孩子放走,而是掐死后埋在了白河大堤上。

这又一次让警方始料未及。

事实上,刘小明返回本市前,警方已重启了"3·15绑架案"的侦查工作。张武将自己近十年来所有的调查结果与疑点在案情分析会上和盘托出,认为骸骨很可能是当年失踪的孔爱立,并指出孔强与杨梅二人在当年就案件真相对警方有所隐瞒。

参会大多数民警都同意张武的看法,但也提出,如今案件已经过去11年了,很多关键人证、物证已灭失,查清真相的难度可想而知。刘小明杀害孔爱立的这个推测,若刘小明死不认账,警方眼下几乎拿不出任何有力的证据指控他。

这同样是张武所担忧的。

会上,警方制定了多种讯问策略,以应对刘小明到案后的不同情况,但谁也没想到,刘小明竟然在看到孔爱立骸骨检验结果后直接供认了——确实出乎所有人的意料。

13

刘小明随后就供认,当年自己并没有放走孔爱立,之所以第二次投递勒索信后再也没有联系孔强夫妻,是因为那时孔爱立已被自己失手杀死。

他说，那天孔爱立吃饭时试图逃跑，他既愤怒又恐惧，打了孔爱立。孩子大声哭叫，刘小明担心声音引来邻居，又上前狠狠扇了孩子一个耳光，不料用力过大，孩子倒地后当场死亡。

发现孔爱立死后，刘小明吓坏了，他将孔爱立的尸体放入一个装被褥的口袋里，连夜骑自行车运去了白河大堤，找了一个地方就把尸首埋了。

11年前，刘小明自恃警方没有找到孔爱立的尸体，拒不交代杀害孔爱立的犯罪情节。现在孔爱立尸体被找到，刘小明感觉再也瞒不过去了，所以直接认了罪。

面对这份笔录，张武没有表态，只是反复问刘小明一个问题：孔爱立怎么会是他的儿子？他和杨梅到底是什么关系？

刘小明说，自己与杨梅大学时谈过恋爱，毕业前因"性格不合"分手。本以为两人就此无缘，但没想到毕业分配工作时阴差阳错来到了杨梅老家。刘小明的确想与杨梅再续前缘，但杨梅却执意要嫁给孔强，他一怒之下强奸了杨梅，可能孩子就是那时候怀上的。后来他绑架孔爱立，一方面是眼红孔家财产，另一方面，也是想报复当初杨梅拒绝自己。

对于刘小明以上的供述，张武只用两个字评价——"胡扯"。他紧接着问刘小明，杨梅在"3·15绑架案"中扮演的是什么角色？刘小明说所有事情都是自己做的，和杨梅无关。

张武又问刘小明，杨梅现在何处？刘小明说不知道。张武拿出了刘小明手机通话记录，指着其中一个有频繁通话记录的号码问他："这个人是谁？"

刘小明看到号码，陷入了沉默。

其实在刘小明归案的同时，另一组刑警已飞赴广州，找到了刘小明的住处。据邻居反映，与刘小明长期共同生活的，的确还有一名女子。

警方通过技术手段找到了那名女子，果然就是孔强的前妻杨梅。将杨梅带回本市后，警方马上对她进行了DNA采集。经比对，刘小明与杨梅，正是那具儿童骸骨的遗传学父母。

刘小明对此的解释是，自己之所以在广州与杨梅同居，是因为自己一直深爱着杨梅。绑架并害死孔爱立，也是因爱生恨，而且后来杨梅已经原谅了他。

而同样的问题，杨梅的回答则是，她接近刘小明，是为了获知儿子孔爱立的真实下落。杨梅承认自己婚前曾遭刘小明强奸，但当时没有报警，之后很快就与孔强结了婚，所以她也不知道孔爱立是刘小明的孩子。

张武问刘小明，知不知道等待他的是什么结果？刘小明说，知道，绑架撕票，必死无疑。张武指着"坦白从宽，抗拒从严"的牌子告诉刘小明，他还有一个赎罪机会，哪怕给自己换一个死缓。

但刘小明沉默了许久，最终依旧坚持说，所有事情都是他自己做的，和旁人无关。

14

我和张武反复梳理着案情：

2002年，刘小明绑架了孔爱立勒索孔强，在控制孔爱立过程中失手将其杀死，之后在白河大堤埋尸；

警方通过笔迹鉴定抓住了刘小明，但没有起获孔爱立遗体，最终只能以涉嫌绑架罪将刘小明移送公诉；

张武后续发现孔爱立之母杨梅案发后行为怪诞。经核实，杨梅与刘小明系大学情侣，但案发后，两人皆隐瞒了这一情况，并在2012年刘小明刑满出狱后共同生活；

2013年，孔爱立遗骨被起获，经DNA检验，发现其亲生父母系刘小明和杨梅。

……

我说案子查到现在，如果杨梅没有嫌疑，那就是我们见鬼了。张武则一脸愁容，一支接一支地吸烟——这么多年，他也一直怀疑杨梅参与了绑架案，但手里确实没有有力的证据。

"或许，一切真的只是巧合呢？"我自嘲道。

张武并不认同，他说，杨梅与刘小明是大学情侣，婚前怀上刘小明的孩子、婚后又对丈夫十分冷漠。而且，绑架案发时，她这边劝阻丈夫报警，那边刘小明提出的赎金数额又与孔家存款数额相近。更何况,儿子"失踪"后,杨梅就去埋尸的大堤上"寻梦",而刘小明出狱后杨梅又在广州与他同居……

如此种种,如果每个情节单独发生,可能就是巧合,但全部连在一起,还会是巧合吗?张武不相信杨梅是无辜的。

随后,孔强也被警方叫回本市,张武希望在他身上找到杨梅的突破口。

彼时,孔强的生意做得不错,与第二任妻子生了一个女儿,孩子那年刚满6岁。听张武提起杨梅和刘小明的事情,孔强只说自己已经有了新的家庭,不在乎之前那些事情了。

但不论孔强是否在乎,张武还是把当时的调查结果告诉了他。孔强沉默了一会儿,也说,其实这些年他想了想,感觉当年从结婚到孔爱立被绑架,全是杨梅和刘小明给他设下的"局"。

"最开始她(杨梅)不让我报警,说是担心绑匪撕票,但这都是那个女人算计好的,如果当时我真听她的,才正好着了道,不但孩子回不来,那个女人过不了多久也会跟我离婚。得亏我报了警,不然我得人财两失啊……"孔强说。

张武当时没有表态,继而又问起当年孔、杨两家的关系,以及他从杨家借出的20万。张武问孔强,那时他与杨梅已经离婚,为何杨梅的父亲还愿意借他这笔巨款?孔强推说,那是正常的民间借款,杨梅父亲同意借钱,是因为他承诺支付10%的月利息。张武后来去核实,杨家的说法也跟孔强一致。

张武问孔强要不要看一下孔爱立的遗骸，毕竟共同生活过6年。孔强沉默许久，说："还是不看了吧。"

后记

那天离开公安局前，杨梅从法医中心领走了孔爱立的骸骨，哭得很伤心。

办完手续后，我和张武一路跟随她走出公安局大门。等候出租车的间隙，杨梅回头对我们说："谢谢。"我和张武都没有说话。杨梅大概也觉得场面有些尴尬，又问我们法院会怎么判刘小明。我说应该是死刑吧。说完，我就看着杨梅，她却将脸扭向了一边。

5个月后，刘小明被法院判处死刑，没有上诉。

一辈子不肯吃亏的女人

1

我接手河西社区警务室的第一天就认识了刘婶。

刘婶的面馆就开在警务室隔壁——说是面馆，其实只能算一个简易的自建摊位——那里本是医院废弃的配电室，刘婶把炉灶安置在里面，算是"操作间"。外面是四根水泥墩子做底的铁杆支起的防雨绸，下面摆了几张桌子和几个马扎，是客人们用餐的地方。

刘婶的面馆开了有些年头了。南关派出所的治安副所长还是河西社区片警时，刘婶面馆就在这。我接手时，警务室已装修过三回，外墙上挂的民警牌子换了四茬，只有隔壁刘婶的面馆一直坚挺在那里。

刘婶操着一口地道的湖北话，接客拉人时甩着只有本地人才明白的词,以至于最初我一直以为她是本地人。后来她才告诉我,自己是山东人。

当年刘婶在医院后勤工作的丈夫病故,她带儿子从山东老家过来奔丧。料理完后事,医院可怜他们孤儿寡母,便出面给刘婶安置了一份工作。最初,她在医院苗圃养花,但工资微薄,后来医院便把这个废弃配电室租给她开个小餐馆,每月象征性地收一点租金。

早年,刘婶只做医护和病人的生意,后来医院推倒后墙修了路,配电室就成了临街房。早上中午卖各种面条,下午4点后卖炒菜,夏天晚上还会支起架子卖烧烤和小龙虾,刘婶的面馆全年无休。一件蓝色"大桥鸡精"的工作服,夏季单穿,秋冬就在里面套件棉服,使得本就矮胖的刘婶更显臃肿。

那时候,不在所里值班,我就去警务室待着,早上就近在刘婶的面馆过早。刘婶的手艺不错,热干面、炸酱面、财鱼面、肥肠面做得都很地道。后来逐渐相熟了,她经常和我讲自己的事。

刘婶1962年生,儿子比我小一岁,在离面馆不远的商场租了柜面卖家具。母子二人在医院南面的老家属区有套房子。刘婶说儿子小时候脑袋受过外伤,有后遗症,稍有刺激就会发狂。周围的人大多也都知道,平时很少招惹他们。我处理过几次刘婶儿子的警情,基本都是因为做买卖砍价时情绪激动发了病。因此,虽然商场的地段很好,但刘婶儿子的家具生意却异常萧条。

"我们命苦啊……"聊天时,刘婶经常把这句话作为开场白。

接下来便从自己结婚那年讲起,一直讲到前几天下雨淋坏了她堆在配电室门外的东西,或者其他类似的事。有时情绪激动,还会冒出几句夹杂着山东和湖北两地方言的脏话。

"哎,老天不公啊,灾事儿都落在我头上了,不知道哪天干不动了,我们娘俩怎么办。"这句话一般被用作每次聊天的结束语。

2

刚开始,我总会尽可能地帮刘婶做些事情。一方面算是邻居,另一方面也的确可怜她的境遇。

我能做的很有限,不过是每天在她的摊位过早,向朋友推荐去她的摊上消夜,或有地痞流氓、酒麻木闹事时尽量帮她赶走。刘婶也很感激我,偶尔过早会免费给我加个茶叶蛋或肉圆子,消夜送我一瓶"勇闯天涯",反正也不值多少钱,我也没推辞。

小店地段不错,味道也挺好,可刘婶的生意却总比不上附近的其他店。白天来吃饭的人寥寥无几,晚上消夜也多是周边几个摊位客满后,才陆续开始上人。

而且,我身边的人都对刘婶不太友好,警务室的社区协管员老姜表现得最为明显。每天早上,他宁愿骑电动车去两公里外的早市吃饭,也绝不在刘婶面馆过早。刘婶好像也有意躲避老姜似的,只要看到老姜在警务室,就从不进来。有时正跟我说着话,老姜从外面回来,刘婶也会立即告辞离开。

平时很讨厌嚼舌头的老姜多次跟我说,"这人不咋地",让我少跟刘婶打交道。连师傅宋警官也让我别在刘婶面馆过早,但他说得很隐晦——"年轻人多活动一下,别总在门口吃完饭就回屋坐着。"也有同事说话比较直接,"那家伙是个定时炸弹,趁早赶她走。"社区居民有时来警务室找我,看到刘婶在屋里坐着,都要把我叫出去说话。

起初我不明白,后来相处时间长了,才发现刘婶的确"不太好相处":

刘婶很喜欢来警务室找我聊天,但大都不会空手回去,有时拿几包抽纸,有时拜托我打两页广告,还有时"借"盒茶叶;看到放在警务室墙角的废纸箱或包装盒,刘婶也会"顺路帮我扔掉"。有些东西是工会发的福利,有些东西是废品,我倒也没太在意;至于扫帚拖把之类的更是借用频繁,老姜每次打扫警务室之前都会站在门口喊刘婶把扫帚拖把还回来。

尽管不是什么人事,但老姜总瞧爱占小便宜的刘婶不顺眼,有几次刘婶进来拿东西,老姜就问她:"用不用雇辆车把警务室搬你家去?"刘婶气呼呼地说:"不就是几包纸嘛,人家李警官都没说啥……"当然,还是把东西拿走了。

刘婶的坏脾气,在周围也是尽人皆知的。那时我在警务室里,常听到她在隔壁跟人吵架,和客人、相邻店铺,甚至社区来收卫生费的物业人员都吵过。刘婶骂人很难听,嗓门也大,一旦开骂对方基本插不上嘴。有时实在不堪入耳,我便出门制止,刘婶见有台阶下了，方才骂骂咧咧收场。

我劝过刘婶几次，别这么冲动，做生意讲究和气生财。刘婶就解释说南方人不实在，她是外地来的，孤儿寡母，不厉害一点会受人欺负。我不想跟她掰扯这些道理，摆手让她继续去做生意。

街面上做事，难免有各种摩擦。我理解刘婶的难处，但协管员老姜却一直对她嗤之以鼻，说她这样下去"迟早被人收拾"。

有一次又说到此，我笑着问老姜以前是不是跟刘婶发生过口角。老姜啐了一口，说何止是口角，他以前没在派出所当协管员的时候，曾被刘婶拎着菜刀追过两条街，"住平房时我们两家是邻居，她偷电，供电所查不出来就把我们整排房子的电闸拉了，我气不过举报了她，后来不知怎么被她知道了，拎着菜刀就来了我家……"老姜说。

我头一回听说刘婶还有这等过往，有些震惊，老姜就让我回去看看刘婶的涉警记录，"早跟你说过，这人不是啥省油的灯"。

3

刘婶在派出所的涉警记录确实很多，几乎月月都有，有时一个月甚至有七八起。内勤同事存档的有关刘婶"当处现调"（当场处罚、现场调解）的材料是单独装起来的，有满满一档案袋，"这还只是通过派出所走了程序的，那些没经过派出所处理的还不知道有多少。"

我顺手抽出几张"现场调解"协议书看,大多是邻里纠纷、占道经营、食客口角引发的冲突,有时是她报警举报别人,有时是别人报警举报她。我不禁感叹:"咱派出所一年1/3的简易程序案,差不多都被她包圆了啊!"

"你还不知道吧,刘婶有个绰号叫'刘不亏'——就是从来不吃亏,三五毛钱的事情能扯着对方头发在地上打滚。吃亏是不可能的,占不到便宜就是吃亏。"内勤同事解释说。

"不会吧,她还请我吃过茶叶蛋、肉圆子和'勇闯天涯'呢,没觉得她不亏呀?"

同事笑了笑说:"那你小心点吧,她的茶叶蛋、肉圆子可不是那么好吃的。"

当时,我并没把同事的话放在心上,自以为和刘婶的关系处得还不错。平日里,刘婶买了水果会分我一些,我单位过节发的酱油、松花蛋,也会直接送给刘婶。我一个片警,刘婶一个买卖人,哪会有什么利害冲突呢?

然而很快,我跟刘婶就闹掰了,那是2012年10月。

2012年入夏后,刘婶跟我商量,下班后能否不关警务室门口的照明灯,这样她晚上做生意方便些。我答应了。后来,她又问我警务室旁边储藏室的钥匙能否借她用用,夏天夜里街上人杂,她担心收摊后桌椅板凳堆在外面不安全,想放进储藏室里。我想储藏室里也没什么重要物品,便答应了她。作为感谢,刘婶还给我抱来了两个西瓜。往后一切如常。

国庆节后,协管员老姜突然找我要储藏室的钥匙,说是想看一下电表。我找了半天才想起来,唯一的一把钥匙我给了刘婶,便问她要,但刘婶却总推说忘了带。接连拖延了好几天,老姜直接砸了储藏室的锁头。

和老姜一起进储藏室的还有个电工。电工检查了一番说,电表被人动了手脚,多出一根线,然后顺线拎出了一个插排。

警务室的电表一直安在储藏室,老姜每月负责交水电费。之前他跟我提过一次,说这几个月电费比之前高了几倍,我当时没在意,以为是夏天开空调用电量大了而已。前几天老姜去交电费,发现又比上个月高出了一倍。

我告诉老姜,刘婶之前找我借过钥匙,老姜顿时火冒三丈,说肯定是刘婶偷了警务室的电,"她有前科",说着就要去找刘婶算账。我拦住老姜,说我来查查是不是刘婶干的,"我们不要冤枉好人"。

当天下午,我下班后没有回派出所,而是换身衣服去了警务室对面的彩票店。傍晚7点左右,刘婶来到储藏室门口,看到坏掉的门锁愣了一下,但还是进屋拉出了插排。我来到她的消夜摊时,刘婶已经接好了电烤炉和一干电器,隔壁另一位摊主也拎着插排来找刘婶接电。

我气不打一处来,当即上前质问她:"说好了借用储藏室放桌椅,怎么还要偷电?"

刘婶先是尴尬地站在那里，但很快堆起了笑脸："反正都是公家的电，不用白不用。"我反驳说这么大的功率，线路着火烧了警务室你负得了责？然后一把扯掉了插排上的电源线。

那晚我收走了刘婶的插排，又找电工把电表恢复原状。老姜让我"法办"刘婶，说这几个月的电费已经超过立案标准了。但我念她开店不易，还是觉得算了。只把她叫来警务室批评了一顿，然后自己补了几千块电费进去。

本以为刘婶会见好就收，但不承想，她却恨上了我。很快就有摊主告诉我，刘婶一直在外说我"吃骨头不吐渣"。她用电之前给我"上过供"，所以警务室的电可以"放心用"。因此她不但自己用，还"转让"给其他摊主用。

我又把刘婶叫到警务室，让她说明白给我"上了什么供"，是那两个西瓜还是之前的茶叶蛋、肉圆子？她说不出来，但一脸不忿，我便从兜里掏出100块钱给她，算是还她之前"送"我的东西。老姜又去超市买了两个西瓜，"李警官这事儿跟你两清了，再在外面胡说八道小心遭报应。"

从那之后，刘婶就再也不来警务室找我聊天了，平时见面也变得爱搭不理的。

4

2013年7月，市里拓宽道路，商场拆迁，刘婶拎着马扎就去商场帮儿子"维权"了。上级要求我立即前往处理。

当时，绝大多数商户均已搬离，只剩下刘婶儿子的家具柜面还"坚守"在商场里。之所以不搬，只是因为赔偿没有谈拢。刘婶说，自己并没有提前收到商场拆迁的通知，年初刚进了一批家具，现在突然搬迁，家具无处摆放。商场负责人则说，他们3个月前就通知了所有商户，不可能只瞒她一家。刘婶不认，非要商场赔偿损失。

商场早已设定了统一的赔偿策略：提供免费仓库暂存家具，外加5000块搬迁补偿，另外新商场建好后优先给她提供柜面位置。但刘婶不愿意，要求商场必须按售价"消化"她所有的进货，然后再给3万的补偿金，新商场建好后，还要免除她一年的租金。

商场负责人气坏了，直说刘婶这是"敲诈勒索"，并向我解释，年后全商场的商户知道要拆迁，都在打折卖货，只有刘婶儿子一家拼了命进货，明显是来碰瓷的，"按照售价买她的家具，起码要十几万，她是打算在我这儿完成'资本原始积累'呢！"

我耐着性子找刘婶谈，让她看长远一些，新商场在市中心，生意肯定好，现在商场老板又答应优先给铺位，多好的事情。但刘婶却一口咬死"不见钱，坚决不搬"。刘婶的儿子也把菜刀别在腰上，声称自己有"精神病证"，杀人不犯法，商场要是敢硬来，他就"见一个砍一个"。

我看形势不对，急忙向上级汇报。上级开会研究后派来了防暴警，准备应对突发事件，谈判不成就强行带离。刘婶一看到防暴警，立刻倒在地上打滚，她一边滚一边哭喊："官商勾结坑害老百姓！"很快，母子二人就被带离了。

事后，商场负责人本着息事宁人的态度，决定给刘婶一家提供仓库免费存放家具半年，外加1万元的"补偿"。虽然距离刘婶当初提出的要求还差很多，但刘婶似乎十分满意。

找她签调解协议时，刘婶略有自豪地说，如果不是当初去"闹一闹"，商场哪会多给她这5000块钱？

我有些厌恶，"之前人家答应给你5000块，还优先给你提供新商场柜面，结果你一闹，新商场柜面那茬人家再不提了。你儿子那些家具咋办？以后生意还做不做了？"

刘婶却不以为意，说等新商场招商时她再去租就行，又不是不给租金，"到时还不是谁去得早租给谁？优先嘛就是一句空话，哪有真金白银来得实在？！"

听刘婶这么说，我没再搭话。

5

2013年底，我又接到了刘婶的报警电话。这一次，她声称自己被偷了300元钱。我和同事赶到案发现场，竟然是南关小区张姨的裁缝店。

刘婶一直没什么朋友，这几年，只有裁缝店的张姨有时会来找她聊天。张姨过去也在医院做后勤工作，刘婶丈夫去世时是她负责通知和接待刘婶一家的，所以两人的关系一直不错。

之前，张姨常对我说，刘婶这性格也是生活所迫——她幼年丧父，小学没读完，18岁嫁给穷得叮当响的丈夫，20岁出头丈夫招工来了湖北，老家的负担全压在刘婶一人身上；30岁出头丧夫，原本把一切希望都寄托在儿子身上，结果儿子又受了伤；如今年过半百，没过上一天好日子——"她以前失去得太多了，现在某种程度上也算是她的自我保护吧。"

从本心来讲，我也十分同情刘婶的遭遇。想起过去刘婶逢人便讲，几年前医院换了领导，要收回当初租给刘婶的那间配电室。刘婶仗着自己泼辣能闹，迫使医院妥协，把收回配电室这事儿暂时搁置了。"要不是我当时舍下脸来斗狠，现在八成已经在街上要饭了。"

听我说起这件事，张姨却说，别的事情她说不准，但作为医院的退休职工、刘婶的好朋友，她觉得刘婶办的这事儿其实非常划不来。

"当时医院要收回配电房是真的，新领导想彻底'割断三产'，但别人都可以闹，刘婶不该闹……"张姨说，当时针对刘婶的问题，院里也做过一番研究。

当年刘婶的丈夫去世后，院里跟刘婶签了一个长期劳动合同。刘婶作为"职工遗孀"，虽没有编制，也算是后勤职工，等年满50周岁就可以按照职工身份退休。之前刘婶丈夫留下的养老保险，医院和刘婶个人共同补缴，医院出大头，刘婶出小头。这样一来，刘婶退休后每月都能领一笔退休金，不比正式职工低多少。至于开面馆，市里不缺临街房，在哪儿干不是干，真要找不到门面房，医院也可以返聘她回来做些保洁之类的活，两份收入加起来不比她开面馆低。

可无论医院怎么给刘婶做工作，她死活不肯接受这份安排，尤其是听说自己还要补缴几万块钱养老保险时，当场就跟院领导撒起泼来。张姨当时也劝过刘婶，但刘婶也和她翻了脸，说张姨跟医院合起伙来给自己挖坑。之后这事儿就这么黄了，废弃的配电室依旧给刘婶继续用，每月象征性地收100块租金，但按照职工标准退休一事再也没有了下文。

"哎，刘婶这人，没啥文化，见识也短，低头只能看到裤腰带，连脚丫子都看不到……"最后，张姨说。

那天一进裁缝店，我就看到张姨面无表情地坐在缝纫机后面，刘婶则一脸愤怒，叉腰站在屋中央。刘婶说她来张姨店里改衣服，钱包里放了300块钱，改衣服时她和张姨聊天，张姨动了自己的钱包。临走时，她的钱包从缝纫台移到了柜台下面，再拿出来，里面的300块钱就不见了。

刘婶虽未明说怀疑张姨偷了钱，但向我陈述案情时，她反复强调"自始至终店里只有她跟张姨两个人"。我劝刘婶再想想，是不是记错了，或者干什么事儿花掉了，毕竟她和张姨这么多年朋友，张姨是什么人她应该了解。

但刘婶却不依不饶，说"知人知面不知心"，她从家出来啥也没买，也只有张姨动过她的钱包。我叹了口气，问张姨当时的情况。张姨说确实屋里就她跟刘婶两个人，她也确实动了刘婶的钱包，不过是因为刘婶进门后随手把钱包放在了缝纫台上，她担心两人聊天顾不上，有人进来顺走钱包，才拿到了柜台下面放着。至于里面的300元钱，自己从未见过，更不会去拿。

我还没来得及讲话，刘婶一下就怒了，气势汹汹地说，屋里就两个人，难道是自己栽赃她？"还担心被人顺走？！真是说得比唱得好听，这么多年交情，我瞎了眼了，认贼做朋友！"

"贼"字一出口，张姨立马就掉了眼泪。没再说话，低头从包里拿出3张百元纸币递给刘婶，说今天什么也别说了，她认了，这300块算是自己补偿刘婶的，让刘婶以后再也不要来找她。

刘婶二话不说，气呼呼地接过300元钱就要往钱包里塞。同事急忙制止，问刘婶确定这是自己丢的300块钱吗？刘婶分辩说，这钱不是张姨还能是谁拿了？况且张姨自己都认了。

我看情况不对，一把夺过刘婶的钱包，说既然报了警，这事儿就得警察处理，先别急着往里放钱，确定你包里再也找不出300块钱再说。刘婶见钱包已经被我夺去，只好接受我的要求。

我把钱包拿到执法仪前，当着三个人的面翻找钱包。那是一个大号女式手包，折了三折，刘婶说她的钱就放在中间那折，"3

张一百元的新票"。我确实没在中间那折里找到钱，但当我拉开第三折夹层拉链时，3张百元新票出现在所有人眼前。

这下轮到刘婶尴尬了，她盯着钱包里的300块，手里攥着张姨刚给她的300块，一时不知该如何收场。同事意味深长地看着刘婶，等她自己把事情圆回来。半晌，刘婶挤出一句"没事了"，放下张姨的300块钱匆匆离开了裁缝店。

我和同事也告辞离开。张姨自始至终都面无表情，等我俩走出店门，屋里才传来一声歇斯底里的怒吼："滚——！"

路过的行人向我和同事投来狐疑的目光，我俩赶紧冲他们摆手："不是我，不是我。"

6

2014年中旬，新商场建好。刘婶收到消息后赶紧去问铺面招商的事情，但商场负责人告诉她，铺面已经全部租了出去，新入驻的商户已经装修得差不多了，没有空位租给她。

刘婶很生气，说当初拆迁时商场答应新商场铺面优先租给她。商场当即拿出当时和刘婶签订的调解协议，上面没有任何有关"优先租赁"的字迹。负责人解释说，其他按时搬离并签了协议的商户确实都有权利享受"优先租赁"，但当时刘婶拒绝签协议，而且已经收了商场一万块钱"补偿"，也用了商场提供的免费仓库，便没有资格再享受"优先租赁"的权利。

另外，商场要求刘婶立刻把仓库里的家具搬走，因为当时协议上写的是免费使用半年，现在她已经用了一年多了，也没找她收钱。商场限刘婶15日内将仓库中的家具运走，否则将代为处置，并追缴她后半年的仓库管理费。

这次为了防止刘婶再闹幺蛾子，商场提前聘请了律师，做好了打官司的准备。刘婶又想带儿子去"闹一下"，公安局也早有准备，刘婶和儿子在新商场门口"维权"的家伙什还没摆开，便被巡特警带离了。

刘婶主动来找了我，鼻涕一把泪一把地问我有没有别的办法。我说没办法，商铺是人家的，爱租给谁租给谁，我能有啥办法？另外，我劝刘婶赶紧处理仓库里的家具，不然真被商场告上法庭划不来。

我话还没说完，刘婶脾气一下又上来了，说之前半年都没通知她，现在让她15天内搬走，不是逼她死吗？我不想和她说话，老姜就在旁边说，你不搬也行，到时候人家"代为处置"，当废品给你卖了，那钱都不一定够补缴后半年仓库管理费的。

刘婶双目圆瞪，说谁敢把她的家具当废品卖她就去杀谁全家，老姜赶紧说："你牛你牛，你这么牛还来找我们做什么？"

抖狠归抖狠，到了时间该搬还得搬。

搬仓库那天，商场负责人找了两台车和十几名搬运工，把刘婶暂存在仓库里的家具全搬到车上，运去刘婶的住处。刘婶坐在仓库门前的水泥地上，一边捶地一边哭喊，她的儿子则被同事夺去菜刀押在警车里，等待处理完毕后送去医院做精神病鉴定。

家具搬迁只用了一个上午便完成了。之后的两天，刘婶的面馆都没有营业。第三天见到刘婶时，她正张罗着在家门口搭雨棚。我问她要干啥，她说一时找不到价钱合适的仓库，只能先把家具放在雨棚下面，一边保管一边打折处理。

家属区的马路本就不宽，刘婶的雨棚又占了一大半。周围路过的行人纷纷投来厌恶的目光。和我说话的工夫，刘婶也不断用凶狠的眼神四处巡视，仿佛在寻找一些可能存在的威胁。

刘婶的雨棚没能搭太久，当天便被周边住户匿名举报，随即被城管拆除了。为此，刘婶绕着小区叫骂了很久，几个以前跟她有梁子的住户楼下更是被"重点照顾"。好在没人搭理她，刘婶骂累了，自己回了家。

过了几天，刘婶又来警务室找我，支支吾吾地问能不能再把警务室的储藏室借给她用用，暂时存放一部分家具。我带她来到储藏室，才发现里面已经被老姜摆满了防爆盾牌、钢叉等警械，还有两张架子床。老姜在一旁解释说，储藏室已经被上级改成了夜间巡逻队的备勤室，不方便借给她。

刘婶悻悻而归。我问老姜真的假的，我怎么没收到消息。老姜说难不成还得再雇两个人进来躺着？"你钱多是吧？后街上就有仓库出租，她又想来占你便宜。忘了你那几千块钱电费长啥样了？"老姜说。

7

刘婶最终还是花钱租了个仓库，又用几个月的时间把剩余家具低价处理掉了。

新商场开张后，生意很好。商场"回馈老伙伴"，给当年签协议的商户很低的租金。据说当年与刘婶儿子在同一楼层卖家具的商户都发了财，甚至有人还在邻市开了分店。

刘婶又来找我念叨，每回都咬牙切齿，说自己被商场坑苦了，迟早要让商场的老板"血债血偿"。我懒得理她，只等她发泄完了自己离开。

往后，刘婶的脾气就越来越差，她心里似乎一直揣着莫大的委屈，动不动就要跟人吵架。折了继续开店的本钱后，刘婶的儿子也失了业，只好和刘婶一起经营面馆。但周围人大多领教过刘婶的厉害，也听过她儿子腰别菜刀自称"有'精神病证'，杀人不犯法"的叫嚣，一个个避之不及。面馆的生意越来越差，以至于客人宁愿在别的摊位等位，也不来刘婶面馆消夜了。

其间，我拘留过刘婶两次。一次是因为泄愤，她砸了隔壁商户停在门口的面包车玻璃；另一次是因为15块钱的餐费，她用马扎敲掉了客人的半颗门牙。刘婶儿子也被同事送过两次精神病院强制就医，因为发病后肇事肇祸。

2016年初，医院附近棚户区改造，废弃的配电室被划入拆迁范围，这次刘婶是非搬不可了。我又出了好几次有关她的警情，都是医院保卫处报的警，原因是刘婶到医院闹事，说自己是职工遗孀，拆迁后失了业，要求医院给她补偿。

"我们对她真的已经仁至义尽了……"出警时，医院保卫处处长一见面便向我抱怨。他说当年医院周边没有餐馆，她的面馆算是大半个食堂。躺着赚钱的活儿都被刘婶干黄了，因为她不是缺斤少两就是偷奸耍滑，别人还不能提意见，一提意见她就发飙骂人，说别人欺负她是外地的。后来，大家宁愿多跑几里地找餐馆，也不吃她的饭。

"2009年院里准备收回配电室，给刘婶安排得多好，给职工身份，院里帮助补缴大部分养老保险。以前从没有过这样的政策，就是为了照顾她是病故职工的遗孀，很多人眼红得要命啊！但她本人死活不愿意，守着那个半死不活的面馆，非说医院要赶她走讹坑她的钱，跑到老院长家里闹，站在楼底下叫骂，骂得那叫一个难听，结果把院长老伴的心脏病都骂出来了……"

我只好跟刘婶讲政策，告诉她配电室的产权归医院，她没有所有权，即便拆迁也不能把补偿款给她。

刘婶就骂，说自己作为职工遗孀是不是应该受到照顾？

我没好气地说："之前医院不是提出过照顾？你觉得吃亏，不答应嘛！"

尾声

2016年3月，刘婶面馆在拆迁中被推平。医院名义上本着"人道主义关怀"，实际抱着息事宁人的态度，给了刘婶两万块钱补偿。

刘婶离开了我的管片，去城南重新开了一家面馆。但没多久，我就在一个网吧看到刘婶，她在那里做保洁。我问她新面馆开得怎么样，刘婶一脸不开心，说新地方居民"欺生"，社区民警还总找她麻烦，面馆开了几个月就关门了。

2016年底，我离开派出所，之后便再也没有见过刘婶。2018年底，我回单位办事，跟师傅宋警官谈起刘婶，他说刘婶早就卖了房子，带着儿子回了山东老家。

"这家伙也是泼辣，临走之前，她把咱这儿她认为这些年来欺负过她和她儿子的人轮流骂了个遍，挨家挨户地去，就站在窗户底下骂，找不到人的就在街上骂，一连骂了一个多月，最后一个骂的就是你。"

我心里有点唏嘘，"怎么说呢，说她命苦，也是真苦，但说她活该吧，也真活该……当年摆在她面前的条条都是好路，但硬生生地都被她这'不吃亏'的暴脾气带着走歪了。"

"这嘴上够狠的人，往往命里也够苦哎……"最后，师傅叹了口气。